齋藤拙堂撰
呉鴻春輯校

鐵研齋詩存

汲古書院

齋藤拙堂畫像　　池田雲樵筆

目次

前言 …… 一 吳鴻春
凡例 …… 一五
拙堂先生小傳 …… 一八 中内惇
鐵研齋詩稿序 …… 二三 三島毅
鐵研齋詩存卷一 …… 一
卜居集 …… 一
鐵研齋詩存卷二 …… 二四
祇役集 一 …… 二四
鐵研齋詩存卷三 …… 四九
祇役集 二 …… 四九
鐵研齋詩存卷四 …… 六七
祇役集 三 …… 六七
鐵研齋詩存卷五 …… 九一
戴星集 …… 九一
鐵研齋詩存卷六 …… 一〇四

目録

鐵研齋詩存卷一

卜居集

庚辰三月自江户遷津城城南卜居……一
燈下拭劍……二
贈劍客……二
觀螢……二
尾張秦滄浪餉大蘿蔔，云是中村所出，中村屬愛智郡，豐太閤故里也……二
臘後月夜……三
寒夜讀書……三
寒夜聞霜鐘……三
春晝……三
惜花……三
暑夜……四
晩歸二首……四
聞鶴……四
春曉即事……四
春曉即事……四
新雁……五
上杉謙信咏月圖……五
咏櫻……五
新荷……五
舊友出羽藁科虎文游江島、金澤，千里寄書，有所徵，余拊髀壯遊，賦此贈之……五
暮歩田間……六
野田子明……六
丹後野田子明寄書謂患眼，賦此却寄……六
榊原途中作……六
謁楠中將墓……七
水亭夜飲……七

同前次中山遜卿韻……七
同平松子愿重遊浄明禪院……七
寄玉澗和尚……八
喜鹽田士鄂至……八
聞岡本花亭翁致仕，遥有此寄……八
春江釣雪……八
登石山寺……八
訪今井兼平墓……九
過琵琶湖……九
過平等院……九
下宇治川……一〇
過桃山……一〇
題東求堂……一〇
黄梅精舍集分韻，座有黄門小倉公，得拜謁，故及……一〇
紫野黄梅院清集 大德寺塔頭，黄門小倉公在座……一一
同瀨尾子章飲邀月亭……一一
華頂山遇畑橘洲、中島棕隱，遂倶上圓山碧雲樓，歡飲至夜，分韻……一一
同前次棕隱韻……一一
上清水臺……一一
西郊夜歸次子章韻……一二
仁和寺看花……一二
嵐山看花……一二
晩自嵐山還，宿天龍寺……一三
題焉廋亭……一三
題七老亭……一三
本願寺……一三
上四明峰……一三
訪詩仙堂……一四
贈賴子成……一四
畑橘洲宅小集分韻……一五
宿賴山陽宅……一五

已辭京師，取路滑谷，重上清水臺……一五
夜下淀江……一五
暮春廿一日入浪華，訪篠崎承弼，承弼招後藤世張、廣瀬公坦等十餘人，設宴，分韻得虞……一五
席上廣瀬公坦見示和以却贈……一六
過阿部野吊北畠黄門……一六
堺浦望鐵拐峰……一六
別瀬尾子章……一七
過醍醐……一七
宿笠置……一七
宿平松……一七
平松驛逢女史富岡吟松自京師還，賦以贈之……一七
薩摩有川舜臣工墨梅，號梅隱居士，寫一幅見贈，翁又善鼓琴，賦此爲謝……一七
題謝安圍棋圖……一八
讀『資治通鑑』……一八
觀花火……一八
小春景山大夫別業集分韻，同泮宮諸子……一九
丁亥三月登長谷寺……一九
將適芳野，宿泊瀬旅館……一九
上多武峰……二〇
多武峰謁大織冠藤公廟……二〇
芳野……二〇
芳野看花……二〇
瀑布櫻……二一
寧樂……二一
賦得夏日水亭應教……二一
不睡……二一
西郭賜宅……二二
立秋有感……二二
閑中富貴……二二
伊州廣禪寺寓居，服部竹塢、瀬尾緑溪見過，分得月字……二二

風寒緑溪見過 …… 一二
游西蓮寺與真成上人話舊賦贈 …… 一三
重訪服部氏 …… 一三
哭女 …… 一三
題源判官過安宅關圖 …… 一三
將自伊州歸，高根氏宅留別諸友，兼送瀨尾子章
歸京師 …… 一三

鐵研齋詩存卷二

祇役集一

戊子九月，祇役江户，過七里渡 …… 一四
東征潮見阪望富嶽 …… 一四
哀流民 …… 一四
己丑正月八日游東郊二首 …… 一五
己丑初春游東郊 …… 一五
花期已近 …… 一五
看臥龍梅 …… 一五
春倦 …… 一六
春懷 …… 一六
春曉即事 …… 一六
春陰 …… 一六
春游有感 …… 一六
窪天民玉池精舍雅飲，與主人及中山緑天、奥山
榕齋分舍號爲得玉字 …… 一七
江山詩屋集同賦游春得韻覃 …… 一七
上野看花 …… 一七
早晨看花東臺 …… 一七
澀隄看花 …… 一七
咏六如櫻 …… 一七
同花亭、竹沙、勉廬、雲淙游感應寺 …… 一八
東臺花下呈花亭先生 …… 一八
題孔明持扇圖 …… 一九
贈間宮林藏 …… 一九
洗竹 …… 二〇
溪泛 …… 二〇

六月念二夜熱殊甚，適平松子愿至，同讀少陵集，得雨詩數篇，至曰「佳聲達中霄」，雷雨大作，煩暑爲之一洗，可謂奇矣，詩以志喜 ……三〇
寄吴竹沙乞其畫山水 ……三一
初秋偶作 ……三一
己丑九月從伊州赴京師，間道出田原 ……三一
栗林 ……三一
過淅米潭 ……三一
辛崎松下醉吟 ……三二
宿石山 ……三二
田上嶺 ……三二
過信樂 ……三二
采蕈五首 ……三二
小谷氏雙松館集，主人以勢人分教伊城，服部竹塢本地人，瀬尾緑谿京師人 ……三三
二十三日服部氏招飲，與雙松、緑溪同赴 ……三三
廣禪寺寓居，雙松、竹塢、緑谿三子見過 ……三四
瓶裏牡丹 ……三四
意行 ……三四
重訪服部氏 ……三四
續琵琶行贈山陽外史 ……三四
秋晴 ……三五
山寺觀楓 ……三五
賦得冬日可愛 ……三六
寒江夜泊 ……三六
日野亞相公招飲席上賦上 ……三六
寒夜過松浦生寓居 ……三六
庚寅早春偶作 ……三七
立春日，川邨毅甫依水園雅集，美濃人梁公圖、平安人瀬尾子章在座，故及 ……三七
義雁行 ……三七
庚寅二月，同梁公圖諸人游月瀬梅溪，賦十律紀

之……三八
庚寅仲夏同頼山陽飲三條柏葉亭……三九
同梁公圖、牧信侯避暑糺林……四〇
鴨川納涼，與公圖夫妻同賦……四〇
去夏同子章游東寺觀蓮，今年六月十三日，子章復同風牀上人、小嶋精齋往焉，時余在鄉，皆有詩見示，因次風牀韻却寄……四〇
鹽田士鄂寓居城西長江園，有詩見示，次韻贈之……四〇
晩步書所見……四一
蘭……四一
竹……四一
梅……四一
菊……四一
松……四一
荷花……四一
蘆花……四二
水仙花……四二
柳蔭書屋圖……四二
日野大納言公賜墨一囊，賦此奉謝……四二
我不管謡……四二
柘植生、松浦生，皆年二十七始從余讀書，賦此奬之……四三
掃塵行……四三
壬辰晩春賜宴賞花……四四
寄題備前岫雲亭……四四
同前次士鄂韻……四四
奧田氏宅觀明王建章畫山水……四四
送人西游……四五
重游中山遜卿別墅，同柳田、横田二子……四五
寓舍種竹……四五
不忍池觀蓮……四五
門田堯佐宅中元賞月……四六
喜湯淺子亭至自藝州……四六

送子亨歸藝州……四六
池五山新治暖室，賦此以贈……四六
觀琉球國使入朝……四七
大風歌……四七
雪夜待友不至……四八
立春日，堯佐宅集……四八

鐵研齋詩存卷三
祇役集二
飲卷菱湖宅……四九
諸葛孔明草盧圖……四九
天民老人墨竹歌……五〇
桑名侯大冢別墅看花……五〇
春晚同石田伯孝、大窪學海，訪慊堂翁別墅……五〇
門田堯佐宅同賦緑陰……五一
赴加藤一介飲……五一
野本萬春見訪，賦贈……五一
送賴承緒歸藝州，兼追憶山陽翁……五一
送門屋士錦歸豫州……五二
余既歸津，野田子明來游，見過訪，喜賦……五二
星野郡宰抱琴見過……五二
浪華大鹽子起藏書富嶽歸路見過，賦此爲贈……五二
秋雨嘆……五二
癸巳九月，西游經金剛山下，憶楠公偉烈而賦……五三
既到大阪，訪諸友皆遠游未還，游近地諸勝摩耶山……五三
湊川……五三
筑嶋……五四
一谷……五四
明石浦……五四
既還大阪，訪半江畫史，席上賦示……五四

宿洗心洞……五五
大鹽子起爲余購古名刀，賦此鳴謝……五五
詣八尾常光寺，寺葬我藩五將四十八士，皆死元和之役者，墓碑儼然，謁畢有作……五五
訪小竹翁，翁適遠游不在，遂與其女婿長平詣後藤世張松陰軒，世張亦配翁長女者也……五五
贈齋藤五郎……五六
過游箕面山遂宿焉……五六
觀箕面瀑布……五六
吊賴山陽墓……五六
高雄看楓……五六
訪松本愚山翁，翁今年八十三，著『字義鏡原』，出示索言，故及……五六
辭京，相馬元基、早埼子信、山田琳卿、瀨尾子章送到東福寺，看楓，告別，分得流字……五七
東福寺鄧林和尚聞余游楓溪，以詩見邀，歸後賦以酬之……五七
殘楓……五七
甲午春初草堂集，宮埼子達、瀨尾子章父子至自京師，三宅士强至自江户，皆來會焉……五七
上元夜荒木子恭宅集，分韻……五七
又……五七
江村訪友圖……五八
折花背立美人圖……五八
題勿來關櫻花石……五八
浣花醉歸圖……五八
初夏月夜訪宮崎子達……五九
初夏書適……五九
游繪島……五九
鐮倉懷古……六〇
游金澤次早崎子信韻……六〇
飲雨奇晴好亭拈韻……六〇
不忍池看蓮……六一
又……六一

夏山雨晴圖……六一
壇浦行……六一
露坐……六一
得家兒書……六二
甲午秋，余年三十八始見鬓絲……六二
那須氏宅觀古兵器引……六二
哭石田醒齋……六三
贈梁公圖……六三
爲某人書白圭章，因題其後……六三
秋晝……六四
咏秋扇……六四
家人寄衣……六四
邀公圖同喫蕎麥……六四
訪華山畫史……六五
望嶽……六五
板橋霜迹圖……六五
加賀楊齋畫史寄示墨梅一幀，索余題咏，賦此答謝……六五
賀公圖玉池新居……六五
題趙松雪畫馬……六六

鐵硯齋詩存卷四

祇役集三

步到東皐……六七
鄰墻梅花……六七
宮鶯……六七
籠鶯……六七
春水生……六八
送墨工安齋歸越後……六八
待花……六八
鞆浦保命酒歌……六九
曉游東臺看花……六九
又……六九
題東奧埋木研，爲高槻藤井士開囑……七〇
松島歌壽仙臺南山和尚八十……七〇

花時與子信、士達、逸齋游東北諸勝……七〇
天王寺……七〇
日晡里……七〇
飛鳥山……七一
五明亭憩飲……七一
墨沱堤……七一
轎中看山……七一
題平忠盛捉鬼圖……七一
題李青蓮問月圖……七二
秋晴出游次放翁韻……七二
王海仙畫史來游，爲余造山水圖，賦此謝之……七二
題僧西行咏秋圖……七三
題陶令采菊圖……七三
畫兔……七三
題園田君秉『子規亭詩集』……七三
咏發燭兒，爲神户小谷三次……七四
寒夜讀史……七四
哭荒木子恭……七四
菟水先登圖……七四
寄古市奉行柳田飛卿……七五
司馬温公燕處圖……七五
美濃神田實父、會津添川仲穎見過訪，遂共游千歲山……七五
丙申春，内人久病，將携就醫於京師，賦此示之……七五
早發津城……七六
路上口號……七六
過勢多橋……七六
到京，晚携兒格看花智恩院……七六
過禁門……七六
宿嵐山二首……七六
上巳後一日集貫名氏澄懷樓……七七
華頂山遇野田子明……七七

辭京過五條橋……七七
到大阪訪篠崎小竹……七七
飲小竹氏，既闌，主人携余舟游，遂到櫻宮，同游者二婿世張長平、阿波前川文藏、寧樂松邊又六……七七
淀江別小竹諸子……七八
游宇治……七八
飲萬碧樓……七八
江户客中書感……七八
訪門田堯佐，分得竹字……七八
訪松田迂仙根岸新居……七九
送上原克士歸作州……七九
七月十八日，江門大風雨書事……七九
記時異……七九
祈晴應教……七九
八月十三日，阪西諸州有大風異，吾勢亦被其灾，有司得報以聞，公問死傷有無而後及他，時臣謙侍坐，不勝感激，退賦短古以記之……八〇
八月念二，始得快晴，賦以記喜……八〇
南紀垣内溪琴見訪……八〇
客居雜興……八一
嘗新穀……八一
游瀧川……八一
又……八一
游下總國府臺……八一
集菊池泉街寓樓，此日會者，慊堂、星巖、汝圭、林谷、溪琴……八一
大塔王斷甲歌……八二
題四十六士像……八二
恭次待雪尊韻……八三
湊川碑……八三
羽倉明府巡省屬縣，賑恤饑民，賦此以呈……八三
送垣内士固歸紀州……八四

題李楚白瀟湘圖卷，爲蕉石藤堂君……八四
瀨尾子章訃至……八四
西歸下岐蘇河……八五
銷夏吟……八五
獲宇治新茶……八五
夏晝書事……八五
仲穎子達見訪……八六
觀祈雨……八六
肥前武富生從江户寄書，謂以七月八日發都，歸省家嚴之病於其鄉。余亦客臘在江户，聞母病俄歸，今得此報，爲之沮然，賦此却寄……八六
觀瀑圖……八六
秋暑偶成……八六
秋晴游長谷山……八六
添川仲穎來告別，賦此以贈……八七
送二宮元輔歸周防……八七
題佐佐木三郎騎渡藤户海圖……八七
秋晴出游……八七
聞仲穎將游湖中，遥有此寄……八八
柳田宰以其屬縣山城賀茂園竹製筆筒見贈……八八
吾公舉男，賦此恭賀……八八
後赤壁圖二首……八八
宿柚原牧户氏……八八
赴多藝途中口號，示牧户恭……八八
多藝懷古……八九
鸜鵒石歌……八九
能美嶺眺望……八九
下駒野川……九〇

鐵研齋詩存卷五

戴星集

辛丑七月初九，除郡奉行，菲才任重，竦然有作……九一
放衙後書事……九一

秋江獨釣圖……九一
辛丑秋任郡宰，巡視所部，過石切神山安濃郡，此地當春多花木……九一
九月九日巡到三重郡……九二
過櫻嶋……九二
過河内谷……九二
憩鹿伏兔村神福寺……九二
南郡撿田夜宿山寺……九二
榊原山中……九二
買馬頗駑，戲賦……九二
郡廳書感……九三
寄題藝藩淺野甲斐氏萬象園……九三
題淡路稻田氏酒瓢，云舊是豐家馬標上物……九三
冬夜郡署感懷二首……九三
十一月念八大雪，山田鷹羽雲淙來訪，遂俱會於宮崎氏，分舍號白沙翠竹爲韻，得翠字……九四
同前，次雲淙韻……九四
雲淙、竹坡與余年齒相若，交亦已舊，又疊前韻贈二人……九四
春初出郊……九四
過憩中野浄泉寺……九四
奉寄户部岡本君，君去冬補近江守……九五
南郡行春……九五
神山一乘寺……九五
榊原……九五
三月十一日，監修捍海塘，歸路赴子達之約……九六
夏初出游，憩久居信藤里正櫟園……九六
題淀江圖……九六
曝背……九六
冬至平松氏席上咏瓶梅……九七
窗裏看山……九七
梅花詩屋聽半溪老人吹笛……九七

春夜平松子愿宅聽玄徹上人彈琴……九七
贈琴客，次檗僧高泉韻……九七
雪後……九七
歳寒知松柏……九七
別老馬……九八
書窗聽雪……九八
行春……九八
菜花……九八
題神農像……九八
深春喜雨……九八
送子達東征……九九
宿大村行館，賦示胥僚……九九
癸卯三月二十日督獵於河内谷……九九
歸路避雨，再過浄泉寺……九九
夏日睡起書喜……九九
蟻陣……一〇〇
蚊軍……一〇〇
買少駿……一〇〇
平安神生見示其所著『草茅危言補遺』，題一絶
還之……一〇〇
題畫……一〇〇
聽子規……一〇一
園中多白躑躅，盛開如雪，戲賦……一〇一
放衙後，與同僚二子訪中山遜卿別業，遇其不在，
排門而入，賦此以謝主人……一〇一
錢唐王梅菴元珍將來游長崎，已發，遇颶而返，
録寄其將發時所作律詩四首，索和於本邦之士，
及余，余乃次韻却寄……一〇一
謝山田東夢亭寄詩及瑤管……一〇二
洗硯……一〇二
都府樓故瓦引，贈筑前竹田簡吉……一〇二
夜坐柳下……一〇三
題加藤肥州像……一〇三
源豫州收遺弓圖……一〇三

題酒瓢……一〇三

鐵研齋詩存卷六

樂泮集

癸卯六月罷郡，入參署國校督學事，掌文武生徒，竦然有作……一〇四
秋暑猶甚……一〇四
嘗作郡宰日，建議設法銷除數十村積券。此冬賞賜銀錠，諭云村吏弊風漸改。非所敢當也……一〇四
題聖德太子像，爲浪華長江寺囑……一〇四
三宅氏雅集，得韻肴……一〇五
甲辰正月十九日，陪常山、養源兩大夫，騎游於三鹿野，憩大里正辻岡某宅……一〇五
春水生……一〇五
家城村前大里正岩脇愼吾年八十八，索壽言，賦此與之……一〇六
賀松宇老人七十……一〇六
送川村毅甫以世子傅東赴柳原邸……一〇六
尋花遇雨……一〇六
雨中賞花……一〇六
送張毅夫、中牟田士德歸覲肥前……一〇七
插秧……一〇七
夏日偶書……一〇七
水村月夜……一〇七
悼亡……一〇七
甲辰冬任督學，移住官署，觀後園藥欄有作……一〇七
乙巳新正……一〇八
春草……一〇八
肥前加加良、吉岡、中山三生來游，余以乏師德固辭之，勸游江户，臨別賦長歌送之……一〇八
桑名森子文自長崎歸，見過訪，喜賦……一〇八
鴻門行……一〇九
題梅花圖，賀井野清游翁七十……一〇九

燕子花……一〇九
題平忠度花陰投宿圖……一〇九
哭鹽田士鄂……一一〇
鐘馗移家圖……一一〇
夏日游願成寺……一一〇
雲淙來訪，喜賦……一一〇
蘆岸秋晴，次子愿韻……一一一
九月十三夜，至樂窩集，同次賴杏坪韻……一一一
同前，次園田君秉韻……一一一
與客談詩……一一一
嚴陵獨釣圖……一一一
買菊……一一二
鋤菜……一一二
秋晚出郊……一一二
冬晴……一一二
柁原源太箙梅圖……一一三
藤肥州望拜富嶽圖……一一三
大田道灌借蓑圖……一一三
在中將咏燕子花圖……一一三
送花……一一四
梁公圖夫妻來游話舊……一一四
五月十五日，與早崎諸子拉公圖夫妻游乙部浦，雨大至，避入晴浦大夫海莊，嘯咏到夜，兒格詩先成，次韻紀事……一一四
閏五月念九，同芹宮諸子打漁於阿漕浦，邀梁公圖夫妻與俱，賦以紀事……一一四
同游願成寺，次紅蘭女史韻……一一五
河邊氏看雲亭集，同次掛幅詩韻……一一五
題牧牛圖……一一五
料理舊稿有感……一一五
水仙寒菊同瓶……一一六
城東早春……一一六
正月十八日雪……一一六

游春……一一六
紀善光寺地震……一一六
夏日偶作……一一七
五月九日，女簾生，時兒格婚已久，賦此自嘲……一一七
六月三日，常山大夫乙部海莊集，憶先大夫景山君……一一七
龍津寺清集……一一七
七月既望，竹坡相邀泛舟海口……一一八
曝書……一一八
讀范文正公傳，示某醫生……一一八
八月十六日，赴中川大夫山莊之約，同平松子愿、小谷德孺，勒韻得五絶句……一一八
書中乾胡蝶……一一九
蒲萄……一一九
聽蟲……一一九
同宮崎士達、濱野以寧游千歲山……一一九
九日與介甫諸人游乙部浦……一一九
丁未九月十日，我公試遠騎，到椋本邑，老臣以下從者殆七十騎。越二十有九日，又於伊州爲之，從者五十餘騎。上下皆裹糧，就憩草次。恭製古風一篇以紀之……一一九
九月廿四日今上即位，私紀盛事，傚唐人體……一二〇
十月初三，柚原氏宅賞菊……一二〇
神户山采蕈……一二〇
兒格從大阪寄書，詩以答之……一二一
冬晴聞鶴，常山大夫席上分韻……一二一
同前，次服文稼韻……一二一
聽松書屋聽琴，桑名森子文適游南海來會焉……一二一
閲武……一二一
龍津寺雨集……一二二
盆梅，得咸……一二二

溪梅次子愿韻 …… 一二二
臘後月夜，光澤禪房集 …… 一二二
光澤禪房同咏寒蘭 …… 一二二
同前，次家里生韻 …… 一二二
題王元章梅花書屋圖 …… 一二三
歲末村況 …… 一二三
龍伯仁來訪，適中內、佐山、家里三生來會焉 …… 一二三
格兒歷游山陽歸説勝狀，賦此示之 …… 一二三
晩歸 …… 一二三

鐵研齋詩存卷七

洋林集

戊申正月十日，孫男生 …… 一二四
送家里生游學江都 …… 一二四
僧院賞梅，分韻得魚 …… 一二四
春風 …… 一二四
翠竹黄鶯圖 …… 一二四
題花曆 …… 一二五
泮宮花宴分韻 …… 一二五
島田虎介來游，演劍於黌宮，賦此爲贈 …… 一二五
春郊歸牧 …… 一二五
睡起看山 …… 一二五
秋近 …… 一二五
嵐峽御游圖 …… 一二六
山中聽蟲 …… 一二六
餞秋 …… 一二六
僧房看楓 …… 一二七
贈劍客東洋生 …… 一二七
東洋生解吟詩，示北游吟稿百餘首，有可觀者，又工書畫，並劍客所希，賦此贈之 …… 一二七
後赤壁圖 …… 一二七
十月念九日晴浦大夫乙部海莊集分韻 …… 一二八
又次晴浦大夫韻 …… 一二八

又次三宅浩堂韻……一二九
又次平松樂齋韻……一二九
又次山下直介韻……一二九
冬至梅……一二九
雪彌勒……一二九
己酉早春，泮林聞鶯……一三〇
早春雨霽……一三〇
採竹蟶五首……一三〇
題伊孚九畫山水……一三〇
折枝梅花圖……一三一
馬上看花……一三一
梅邊睡鶴……一三一
蕉石藤堂君自伊賀見來訪，爲余彈琵琶，賦此奉謝……一三一
久居佐野義卿邀余父子及樂齋、竹坡、浩堂、青谷諸同人游桃林，林花數萬樹，方屬盛開，分韻得微，賦一律紀之……一三一
桃林與春江老人話舊……一三二
豐太閤醍醐花宴圖……一三二
移花……一三三
曩日桃林之游，久居中井櫟齋老人來會焉，繼有三絶句見示，次以答之……一三三
梶原大夫席上同咏十花……一三四
右桃花……一三四
右李花……一三四
右棣棠……一三四
右海棠……一三四
右木蘭……一三四
右梨花……一三四
右菜花……一三五
右牡丹……一三五
右躑躅……一三五
右米囊……一三五
咏櫻草……一三五

雨中晩櫻……一三五
賦得簾靜燕子忙……一三五
題翡翠敗荷木芙蓉圖……一三六
新緑……一三六
憶鮰鯉魚……一三六
四月十日與諸子游善應寺山，山在久居城西，春江翁父子爲東道，供具相邀，翁有詩見示，次韻紀壯游……一三六
聞賣花聲……一三七
首夏書適……一三七
得羽倉簡堂書，云近學書法，見示其墨迹，頗有魯公風度，賦此却寄……一三七
題靜女按舞圖，爲横濱大夫囑……一三八
題富嶽圖，爲東奧常松菊畦翁……一三八
題某人印譜……一三八
溪琴山人見示新詩卷，題此却寄……一三八
美濃秋水畫史見示水墨山水，附以一絶，次韻却寄……一三九
秋暑猶甚，寄示伊城中内五惇，五惇書問久不至……一三九
葡萄架下看月……一三九
春樵梅君新開花竹園，有詩見示，次韻却寄……一四〇
江口生將歸覲丹波，有詩留別，次韻餞之……一四〇
題鴨東竹枝，爲中島棕隱……一四〇
十月望，與平松子愿、鈴木乂甫諸人游乙部浦，來會者平安中島棕隱、中林竹溪、羽倉可亭、筑後武藤生、肥前久保生、但馬井上生、土佐間崎生、伊賀、丹波、尾張三小生，主客共十有九人，坡翁之游曾無此盛也，賦以紀之……一四〇
從獵詩……一四一
庚戌新正……一四二
奉次琴山大夫月瀨看梅……一四二

二月念五日，公巡視久居，觀桃林，近臣騎從者五十餘人，謙亦與焉，詩以紀之……一四三
庚戌三月，送兒格祗役江都……一四三
題八幡公凱旋圖……一四四
春曉……一四四
咏梅……一四四
咏筆頭菜……一四四
阿漕浦拾松乳……一四五
首夏拙窩大夫席上，次園田君秉韻……一四五
夏日圃居……一四五
夏初剪春羅花開……一四五
暑中閑咏……一四六
題北條氏敗蒙古軍圖……一四六
劉先主失匕箸圖……一四六
讀諸葛武侯傳……一四六
送間崎生歸土佐……一四六
謝人餉鮰鯴魚……一四六
題畫……一四七
新宮凉庭來游，賦此爲贈……一四七
游山田，宿龍氏，贈雪窗父子……一四七
游鰒石潭……一四七
源判官過安宅關圖……一四八
横山舒公『湖山樓集』題詞……一四八
菅公拜賜衣圖……一四九
秋夜雨晴……一四九
紫薇黄蜀葵圖……一四九
河邊氏幻住庵清集，次主人韻……一四九
次清人謝道承秋堂即事……一四九
重訪山中氏水莊……一五〇
庚戌八月，乞暇如京師，三位藤波祭主公設宴其錦織里莊，見招，公先有詩垂示，次韻奉謝……一五〇
浪華訪小竹齋，主人有詩見贈，次韻酬之……一五〇

清水中洲邀余及小竹、訥堂父子，飲曾根崎吸翠
園，次訥堂韻 ……一五〇
過後藤世張松陰軒，留飲話舊 ……一五〇
與訥堂諸人訪清水中洲於仙臺邸，邸在中島，席
上勒韻 ……一五一
九月朔，小竹翁五小樓招飲，樓在難波小橋
側 ……一五一
小竹、訥堂、春草、纜山諸賢餞余於玉藤亭，賦
此留別 ……一五一
游伊丹 ……一五一
橋本靜菴與社中諸子携美釀來訪余客舍，喜賦一
絕謝之 ……一五一
重游箕尾山 ……一五二
重九日，與牧信侯諸人同登若王子山 ……一五二
是日重九，新宮老人爲余招都下名流，會於順正
書院，二十餘人皆知舊也，詩以紀之 ……一五二
余寓京數日，無暇出游，一日偶無事，拉瀨尾、
河邊、世古、巽諸子，往訪東山諸勝 ……一五二
廣吉甫題余詩稿三絕句云：自古詩文分二途，作
家具體或偏枯。君能兼得熊魚味，欲繼昌黎與大
蘇。悉説海防兼火攻，世間幾個假英雄。不知誰
得真詮者，清有魏源吾有公。一別東都十五春，
再逢此地益相親。詩文兵定成三話，才學識應歸
一身。余亦次韻，以題吉甫詩稿三首 ……一五三
憶江都春寄示格兒 ……一五三
正月 ……一五三
二月 ……一五四
三月 ……一五四
春甕閲武 ……一五四
南紀溪琴山人至，喜賦 ……一五四
拉溪琴游四天王寺，晤佛關師 ……一五四
送溪琴山人 ……一五五
津城三月作二首 ……一五五
平安平塚士梁作伊勢道中圖，索余詩，題一絕圖

上還之……一五五
蘭亭修禊圖……一五五
寄題美濃養老山千歲樓……一五六
題畫三首……一五六
五月八日，浪華小竹翁下世，訃及遺留物至，賦三絕句以叙悲……一五七
蘇道人鐵筆歌……一五七
蘇生將重游江都，賦此送別……一五八
聽梅園老人演平語……一五八
樓上避暑……一五八
題范蠡泛湖圖……一五八
送荒木士諤修蘭學游江都……一五八
讀老蘇文……一五九
獨酌成咏……一五九
晚憩田家……一五九
暮村訪人……一六〇
夜聞春聲……一六〇
中川大夫山莊賞楓……一六〇
瓶菊……一六〇

鐵研齋詩存卷八

習隱集一

辛亥晚秋，買地於城北茶磨山下，謀置草堂，次老杜『卜居』韻……一六二
草堂成，名曰棲碧山房，次老杜『堂成』韻……一六二
十月望，山房雅集，次老杜『客至』韻……一六二
同前，醉後同登後邱望海，又次前韻……一六三
山莊與平松子愿別業相鄰，次老杜『南鄰』韻以爲贈……一六三
伊賀蕉石大夫渡邊勘兵衛之裔、平安中島棕隱見訪山房，次老杜『賓至』韻……一六三
寒夜子愿宅集，分韻得青……一六四
子愿每歲作冬至會，今年十一月晦，正當其辰，

有故不果，至十二月望補之……一六四
題南極老人圖……一六四
戲題七福神圖，爲某人囑……一六四
臘月廿四日四天王寺忘年會，呈佛關師……一六四
題梅竹雙清圖……一六四
深春……一六五
富嶽騰龍圖……一六五
題紀効新書長槍習法圖，爲肥前槍客成富生……一六五
早春，京師瀨尾士奐來訪余山莊……一六六
春莊閱兵……一六六
中內五惇從伊州來訪山莊，喜賦……一六六
題青谷生雪景山水圖……一六六
二月十日，親率部卒操練於演武莊，次楊炯『從軍行』韻……一六六
咏竹……一六七
閏花朝……一六七
花信風……一六七
閏二月念九日，拙窩大夫設宴於中庭，見邀，同賦花下移榻，分韻得歌……一六七
又得青……一六七
客歲冬，女孫生周歲，欲引洋痘，乞京醫桐山元冲得痂苗二片，種之有驗，遂引之他兒，迄今春，殆遍勢中，適天然痘亦大行，死亡者甚衆，而引種得免者亦不知幾千，賦此書喜，兼謝元冲氏……一六八
人勝行……一六八
三月初八，山下直介携具會飲於我棲碧山房，賦一律謝之……一六九
席上分「眼看春色如流水」爲韻，得流字……一六九
掃花……一六九
讀張子房傳……一六九

雨中，三州山中子文來訪山房，喜賦 ……一七〇
荼磨山上有狐王祠，故一名稻荷山，余置莊分其半而處，戲賦一絶以謝狐 ……………一七〇
四月十一日，松阪環翠亭集，與户波郡宰、奥田宮埼二學士及兒格往會之，賦此示松坂郡宰小浦青崖 ……………………………………一七〇
又 ……………………………………一七〇
端午日，荼磨山上眺望 ………………一七一
過芝原氏潮鳴軒，次梁星巖舊題之韻 ……一七一
六月十一日奉命東征，路上口號 ………一七一
中元夜，侯家詢蕘齋集，高遠侯及佐藤博士以下在座，謙亦陪焉，賦一律以獻 ………一七一
同前，奉次世子『觀月』韻 …………一七一
江樓夜望 ………………………………一七二
題菊池寂阿射妖蛇圖 …………………一七二
七月廿日，與佐伯、茨木、井關三子同游百花園，觀七種秋花 ………………………………一七二
八月廿日，米庵老人邀余飲其小山林堂，出示其所藏古書畫數十幅，席上賦贈 ………一七二
横山舒公來訪，遂拉游不忍池，飲於旗亭 ……………………………………一七二
重陽客中 ………………………………一七三
十三夜 …………………………………一七三
九月廿日，林藕潢先生日新樓雅集，林祭酒亦臨焉，席上分韻 ……………………………一七三
樓臨溜池，每夏月荷花爛然，又對富嶽，雪頂峻嶒，時方秋雨，並無所見，賦此書憾 ……一七三
秋盡日，荒木士謂邀余及土井士恭飲駐春亭，席上分韻得豪 ……………………………一七三
同上 ……………………………………一七三
十一月四日，林祭酒巽園雅集，叔侄昆季悉會，余亦見招，分韻得咸 …………………一七四
小至日，飲大沼子壽宅，次老杜韻 ……一七四
題書肆玉巖堂 …………………………一七四

咏唐花……一七四
冬日即事……一七四
十二月十日夜，公召謙於詢蕘齋，賜白蠟石蓮鈕印材三顆，賦此紀恩……一七五
年内立春……一七五
新歳有作……一七五
人日，荒木士謌宅集，分薛道衡句爲韻，得纔已年三字……一七六
飲於江上酒樓，醉墜樓下，戲有此作……一七六
濹堤春望……一七六
訪新梅莊，花期尚早，悵然有作……一七六
正月十二日，與簡堂、弘菴、熊山諸同人集於關鐵卿宅，次主人韻……一七六
正月十四日，與藤森弘菴過飲於鷲津文郁臘白堂，拈韻得春字……一七六
題岳武穆像……一七七
二月二十七日，將如京師，留住伊賀二日，中内五惇邀飲於其舍，時庭櫻始開……一七七
三月朔，發伊賀，五惇及服部竹隖諸子追餞於佛性寺，寺在西山，風概絶佳，又多櫻花，頗似平安東山……一七七
上巳日，觀公卿朝參……一七七
鬪鷄篇……一七八
三月六日，都下文人作嵐峽三船之游，余偶往游，乘詩歌船，是日少尹淺野君亦巡視嵯峨，賦一絶見示，次韻酬之四首……一七八
三月十五日，三州筒井、進藤二生來訪余京寓，因携游鴨東，憩飲若王子山旗亭……一七九
三月廿日，與梁星巖、牧贛齋、賴立齋諸子同游糺林，憶嘗庚寅夏，與星巖、贛齋游此，屈指已二十四年矣……一七九
春晚雨中，周防玉公素、樋口淑人、森脇小心邀余父子飲於三樹樓……一七九
同前，憶故山陽翁……一八〇

題景文松鶴圖……一八〇
將往大阪，過伏水越智氏，題其水樓……一八〇
篠崎訥堂邀余父子，舟游到天保山……一八〇
重飲越智氏樓……一八〇
寄題養老釀酒家壁……一八一
五月十八日，公歸藩，手賜華墨一筐，賦此謝恩……一八一
六月初旬聞浦港之警，慨然有作……一八一
咏蘭……一八一
咏菊……一八一
咏松……一八一
有人持金川臺圖索詩，題一絶與之……一八二
郭子儀……一八二
狄梁公……一八二
休沐日，觀海亭作……一八二
癸丑九月八日，公駕臨山莊，賦此以獻……一八二
山館聞鹿……一八三
題畫……一八三
題牡丹錦鷄圖……一八三
題畫……一八三
延喜帝寒夜脱御衣圖……一八三
夜讀兵書……一八四
題鹽里翁黑部鹽濱賦……一八四
題畫……一八四
劉石舟寄其『緑芋村莊詩鈔』索題詞，賦一律贈之……一八四
題蘇我兄弟復讎圖……一八五
讀『淮陰侯傳』……一八五
殘菊二首……一八五
茶梅……一八五
賽珊瑚……一八五
木芙蓉……一八六
南天燭……一八六

水仙花……一八六
蠟梅……一八六
未開牡丹……一八六
武陵桃源圖……一八六
十月望，依例與諸友集山房，劉石舟偶來訪，喜賦一律以紀盛會……一八七
寄題濃州某氏水亭……一八七
喫茶……一八七
寒夜……一八七
咏鷺……一八七
題畫鶉……一八八
送修齋、南岱兩女史歸省仙臺……一八八
題劉先主訪諸葛圖……一八八
甲寅初春作……一八八
濠上所見……一八八
咏七種菜……一八九
觀海亭春望……一八九
晚歸所見……一八九
觀西山夜燒……一八九
小園散步……一八九
咏梅……一八九
題澀水春游圖……一九〇
山房偶成……一九〇
咏曉鴉……一九〇
山房春日，次祖咏蘇氏別業韻……一九〇
咏落花……一九〇
晏起……一九一
題虎溪三笑圖……一九一
春盡日山房小集，分韻……一九一
題王建章畫山水……一九一
三臺五雲……一九一
又紫氣西來……一九二
又朋嶺延綿……一九二
新緑……一九二

山房聞鵑，送奥田、淺井兩生歸尾州……一九二
緑陰垂釣……一九二
山房雨集分韻……一九二
樓上看山……一九三
竹院會友……一九三
鳴海絞纈歌……一九三
咏吉祥蘭，爲江戸某人囑……一九四
蕉陰茗話……一九四
腌茄……一九四
題女牛圖……一九四
初秋喜雨……一九四
山中答人……一九五
閏七月望夜，觀海亭集，相會者土井士恭、鈴木乂甫、柘植子文、河北有孚及兒格……一九五
題坡公蓮燭歸院圖……一九六
山莊菜圃捕蟲……一九六
重九日與從游諸生宴游海濱，分韻得尤……一九七
節後賞菊……一九七
九月十五日與奥田季清、川北有孚及兒格同游長谷山，前是重九缺登高之游，至此日補之，分韻得豪……一九七
過憩長谷寺，主僧不在，入庖作羹，歡飲盡醉而去，賦此囑村民看守者，待僧歸與之……一九七
九月廿日佛關師來訪山房，席上賦贈……一九八
咏龜……一九八
郊外值雨……一九八
題竹洞小景……一九八
余獲江細香墨竹數幅，意猶未饜，賦一絶寄之，又乞其揮灑，更不厭其多也……一九九
細香得余詩，寫數幀見贈，賦此鳴謝……一九九
題青谷生月瀨五景……一九九
寒嫩曉清……一九九
清灘櫂月……一九九

古梵霽雪……一九九
雲淡雨香……二〇〇
巖秀谷邃……二〇〇
寒夜偶作……二〇〇
咏鯉……二〇〇
甲寅歲晩紀事……二〇〇
仙月影歌和雲淙老人並序……二〇〇

鐵研齋詩存卷九

習隱集二

乙卯初春病中……二〇四
春莊夜月圖……二〇四
病中閑吟……二〇四
新築書事……二〇四
南郊人來，報桃花期近……二〇五
辛洲酒樓，送小浦明府歸紀州……二〇五
又……二〇五
題青谷生溪山琴興圖，贈春樵琴翁……二〇五
西山采薇圖……二〇五
孟母斷機圖……二〇六
山居首夏……二〇六
題紀春琴畫山水，次其所自題詩韻……二〇六
乙卯初夏病起，初食鮰鯅魚……二〇六
山房即事……二〇六
五月十三日，雨中山莊種竹，次文湖州『咏竹』韻，一字至十字各二句……二〇六
山房雨霽，次川村生韻……二〇七
夏日圃居……二〇七
乙卯六月廿四日，奉台命東征，發津城……二〇七
岡崎客舍，別蜂須賀、鈴木諸子……二〇七
廿八日，曉大風，渡荒井……二〇八
藤枝驛，訪雲嶺老人不遇，與其內人接話而去……二〇八
八月望，賜謁內庭，賦此紀恩……二〇八

八月廿五日，與鷲津文郁、五弓士憲同游日晡里，歸路飮於根岸鶯春亭……二〇八
重九日米庵翁見邀，賦即事……二〇九
同前，次兒格韻……二〇九
客中書懷……二〇九
又……二〇九
又……二一〇
十月朔，瀧川看楓，同游者松岡、荒木、野田、廣田諸人及兒格……二一〇
地震行……二一〇
十月廿二日謝病歸，發江户……二一一
過箕形原，有懷夏目烈士……二一一
過本阪嶺……二一二
到家……二一二
寄題赤穗大石烈士故宅櫻樹，爲河原士栗……二一二

半隱集

余習隱北山已久，今茲春乞致仕爲真隱，不允，然許細事委參佐，大事仍自爲之。於是，家政亦悉委兒格，公私之事頗省，因稱半隱士，有作……二一三
丙辰新歲作……二一三
謝安對弈圖……二一三
名花三十咏……二一三
玉蘭花……二一四
杏花……二一四
桃花……二一四
李花……二一四
櫻花……二一四
梨花……二一四
牡丹……二一四
海棠……二一五
棣棠……二一五
芍藥……二一五

杜鵑花……二一五
藤花……二一五
薔薇……二一五
酴醿……二一六
虞美人草……二一六
燕子花……二一六
紫薇花……二一六
蓮花……二一六
凌霄花……二一六
牽牛花……二一六
桂花……二一七
秋海棠……二一七
秋葵花……二一七
菊花……二一七
木芙蓉……二一七
茶梅……二一七
山茶……二一七
水仙花……二一八
寒菊……二一八
梅花……二一八
題畫……二一八
午睡……二一八
送三島遠叔歸備中……二一八
楊柳枝……二一九
浄明院湛堂和尚謝交游屏居三十年矣，頃者聞余西歸，次東崖翁舊題七律詩韻見贈，疊和以答……二一九
豐太閤裂封删歌……二一九
題觀音大士像……二二〇
□□□□……二二〇
三月十二日，大駕重臨山莊，恭賦一律以獻……二二〇
首夏山房即事……二二〇
睡起……二二一

採茶詞……………………………………………二二一
方今萩藩人材彬彬，振興庶政，坪井顏山其一也，州人近藤芳樹來談其爲人，索余贈篇，余乃賦一絶以寄之……………………………………二二一
萬壑松濤圖……………………………………二二一
山房雨景………………………………………二二一
暑中閑咏………………………………………二二二
扇上竹…………………………………………二二二
六月廿日口口觀蓮會…………………………二二二
濱田氏護身刀歌，爲長崎曾乾堂……………二二二
爲人題鳴鷄圖…………………………………二二三
論詩……………………………………………二二三

鐵研齋詩存卷十

澡泉餘草

丙辰八月，余養病，將浴但馬城崎温泉，廿二日發津，憩擲筆山下，賦示井上生…………二二四
廿四日到京，親眷高畑邸監父子及門生山中子文、家里誠懸、小畑元瑞、兵藤泰順等出迎於都門外……………………………………………二二四
廿九日，過大阪，後藤松陰父子邀余及井上生泛舟於無尻川，同游者篠崎公槩、月性師、靄山畫史，拈韻賦即事……………………………二二四
廣吉甫邀飲，有詩見贈，次韻答謝…………二二五
僧月性憤外夷猖狂，慷慨論兵，緇徒中有此差强人意，賦此爲贈…………………………………二二五
九月四日重謁楠中將墓十韻…………………二二六
曾根松…………………………………………二二六
高砂井澤氏邀余留飲，遂宿其家……………二二七
重陽雨中辭姬路，河原士栗自赤穗來訪，阻水不及，賦此留贈……………………………………二二七
但馬道中………………………………………二二七
題玄武洞………………………………………二二七
城崎温泉………………………………………二二八
題殘夜水明樓…………………………………二二八

十三夜，滴翠生邀余及井上、小川兩生飲於水明樓……二二九
浴沂風咏樓……二三〇
坐花醉月樓……二三〇
玉壺買春樓……二三〇
雪花春……二三〇
十九日辭湯島，心齋、緜洲諸人命舟，送到豐岡告別……二三〇
豐岡和田普樂餉初鮭，詩以謝之……二三一
題出石井上氏梅花泉……二三一
過宗鏡寺……二三一
廿二日，舟中望天橋，此日雨……二三一
廿三日，但州尾古思道從余問文法，相送三宿，到大江山下告別，賦此爲贈……二三二
廿五日舟下嵐峽……二三二
十月三日雨中，中村水竹、瀨尾士奐邀余及星巖夫妻飲三樹樓……二三三
宿山中子文寓居，同月性及秋良某……二三三
題桂屋山人畫……二三四
京尹龍野侯招飲，垂示詩稿，且談及海寇，辱下問，賦此以獻……二三四
誠懸與其社友邀余，集於其居，又請家長、池内二老友來會焉，喜而有作……二三四
八日，栂尾看楓，同游者星巖夫妻以下五十餘人……二三五
同前示星巖夫妻……二三五
同前聯句……二三五
十一日，通天橋留別水竹、月性、子文、誠懸、士奐等，次水竹韻……二三六
伏見越智仙心贈余軟枕，係以兩句云「一片青山高枕外，先生不肯夢黄粱」，似知余心事者，賦此爲謝……二三六
井上君輿爲但州出石人，從游經年，因贊成此行，爲余先導，及歸，復送到津，余乃置酒勞

之……二三六

續澡泉餘草

丁巳九月十一日，泝揖斐川到大垣，野村、牧田、井田諸子出迎於水門外……二四一
大垣參政小原栗卿請余删潤文詩，間詢經濟之術，郵筒往來已久矣，因勸此行，始得相識面，席上賦贈……二四一
細香女史著名文苑久矣，余相識殆二十年，今游屢相逢，言及國事，所謂嫠不恤其緯，宗國是憂者歟，賦一絕以贈之……二四一
十三夜正學寺集……二四二
十五日吊關原古戰場……二四二
十七日小原氏鐵心居雅集，是日來會者除藩人士外，緇流有雪爪、霞山、大夢，閨秀有細香，畫師有杏村、訥齋……二四三
十八日，將赴養老，宿高田栢淵氏，庭有丹楓樹……二四三
十九日，觀養老瀑布……二四三
與兒格及野村、牧田、井田、岡崎諸人入瀑底澡浴焉……二四四
宿千歲樓……二四四
自養老還，過横曽根，安田彦八邀飲其居……二四四
彦八命舟，送諸同人到大垣……二四四
贈雪爪上人，言將結夏黄薇，又言將卓錫北越……二四四
二十一日登勝山……二四五
赤坂客館謁大垣侯，侯手賜馬鞍，朱提副焉，且諭曰：我臣隸受卿奬勵多矣，聊以爲謝。余何人，非所敢當也，賦此奉謝……二四五
二十二日到加納，里正三宅佐平嘗游我門，邀宿其家，留三日。庭有大樅樹，主人請名其亭，乃爲命之，曰老緑軒……二四五
游岐阜……二四五

笠松驛別大夢、春濤、訥齋，題訥齋所作秋江話別圖 ……二四五
尾張奥田季清、美濃松井敬卿送余舟行到桑名 ……二四六
已歸鄉，作書謝鐵心參政兼餉文武春 ……二四六

南游志附録

度高見嶺，嶺在國見嶽北，爲勢和之界，神武帝入和州，蓋由此嶺云 ……二四七
過龍門里，里在大和國宇陁郡，常盤抱牛若避難處 ……二四八
紀州舟中望高野山 ……二四八
妹脊山 ……二四九
和歌山 ……二四九
小浦來青後園雅集 ……二四九
謁久野大夫，席上賦呈 ……二五〇
紀三井寺留別松平春峰、倉田伯成 ……二五〇
宿湯淺古碧樓，故人菊池士固會詩友處 ……二五〇
士固招飲 ……二五〇
道成寺 ……二五〇
江川瀨見善水兄弟邀余宴集 ……二五一
湯崎 ……二五一
安居谷題並木氏壁 ……二五一
二部洞門 ……二五一
橋杭浦 ……二五一
游古座川 ……二五二
藍瀨巨巖 ……二五二
那智山瀑布 ……二五二
踰雲鳥山 ……二五三
下九里峽 ……二五三
題徐福祠 ……二五三
有馬花窟 ……二五四
熊野道中雜詩 ……二五四

丁巳詩稿

正月五日山房小集次陶令『斜川』詩韻　二五七
正月十日，與川北、池田、柘植、櫻木諸子再會山房，次東坡『岐亭』韻，是日立春　二五七
春雪　二五七
藤森弘菴來游，將去，以龍鱗石硯爲贐　二五八
題木逸雲耶馬溪圖，次淡窗翁韻　二五八
桃源行，次王介甫韻　二五八
月性上人來游半月餘將去，賦以贈之　二五八
咏棋，贈國棋川瀨鷹之　二五九
題美人圖　二五九
去歲山莊陂池種慈姑、蓮藕，多穫，至今春魚價甚貴，日膳此二者，戲賦一絶　二五九
題某人七十肖像　二五九

輯録

左二十四首輯自『文久廿六家絶句』

嚴子陵　二六〇
咏松　二六〇
咏鶴　二六〇
咏鷹　二六〇
咏銅雀妓　二六〇
二喬讀兵書圖　二六〇
羯鼓催花圖　二六〇
題黨人碑　二六一
丁巳新歲作　二六一
讀『鄭成功傳』　二六一
題青谷生晴空帆影圖，送桑名成卿歸豐前　二六一
八月從公駕往寓伊賀客舍，所齎之酒已竭，買土釀甜不適口，乃乞於公，公使膳宰輸良醞一樽，賦此謝恩　二六一
風夕不寐　二六一
歲晚　二六二
題鴨河夜色圖，次故山陽翁韻　二六二

笠屐東坡圖……二六二
題達磨像……二六二
題宓子賤彈琴圖……二六二
山莊偶成……二六二
鄰莊看菊二首……二六三
庚申元旦……二六三
田村將軍建碑圖……二六三
鎮西八郎入琉球圖……二六三
左九首輯自『有造館會課詩稿』
淵明游斜川圖……二六四
新春喜晴分韻……二六四
待雨……二六四
秋社醉歸圖……二六四
秋圃對月……二六四
秋柳次王漁洋韻……二六四
左五首輯自『鐵研詩存』
前出師歌……二六五
後出師歌……二六六
萬尺竹篇……二六六
正平雙刀歌，爲菊池子固……二六七
秋風詞……二六七
左七十九首輯自『拙堂詩屏風』及條幅
歲時十二咏五絶……二六八
正月……二六八
二月……二六八
三月……二六八
四月……二六八
五月……二六八
六月……二六八
七月……二六九
八月……二六九
九月……二六九
十月……二六九
十一月……二六九

十二月……二六九
又七絶……二七〇
二月……二七〇
六月……二七〇
六月……二七〇
七月……二七〇
十月……二七〇
十月……二七〇
十一月……二七〇
題畫五絶……二七一
題畫六言……二七二
題畫七絶……二七二
靈芝……二七二
又……二七二
潛龍……二七二
虎……二七三
馬……二七三
紅葉暖酒圖……二七三
楠中將决子圖……二七三
冠萊公……二七三
劉青田……二七三
望夫石……二七三
田園雜興……二七四
之一……二七四
之二……二七四
之三……二七四
之四……二七四
之七……二七四
之八……二七四
之九……二七五
之十……二七五
之十……二七五
之十二……二七五
山莊雜咏之一……二七五

詠龜……二七五
詠龜……二七六
煎茶……二七六
今井歸僧……二七六
石床竹……二七六
詠竹……二七六
詠松……二七六
詠蘭……二七六
詠鶯……二七七
露竹……二七七
雲竹……二七七

煙竹……二七七
風竹……二七七
失題……二七七
神后征韓圖……二七七
詠梅鶴……二七八
失題……二七八
失題……二七八
偕樂園探題得園花……二七八
送隅埜生爲大野宰之任……二七八

左一首輯自零散手稿

哭嫡孫正熙……二七九

前言

齋藤正謙生於寬政九年（一七九七），没於慶應元年（一八六五），字有終，號拙堂，又號鐵研，私謚文靖先生。他出生在供職於江户津藩邸的一個武士家庭，青少年時期就讀於幕府昌平黌，師從名儒古賀精里。二十四歲赴津，任職津藩黌有造館，歴任講官、督學、藩主侍讀等職。關於拙堂的生平，請參看卷首附録其門人中内惇所著『拙堂先生小傳』（注），此不贅述。

在日本漢文學史上，齋藤拙堂作爲一個散文家和文論家，占據着顯著的一席。他的『拙堂文集』六卷、『月瀨記勝』二卷，皆爲日本漢文的優秀著作，我們今天要瞭解日本漢文的成就，此二者當在必讀之列。中内惇評其文「洵爲獨步」（『小傳』），并非溢美之辭。他有見於當時文風「敗於明清間俗流之文，非剽剿則鄙俚」（賴山陽序），作『拙堂文話』八卷、『拙堂續文話』八卷，縱論中日古今文章，時有卓見。富士川英郎『江户後期的詩人群』論及齋藤拙堂時，斷言：「文話」之作，至少在江户時代無出其右者。文政十三年（一八三〇）『拙堂文話』上梓，大約不很久即傳入中國，錢鍾書先生引清人李元度『天岳山館文鈔』卷二六『「古文話」序』，日本國人所撰『拙堂文話』「反流傳於中國」之語，謂「是同、光古文家已覩其書。」（『管錐編』第三册）近年臺灣文津出版社將其影印出版，上海古籍出版社則出了標點本。

齋藤拙堂又是一個出色的詩人，但拙堂的詩不像他的文那樣廣爲人知。考其原因，主要是他的大部分詩作至今未曾刊刻，故世人無由識其全貌。且拙堂以文早得大名，『拙堂文話』付鐫之年，不過是三十四歲，詩名不免爲文名所掩。

拙堂自謂：「余少時不甚留意於風騷，興來吟咏輒抹殺之，至於西遷之後所遇之境稍異，乃始留稿。」（『卜居集』）可知今存拙堂詩稿均作於二十四歲遷津之後。賴山陽讀了拙堂初期的一些詩後評道：「公詩不如文，蓋其緒餘，不深用力者。然才鋒淵然自不可掩，非以此名家沾沾自足而纖弱不足觀者比也。」即以詩而言，拙堂也超出了一班凡庸的詩人。

拙堂生前没有刊刻過專集，但有數種選集收録了他的詩。『攝東七家詩鈔』（一八四九年刊）録其詩一百零九首，並附題『鐵研齋存稿』。然而『鐵研齋存稿』似未能付鐫，今僅見部分鈔本，『攝東七家詩鈔』所據當亦爲鈔本。『安政三十二家絶句』（一八五七年刊）録其詩十九首。『近世名家詩鈔』（一八六一年刊）録其詩十四首。『文久廿六家絶句』（一八六二刊）録其詩二十八首。此數種選本中有少量的重複。清光緒八年（一八八二）俞樾受岸田吟香之請，編選『東瀛詩選』，收録拙堂詩二十三首，並附識：「拙堂詩才横逸，咏古之作頗權奇自喜。然讀其『郡署感懷』詩曰：民病難醫多債負，歲豐亦苦有亡逃。又曰：弊餘郡務多盤錯，訛後民風難廓清。可知其治郡時必有政績，非徒以詩人傳矣。」俞樾所選之詩未出『攝東七家詩鈔』範圍。

明治二十五年（一八九二）刊詩文集『拙堂紀行文詩』，其中『京華游録附録』收詩二十四首，『白衣漫吟』收詩十七首，『澡泉餘草』收詩三十六首，『續澡泉餘草』收詩二十首，『南游志附録』收詩三十首。

以上是拙堂詩作刊行的大致情況。然而拙堂所作之詩遠不止此數，今仍存世者約千二百首。匯刻之議至少有兩次：一見於明治十三年（一八八〇）中内惇所撰『「拙堂文集」凡例』：「先生詩集亦有若干卷，本欲與文同刻爲拙堂全集，但資力未足，姑俟他日。」一見於明治四十四年（一九一一）三島中洲所撰『「鐵研齋詩稿」序』。惜均未果。直至近年，拙堂玄孫齋藤正和氏蒐集家藏稿本及刊本，編成『拙堂詩集』（一九九〇年），複印若干部，以贈有緣，世間纔得見詩人拙堂的大致風貌。杉野茂氏編『齋藤拙堂詩選』（三重縣良書出版會一九八九年刊），選詩二百二十首，亦大有助於拙堂詩之介紹。

拙堂雖未留下遷津前所作之詩，但此後直至垂老之年，作詩甚勤，友朋往還，勝境游歷，四季物候，詠史述懷，家事國政，均有詩記之。他其實是詩文並重，並未將詩視作緒餘。拙堂又重視詩人間的互相批評，常將詩集鈔寄詩友，以邀品評。今存詩稿上，時見評者墨迹。這既是當時詩人們文字之交的寶貴資料，也是詩歌創作過程中切磋琢磨的生動例證。

從這些評語中，可知時人如何驚服於拙堂的詩才。篠崎小竹評曰：「拙堂以文鳴世，其意如不屑乎詩者。今覽此稿，篇篇驚人，無喙可容，閱畢嗒然。因嘆曰：不意君能自致於青雲之上也。」（丙申一八四六年評）藤森大雅評曰：「意到筆隨，不費雕琢，一洗粉澤模擬之陋習，便是大家本色。」（乙卯一八五五年評）俞樾稱之「宜其爲東國詩人之冠」的廣瀨旭莊評曰：「自古詩文分二途，作家具體或偏枯。君能兼得魚熊味，欲繼昌黎與大蘇。」（庚戌一八五〇年評）「本邦文人之詩，意豐而詞歉；詩人之詩，詞贍而意匱。往日所謂味兼熊魚者竟當屬公，自詫非虛覯。」（乙卯一八五五年評）前者旭莊稱拙堂「兼得魚熊味」，意指拙堂詩文並擅。後者所稱「味兼熊魚」，當謂拙堂兼有文人之詩「意豐」及詩人之詩「詞贍」的二者之長。丙辰年（一八五六）又贈詩拙堂曰：「滿卷珠璣照眼明，欽君老筆益縱橫。文除陳語世皆服，詩有別才人更驚。」表現了對拙堂的欽敬之情，和對拙堂詩文成就的清醒認識。

拙堂著有『拙堂詩話』二卷，惜已不知所在，僅見於『近世漢學者著述目録大成』。拙堂對於詩的見解，可從其爲友人詩集所作的若干篇序文及文話中有關章節得知。要言之，他認爲詩應當學唐：「詩之有唐，猶如書之有晉，文之有漢，禮樂之有周。不學焉則已，學焉則捨是無所得師也。」（『「星巖丙集」序』）當然，拙堂自己就是以唐詩爲楷模的。他的詩風上的這一特徵，評者們敏鋭地感覺到了，所以梁川星巖有「近玉溪生」、篠崎小竹有「唐人口吻」、廣瀬旭莊有「得杜神」、「憾不使少陵讀此」、「不減摩詰」、「毋乃義山口氣乎」等評語。以總體而言，拙堂的古體詩氣勢雄健，峻潔典雅，佳作亦夥，較之近體，更勝一籌。故其門人中内惇亦評曰：「先生之詩不竭思於近體片辭，而出力於古風長篇。」（明治十四年評）

此次輯校以齋藤正和氏所編『拙堂詩集』爲底本，校以諸刊本及鈔本，並新增少量輯佚。拙堂所擬詩集名稱原有『鐵研齋詩存』和『鐵研齋詩稿』兩種，今商之正和氏，定爲『鐵研齋詩存』，釐爲十卷。

『京華游録附録』、『白衣漫吟』兩束詩稿，正和氏已將其按年代插入『拙堂詩集』，今一仍其舊。卷十之輯佚中，有輯自『鐵研詩存』者，此爲二松學舍大學所藏拙堂數首詩稿，原題如此。

因『拙堂文話』收於『日本學者中國文章學論著選』(復旦大學教授王水照先生編選)在上海出版之緣，我得以結識齋藤正和氏，又承謬以校點拙堂詩稿之重任相托，遂不揣淺陋，勉爲其難。荏苒數年，終告其成，交汲古書院出版。如漢詩愛好者由此得以親近拙堂之詩，研究者由此得以對拙堂在漢文學史上之地位，尤其是他在漢詩創作上的成就作出更全面允洽的評價，則歡忭何似。

所據資料均由正和氏提供，附録之人名索引亦爲氏所製。部分詩稿原爲草書，正和氏已作了辨識，今基本據此校點，若有錯誤，責任在我。詩稿原有若干漶漫蠹蝕之處，辨認之誤與其他種種不當恐亦不少，敬祈博雅君子指正。

吳鴻春

二〇〇一年八月

注：齋藤正和氏著有『齋藤拙堂傳』(三重縣良書出版會一九九三)，叙述詳實，足資參考。

前言

齋藤正謙は、寛政九年（一七九七）に生まれ、慶應元年（一八六五）に没した。字を有終、拙堂又は鐵研と号し、文靖先生と私謚されている。江戸津藩邸に奉職する武士の家庭に生まれ、青少年期には幕府昌平黌に学び、名儒古賀精里に師事した。二十四歳の時、津に赴き、津藩黌有造館で講官、督學、藩主侍讀等の職を歴任した。拙堂の生涯については、その門人中内惇の著した『拙堂先生小傳』を巻首に収録したのでここでは詳述しない。(注)

日本の漢文學史上、齋藤拙堂は散文家並びに文章評論家として特筆すべき地位を占める。その『拙堂文集』六巻、『月瀨記勝』二巻はともに日本漢文の優秀作であり、今日我々が日本漢文の完成度を理解するための必読の書である。中内惇はその文を評して「洵爲獨歩」（『小傳』）と述べたが、これは決して過大な賛辞ではない。拙堂は当時の文章の作風を「敗於明清間俗流之文、非剽剿則鄙俚」（賴山陽序）と見、『拙堂文話』八巻、『拙堂續文話』八巻をなして中日の古今の文章を縦横に論じ、時に卓見を表した。富士川英郎は『江戸後期の詩人たち』で齋藤拙堂に論及し、「文話」の作は少なくとも江戸時代、質量ともに、この書の右に出るものはなかったと断言している。文政十三年（一八三〇）『拙堂文話』が上梓されると、それほど時を経ずして中国に伝えられた。銭鍾書氏は清の人李元度の『天岳山館文鈔』巻二六『「古文話」序』にある、日本国人が撰じた『拙堂文話』が「反流傳於中國」という言葉を引用して、「是同、光古文家已覩其書。」（『管錐編』第三册）と述べている。『拙堂文話』は近年、台湾の文津出版社から影印版が、また相前後して上海古籍出版社から校訂版がそれぞれ出版された。

齋藤拙堂は出色の詩人でもあったが、その詩は文章ほど広く世に知られることはなかった。その原因は、主に彼の詩作の大部分が今に至るまで刊刻されなかったため、その全貌を知る術がなかったことが考えられる。なおかつ拙堂は若くして文章で名声を得たのだが、その『拙堂文話』刊行の年は三十四歳に過ぎず、詩名が文名の下に埋没してしまったということもあろう。

拙堂は次のように述べている。「余少時不甚留意於風騷、興來吟咏輒抹殺之、至於西遷之後所遇之境稍異、乃始留稿。」（『卜居集』）このことから、現存する拙堂の詩稿はおしなべて二十四歳、津に移った後のものだということがわかる。頼山陽は拙堂の初期の詩を読み、このように評した。「公詩不如文、蓋其緒餘、不深用力者。然才鋒淵然自不可掩、非以此名家沾沾自足而纖弱不足觀者比也。」すなわち、詩のみでも拙堂は並みの詩人を凌駕していたのである。

拙堂は生前専集を刊刻したことはなかったが、いくつかの選集がその詩を収録している。『攝東七家詩鈔』(一八四九年刊)には詩一百零九首を収録し、かつ『鐵研齋存稿』と題している。しかし『鐵研齋存稿』は刊行しなかったようで、今日その部分的な鈔本があるに過ぎず、『攝東七家詩鈔』もその鈔本に拠ったものであろう。『安政三十二家絶句』(一八五七年刊)は詩十九首を、『近世名家詩鈔』(一八六一年刊)は詩十四首を、『文久廿六家絶句』(一八六二刊)は詩二十八首をそれぞれ収録している。これら選本には多少の重複が見られる。清光緒八年(一八八二)、兪樾は岸田吟香に請われて、『東瀛詩選』を編纂し、拙堂の詩二十三首を収録、次のように附記した。「拙堂詩才横逸、咏古之作頗權奇自喜。然讀其『郡署感懷』詩曰:民病難醫多債負、歲豐亦苦有亡逃。又曰:弊餘郡務多盤錯、訛後民風難廓清。可知其治郡時必有政績、非徒以詩人傳矣。」なお、兪樾が選した詩は『攝東七家詩鈔』の範疇に留まる。

明治二十五年(一八九二)には詩文集『拙堂紀行文詩』が刊行され、そのうち『京華游録附録』に詩二十四首、『白衣漫吟』に詩十七首、『澡泉餘草』に詩三十六首、『續澡泉餘草』に詩二十首、『南游志附録』に詩三十首が収録された。

以上が拙堂の詩作の刊行についての概況である。然るに拙堂が作った詩はこれに留まらず、実はなお約千二百首が存在する。これまでにその全集刊行の機運は少なくとも二度あった。一度は明治十三年（一八八〇）、中内惇の撰した『「拙堂文集」凡例』に「先生詩集亦有若干卷、本欲與文同刻爲拙堂全集、但資力未足、姑俟他日。」と述べられている。もう一度は明治四十四年（一九一一）、三島中洲の撰した『「鐵研齋詩稿」序』である。残念ながら両方とも実現しなかった。最近になり、拙堂の玄孫齋藤正和氏が家藏の稿本及び刊本を蒐集、『拙堂詩集』（一九九〇年）として編纂し、若干部を複製して関係者に贈った。これにより、漸く詩人拙堂のアウトラインが少しわかるようになった。また、杉野茂氏編『齋藤拙堂詩選』（三重縣良書出版會一九八九年刊）においても詩二百二十首を選し、拙堂の詩の紹介に大いに貢献した。

拙堂は津に移る以前に制作した詩を残していないが、それ以降は老境に至るも常に詩作に勤しみ、朋友との往来、景勝地への遊覧、四季折々、史実の吟詠、心情の吐露、家事国政等々が詩で記されている。彼は詩と文とをともに重視し、決して詩を余技とは見なさなかったのである。拙堂はまた、詩人の相互の批評を重視し、しばしば詩集を書写して詩友に送り、その品評を求めた。現存する詩稿には、評者の墨跡がよく見受けられる。すなわちこれらは当時の詩人間の文字の交わりの貴重な資料であるとともに、詩歌創作の過程における切磋琢磨の生き生きとした証といえよう。

これらの評語からは、当時の人々が如何に拙堂の詩才に驚き敬服したかを知ることができる。篠崎小竹は評して曰く「拙堂以文鳴世、其意如不屑乎詩者。今覽此稿、篇篇驚人、無喙可容、閲畢啌然。因嘆曰：不意君能自致於青雲之上也。」（丙申一八四六年評）藤森大雅は評して曰く「意到筆隨、不費雕琢、一洗粉澤模擬之陋習、便是大家本色。」（乙卯一八五五年評）　兪樾が「宜其爲東國詩人之冠」と称した廣瀬旭莊は評して曰く「自古詩文分二途、作家具體或偏枯。君能兼得魚熊味、欲繼昌黎與大蘇。」（庚戌一八五〇年評）「本邦文人之詩、意豐而詞歉、詩人之詩、詞贍而意匱。往日所謂味兼熊魚者竟當屬公、自詫非虚覯。」（乙卯一八五五年評）　前者の「兼得魚熊味」とは、拙堂が詩文共に秀でていることを意味する。後者の「味兼熊魚」は、つまり拙堂が文人の詩「意豐」と詩人の詩「詞贍」の二者に共に長じていることを意味する。旭莊は丙辰年（一八五六）、再び詩を拙堂に贈って曰く「滿巻珠璣照眼明、欽君老筆益縱横。文除陳語世皆服、詩有別才人更驚。」、拙堂に対する敬服の念と拙堂の詩文の完成度に対する的確な認識を表明した。

拙堂は『拙堂詩話』二巻を著したが、惜しくもその所在はわからず、僅かに『近世漢學者著述目録大成』に見えるだけである。拙堂の詩に対する見解は、彼が友人の詩集のためになした若干の序文や文話の中の章節から知ることができる。一言で言えば、彼は詩は唐に学ぶべきだと考えていた。「詩之有唐、猶如書之有晋、文之有漢、禮樂之有周。不學焉則已、學焉則捨是無所得師也。」(『「星巖丙集」序』) もちろん、拙堂自身も唐詩を手本としたのである。彼の詩風のこうした特徴は、評者らも鋭敏に感じ取り、梁川星巖は「近玉溪生」との、篠崎小竹は「唐人口吻」との、廣瀬旭荘は「得杜神」、「憾不使少陵讀此」、「不減摩詰」、「毋乃義山口氣乎」等の評語を残している。総じて言えば、拙堂の古体詩は氣勢雄健、峻潔典雅、佳作が多く、近體詩を更に凌ぐものといえよう。故にその門人である中内惇もまた評して曰く「先生之詩不竭思於近體片辭、而出力於古風長篇。」(明治十四年評)

このたびの校勘は、齋藤正和氏所編の『拙堂詩集』を底本とし、諸刊本及び鈔本を用い、かつ少量の輯佚を補った。拙堂の考案した詩集の名稱にはもともと『鐵研齋詩存』

と『鐵研齋詩稿』の二種があったが、今回、正和氏と相談のうえ、『鐵研齋詩存』とし、全十巻とすることとなった。

『京華游録附録』、『白衣漫吟』の二詩稿集は、正和氏がそれぞれの年代に基づき『拙堂詩集』に挿入されたので、ここではそれに拠った。巻十の『輯録』のうち、『鐵研詩存』から収録したものがあるが、これは原題を『鐵研詩存』という二松學舍大學所藏の拙堂の數首の詩稿である。

私は、『拙堂文話』が『日本學者中國文章學論著選』（復旦大學教授王水照先生編）に収録されて上海で出版されたことから齋藤正和氏のご交誼をいただき、また学殖浅薄にも拘らず拙堂詩稿の校勘の大任を託され、非力を顧みずお引き受けした次第である。それから数年、荏苒として今日に至り、終に完成し、汲古書院より出版することとなった。漢詩愛好者が本書により拙堂の詩に親しむことができ、また研究者が本書により拙堂の漢文學史上における地位、特にその漢詩創作上の業績について一層適切な評価を与えることができれば、これに勝る喜びはない。

本書の拠った資料はすべて正和氏が提供されたもので、附録の人名索引もまた氏が作成されたものである。詩稿の一部はもともと草書であったため、正和氏が判読されたものを基本にして校訂した。もし誤りがあれば責任は私にある。詩稿には若干の不鮮明、蠹魚の害があり、その部分については判読の誤りやその他種々適当でない箇所があろうが、謹んで碩学のご叱正を乞う次第である。

呉　鴻春

二〇〇一年八月

注：　齋藤正和氏の著『齋藤拙堂傳』（三重縣良書出版會一九九三）に詳述されており、参考に資する。

凡例

一　刊本與鈔本有異者，從刊本。如不從或刊本互異者，則出某本作某之校記。
一　無刊本而鈔本互異者，則出一作某之校記。
一　拙堂之夾注，置於原處。評者之眉批、夾注，移至詩末。總論性評語，置之於卷末。
一　句讀採用新式標點符號。
一　鈔本中異體字多見，如窗牕窻窓、畫画畵、秋烁、辭辤並存，爲求統一，勢不能不加整理。取捨基本以中國文字改革委員會『第一批異體字整理表』爲據，但也考慮日本用字習慣與漢字文化圈習見與否，如取傑不取杰，取異不取异。依違之處，頗費苦心，讀者諒之。
一　人名、地名等專名用字不加改動，如崋山（人名）不作華山，此亦名從主人之義。
一　通假字、古今字大都不改，個別易誤會者酌改，如捬髀改爲拊髀，觀奕改爲觀弈。
一　個別未能辨認的字以「□」代替。

凡例

一　刊本と鈔本が異なるものは刊本に拠った。刊本に拠らない場合または刊本が互いに異なる場合は、「〇〇本作〇〇」との校記を示した。

一　刊本がないもので鈔本が互に異なるものは、「一作〇〇」との校記を示した。

一　拙堂の夾注は、元の箇所に置いた。評者の眉批、夾注は詩末に移した。総論的な評語は巻末に配した。

一　句讀点は新式標點符號を採用した。

一　鈔本には異體字が多く、如えば窗牕窻窓、畫画畵、秋烁、辭辞などが並存し、統一性を持たせるために整理せざるを得なかった。その取捨は原則として中國文字改革委員會『第一批異體字整理表』を根拠としつつも、日本の用字習慣と漢字文化圏の慣習を考慮し、如えば傑を採用して杰は採用せず、異を採用して异は採用しなかった。どれに基づくかについては頗る苦心したところで、読者が諒解されるよう願う。

一　人名、地名等専名用字はそのままとし、如えば崋山（人名）は華山としなかった。
『名従主人』の義に拠った。
一　通假字、古今字は大部分そのままとしたが、誤り易いものは個別に改めた。如えば
拊髀は拊髀に、觀奕は觀弈に改めた。
一　いくつかの判読できなかった文字は「□」で代替した。

拙堂先生小傳

拙堂先生諱正謙，字有終，拙堂其號，又號鐵研，通稱德藏，致仕稱拙翁。父諱正修，號如山，通稱作藏。本姓增田氏，入贅於齋藤氏，因冒其姓。母齋藤氏，以寛政九年某月某日生先生於津藩邸。津藩即藤堂氏，藩邸在江户柳原

先生幼而穎悟，稍長入昌平黌，受業於古賀精里翁，好學，昕夕刻苦，尤用力古文，卓然成家。及藩主誠德公 公即故從四位侍從藤堂高兌朝臣 創建學校，擢任先生學職，因挈家西徙於津，時年二十四。嘗游京師，會藩士野田某游學在此，導先生造賴襄。襄初書生視之，及觀其文，乃大驚，延之於坐，以朋友之禮遇之。某本輕先生，見之有愧色。其後先生任講官，賜禄百五十石。文政七年十二月，誠德公逝，詢蕘公 公即今從三位藤堂高猷朝臣 嗣位，尋命先生進班上士，兼侍讀。先生知而無不言，公亦能聽納之。異日公之得聲譽，先生啓沃之力居多。爲侍讀十數年，累增禄至二百石。又屢扈從江户，與諸名士交，聞見益博，聲名藉甚。

天保十二年七月，轉郡宰。先生素留意民事，既爲郡宰，將救民疾苦，乃發摘大里正

姦曲病民者數人，致之於罪，民大悅。然未及大肆其力，罷郡，再入學校，參署督學事。宏化元年某月，陞督學，總督文武學政。乃立學則，舉人才，廣購書籍，增建文庫，刊行『資治通鑑』。又大設武場以練兵。延劍客槍士，命藩士與之角技。選藩士有才者游都下，學洋學及兵法、砲術。其所費不貲，皆仰之學校，而學校會計綽綽有餘裕，此皆先生之力也。方是時，天下爭講文武，而文武人才之盛，特推津藩。天下皆取法於我。又命士人來受其業者，常數十人。

　安政二年六月，幕府下命辟先生。先生東下，謁見大將軍家定公。陪臣賜謁，實爲希覯事。已而幕府將擢任先生儒官，先生以爲自吾公十二歲時日侍其側，今去而遠之，情有所不忍。與其捨舊而富貴，不若守節而貧賤，遂謝病西歸。及歸，公出迎於道，延入城。增祿爲三百石，仍爲督學如故。先生既督學政，以勵文武，又辭幕辟，以全節操，其功德之高，風動一時。龍野侯見先生，有所諮詢。大垣侯亦見先生，贈馬鞍朱提，以謝臣隸受其奬勵。是以四方之士執質入門者，不可勝數，卒至遐陲僻壤無不知拙堂先生爲大儒者。

　六年六月，先生致仕。公命長子正格襲祿三百石，別賜先生月俸十五口糧，以爲養老資。藩制：非國老及大監察，不給養老資。今與之同給，蓋異數也。慶應元年乙丑三月，先生患嗝噎，荏苒不愈，七月十五日終於茶磨山莊，享年六十有九。公痛悼，賻贈甚厚。

葬於塔寺村四天王寺先塋之次。門人私謚曰文靖先生。

初，先生爲菟裘之計，買地於城北茶磨山下，置草堂，名曰栖碧山房。地勢高塏，負山臨海，有亭榭几榻之設，花木泉石之勝，統而名之，曰茶磨山莊。先生辭幕辟之明年，乞致仕，不允，因稱半隱士。後三年，得允爲真隱，住山莊，仍時時入城候公，公亦時來臨焉，賜賚無算。先生嗜酒好客，客至則忻然對酌，賦詩論文，終夕不厭。四方文士來訪者，殆無虚日，索書者亦接踵於門，可謂風流文雅極一時之盛矣。先生面上痘瘢斑斑，兩耳高聳，對面先見其耳。談笑間，時時以白眼睨人，威嚴可畏。加之直言不隱，面斥人過失。然胸宇豁達，不修邊幅，推誠接物，愛才如饑渴，人以此歸之。

先生娶鈴木氏，生正格，承家。鈴木氏没，續娶高畑氏，有三男四女。一女適茨木某，一女適七里某，餘皆早亡。

先生才識明達，學通古今。經義雖本於宋儒，亦不墨守之，參以諸説。如『與猪飼敬所論學書』，則壯年之見，而非晩年之定論。諸史莫不淹貫，最精於『史』、『漢』，多發明。老子、孫子二辨，猪飼彦博稱以爲千古卓見。文則少壯既得莊、馬、韓、歐之神髓，詩則中歳始用力，及晩升杜、蘇之堂。賴襄、古賀煜、野田逸、安積信、小崎弼等，既推服其文，梁緯、廣賴謙、鷹羽龍年、藤森大雅等，又稱贊其詩。要之，詩猶有敵手，至於文，洵爲獨步。

先生夙抱經世之志，田賦、法律其所尤鑽研。本朝典故，亦考窮之。『六國史』、『延喜式』、『令義解』等書，並存手澤。故其『正經界議』、『禁游民策』等文，皆可言可行者。及聞支那阿片之亂，以爲不明地理、不通海外事情，乃博渉獵地理書，有所著作。當時洋學未闡，人罕言地理者，盖以先生爲嚆矢。種痘之術始入我邦，先生審其可以救幼兒，乃排衆毀，先天下以學校之力開種痘館，大施其術，是以藩内之民，殆無嬰痘患者。此皆可以見其學適於實用矣。

先生篤倫理，屢周朋友故舊之急。鈴木氏兄正寧有罪褫俸，先生併其妻子養之於家内。病者藥之，死者葬之。後唯存一女，爲具裝奩嫁之。又憫正寧弟神田通規貧窶，每施與之。門人松阪家里衡來在塾，少年才子，游蕩無檢，先生屢戒之，仍不悛，遂大困乞憐，先生乃與若干金，諭止之，衡感悟少懲。其重義輕財，大率如此。

所著『拙堂文話』八卷、『續文話』八卷、『月瀨紀勝』二卷、『海外異傳』一卷、『士道要論』一卷、『鐵研餘滴』四卷、『救荒事宜』一卷、『高青邱詩醇』七卷、『絶句類選評本』十卷，既行於世。詩文集若干卷、『韓子新編』六卷、『北畠國司紀略』十三卷、『兵話』四卷、『常平社倉義倉議』一卷、『地學舉要』一卷、『魯西亞外紀』二卷、『京華游録』

一卷、『客枕夢游録』一卷、『澡泉餘草』一卷、『續澡泉餘草』一卷、『南游志』一卷、『南游志附録』一卷，其他經話、詩話等未就緒者，又若干卷，並藏於家。

先生之未没也，將立壽壙碑於山荘，命其文於門人土井有恪。有恪承命，未及作而先生没。正格因囑墓誌於有恪，有恪又諾之。經數年未作，正格及惇屢促之，責其殆慢。有恪謝之，且曰必作。其後正格、有恪相繼物故，而墓誌終不成矣，故惇綴緝先生事迹，作此傳，以俟修史者採焉。

明治十三年十月　　　　門人　中内惇謹撰

校：『與猪飼敬所論學書』，『拙堂文集』作『與猪飼敬所論學術書』。『禁游民策』，『拙堂文集』作『禁游食策』。

鐵研齋詩稿序

三島中洲撰　『中洲文稿』第四集卷之三

詩有學者詩，有詩人詩。我鐵研齋藤先生學問文章雄視一世，餘事賦詩，蓋學者詩，而與梁川星巖、廣瀨旭莊等詩人相評騭，僅存此稿。今春先生嫡孫有常寓書，使毅序之。毅偶有小痾，不果。頃浴殘痾於伊東温泉，賷此稿往。先游覽東南海灣，浄波萬頃磨明鏡，而大島蜿蜒引翠黛，初島亭子巖點綴其前。紅暾躍，白帆走。雲烟鷗鷺，往來出没。綺麗明媚，如繪畫，如雕刻。嗚呼，是非詩人詩乎。回頭仰蒼天，則富嶽戴殘雪，卓立乾位；天城山拔浮雲，聳峙坤位。雄大崇高，不可攀登。更放眼太平洋，則深淵廣闊，不知際涯。嗚呼，是非學者詩乎。但詩有流弊，雄崇深廣者，或流粗大，綺麗明媚者，或陷纖巧。互救其弊，則各擅其長矣。是先生之所以與星巖、旭莊等詩人相評騭，相資益，而先生之詩，終以學者兼詩人，豈得韓、蘇之遺風者乎。姑序以質先生之靈。

明治辛亥仲秋拜撰於伊東暖香園浴窗。

鐵研齋詩存　卷一

卜居集

余少時不甚留意於風騷，興來吟咏則抹殺之。至於西遷以後，所遇之境稍異，詩以記之，乃始留稿，亦不能多。頃者欲抄文政中之作，發篋閲之，從庚辰至戊子凡九年間，所得不過二百篇，加之詩才拙劣，少可觀者。沙之汰之，删其大半，猶多瓦礫。意欲一筆勾去之，然交友姓字、勝區游蹤並賴之以存焉，不忍割愛也。姑登録之，以供茶餘一噱云。

天保甲辰霜月念二鐵研生自識

庚辰三月自江户遷津城城南卜居

胸襟滌去大都塵，問宅神風五瀨濱。食豈無魚滄海近，居唯有竹碧山鄰。人如親舊心情睦，地接郊村風俗醇。四壁頗寬貯何物，一船書畫遠隨身。

大沼竹溪云：勢中未見此佳作，實爲破天荒。

燈下拭劍

我有活人三尺劍，一條寒冰百煉剛。風雨時聞蛟龍泣，紫蜺直欲衝天揚。一夜拂拭燈火下，白光四迸射紅光。烜如千電之逐雷墜，耀如羣龍之争珠翔。雷煥張華皆已死，千古茫茫延平水。長鋏歸去來，衹須依舊藏匣裏。君不見鉛刀一割人所喜，劍兮雖利長已矣。

贈劍客

突鬢蓬頭八尺身，片言出口見天真。一生不信重瞳語，漢帝亦曾提劍人。

梁星巖云：項王爲劍不足學，漢帝自謂提三尺劍定天下，此首拈出爲好議論。

觀螢

夕陽初收見點螢，一點兩點逗煙汀。俄頃紛飛千萬點，滿江影亂滿天星。

岡本花亭云：拗體有自然之妙。

尾張秦滄浪餉大蘿蔔，云是中村所出，中村屬愛智郡，豐太閤故里也熟炊幾片玉堆盤，敢作平生蔬糲看。豈意英雄種餘菜，剩充一飽腐儒餐。

臘後月夜

臘裏攙先物候新，月光梅影淡調勻。人間猶爲數行曆，如許清宵未道春。

寒夜讀書

獨對古人黃卷中，唔咿聲裏一燈紅。三餘事業竟何用，百遍課程難見功。村柝寒敲霜下月，檐鈴冷戛雪餘風。漫漫長夜還將曙，幾度撫躬嘆阿蒙。

寒夜聞霜鐘

風定霜威厲，疎中聽更明。穿雲出山寺，帶月到江城。北岸應南岸，一聲成兩聲。噌吰兼地震，清越入空輕。萬户悲砧歇，孤衾夢枕驚。側身倦長夜，屈指數殘更。未得發深省，徒然傷宦情。誰知野僧手，作此不平鳴。

春晝

鳴禽恰恰響晴空，狼藉花香午影烘。困極睡魔驅不去，起掀簾押面輕風。

花亭云：春倦之狀寫得宛然。

惜花

春風不解惜年華，吹盡殘紅到日斜。癡癖何堪汎掃去，殷勤手拾滿階花。

花亭云：癡情可想。

暑夜

矮廬無術滌煩襟，且趁園庭凉處吟。一笑烘餘將喘月，翻移竹榻向墻蔭。

晚歸二首

昏煙漠漠鎖前程，何處暗傳金磬聲。一閃驚來巖下電，上方樓閣半身明。

煙霧初消眼界開，風光撩客苦敲推。歸來且惜入門去，月下植笻吟一回。

聞鶴

金風嘹唳叫清秋，萬里雲霄得自由。恨我長爲樊籠物，幾時駕汝到瀛丘。

春曉即事

裌衣初稱體，一雨暖如烘。掬水嗽殘月，排簾梳曉風。花枝開到北，山色霽朝東。城外春應好，遨游約冠童。

花亭云：中唐佳作。

春曉即事

小雨愔愔夢正回，早櫻想已滿東臺。今晨初覺鐘聲暖，漏出香雲蒸處來。

新雁

新雁一聲天外風，雲間纔認影朦朧。最先欹耳他鄉客，説與傍人遥指空。

花亭云：從唐詩「孤客最先聞」脱化來。

上杉謙信咏月圖

鐵騎縱横震北方，誰知文陣又堂堂。令嚴子夜軍營肅，月下過營不亂行。

咏櫻

何數牡丹兼海棠，一家秀色占韶光。軟雲送曙江山白，暖雪埋春天地香。富嶽並堪誇異域，扶桑豈但表東方。可憐洛蜀風流士，不識花中有素王。

花亭云：從來咏櫻者皆徒艷麗耳，不見如此壯麗之作。中島棕隱云：素王字妙。

新荷

短柄纔擎蓋始成，露光承日碎珠明。夜來記得窗前雨，灑到池邊别有聲。

舊友出羽藁科虎文游江島、金澤，千里寄書，有所徵，余拊髀壯遊，賦此贈之相武風光奇又妍，蒲湘溟渤水波連。馬過帆影雁行外，舟到鰲山鯨海邊。誤想蓬瀛求藥去，何知宛委訪書還。我嘗咫尺無縁分，千里被君先著鞭。

校：髀原作脾。

暮步田間

尋凉何處好，步到野塘東。細徑莎香濕，平田露氣通。驅蝗山下火，洗馬水邊風。更喜歸途爽，冰輪已上空。

野田子明

曾在韓門交契深，信君盲目不盲心。臥牀應有新篇就，要聽彈絲吹竹音。

丹後野田子明寄書謂患眼，賦此却寄

索居聞報駭心胸，千萬醫治莫任慵。他日要須尋舊好，爲留青眼待相逢。
重會雖期盡兩歡，亦何靦面對金蘭。阿蒙碌碌渾依舊，難得吾兄刮目看。

榊原途中作

行行山徑轉，秋色畫圖開。鳥外雲留片，牛邊禾作堆。遥峰碧魚立，流水白虹來。滿目皆詩料，吟笻植幾回。

謁楠中將墓

永安王座在楠枝，獨木能支大厦危。城守優過孝寬略，廟謨誤敗子儀師。赤心報國取熊掌，青史闔門留豹皮。千古嗚呼銘八字，秋風下馬拜殘碑。

賴山陽云：茶翁後佳作。

校：『攝東七家詩鈔』、『東瀛詩選』又作『讀楠中將傳』：南柯入夢聖君知，一木能支大厦危。城守優過孝寬略，廟謨誤敗子儀師。赤心報國取熊掌，青史闔門留豹皮。攝尾播頭名勝地，行人祇説湊川碑。

水亭夜飲

燭照高筵水榭虛，碧蓮香裏夜凉餘。興酣蕉量先逃酒，獨向風欄聽躍魚。

同前次中山遜卿韻

誰家歌笑宴高樓，籠燭光摇幾綵毬。盤礴苦吟文字飲，一川月照兩邊秋。

同平松子愿重遊浄明禪院

一笑良緣叵忘心，重同舊伴此來尋。行隨潭水靈根浄，更上山門色相深。林徑葉乾犬行響，海天雲合鶴聲沈。偷閑半日還忙了，衝口新詩不自禁。

寄玉澗和尚

和尚我先師精里先生方外之友，見住阿州興源寺，欲相識而不得矣。頃者菅茶山有贈和尚之作，盛相稱揚，以佛印爲比，見之不堪艷羨，聊效顰爲贈

碧雲千里渺天涯，飛錫西來不可期。坡老詩詞推佛印，昌黎交友有顛師。空花閑落參禪夕，溪月斜明送客時。妄意望君瓊報至，漫投木李寄相思。

喜鹽田士鄂至

一別眼穿雲樹東，燭前話舊兩心融。鬚眉相見鬑鬑黑，誰信當年竹馬童。

聞岡本花亭翁致仕，遥有此寄

獨醒在世亞三閭，須識風騷屬緒餘。逸足未伸千里志，直聲大振萬言書。墻東占隱栽花地，橋畔思詩策雪驢。仰見鳳飛寥廓上，相從早晚卜閑居。

春江釣雪

碧江冒雪小舟停，玉立嶕嶢山失青。春早却同春色晚，落花撲笠釣煙汀。

登石山寺

好事天仙奮鐵鎚，琢成巖石萬狀奇。黑龍騰驤白虎伏，層層入雲丹梯危。上有香閣之高縹緲，下有大湖之緑玻瓈。傳是源語成草處，風流千載稱紫姬。芳蹤寄在名勝地，

地靈人秀相得宜。畫圖省識湖山景，今日相訪不相疑。一笑當時詞林傑，甘向女郎立降旗。

訪今井兼平墓

粟津戰敗霸功空，桀犬吠堯忠則忠。三尺孤墳千古在，荒田野水葬英雄。

過琵琶湖

昔見芙蓉八葉峰，今過琵琶萬頃水。東西巨觀天下知，吾生何幸並雙美。麗比西湖壯洞庭，琉璃粘天二百里。帆影雁行望中明，陰雨亦奇況好晴。碧甍粉堞連西岸，瀲灧波涵膳所城。長橋如龍蜿蜒臥，金鰲戴出島如笙。君不聞上古神仙費思構，開湖築嶽一夜就。譬如東父與西母，兩隅相望鎮宇宙。安得李杜倚天如椽筆，併掣湖嶽卷中屈。

山陽云：信是傑篇。

校：『拙堂紀行文詩卷之二』隅作偶。

過平等院

文武全才一世雄，白頭舉事戰功空。九原不起源三位，枯樹花開春寺風。

山陽云：用事精切。

校：『攝東七家詩鈔』題作『平等院』，文武全才作智勇人推，樹作木。

下宇治川

河恬海晏偃干戈，醉臥扁舟高枕過。却想兩龍争渡處，横流猶起舊衝波。

過桃山

城墟落莫夕陽閑，金屋美姝蹤似删。當日豪華何物在，桃花如錦覆春山。

校：『攝東七家詩鈔』題作『伏水桃山』，詩亦有異：城墟落莫夕陽閑，金屋髹橋蹤似删。佳麗當年典型在，桃花如錦滿春山。

題東求堂

輦轂紛紜被劫灰，堂堂霸主賦歸來。可憐十笏點茶室，恰是周王避債臺。

篠崎小竹云：以周王避債臺比東公茶室，比擬得倫。惇曰：咏史上乘。

校：『攝東七家詩鈔』題作『東求堂』，附注：在銀閣寺，義政將軍茶室。

黄梅精舍集分韻，座有黄門小倉公，得拜謁，故及

來游尋紫野，門静任人敲。蓮社結新識，華紳叨下交。春風花破蕾，晴日燕營巢。無句酬佳況，自甘泉石嘲。

校：『拙堂紀行文詩卷之二』紳作伸。

紫野黃梅院清集 大德寺塔頭，黄門小倉公在座

坐覺三春蝶夢醒，茶煙禪榻落花庭。白蓮同結風流社，座有華紳亦忘形。

同瀨尾子章飲邀月亭 在南禪寺前

柳外春風簾影開，芳樽留客共敲推。羣山隔霧黛眉淡，高閣出花金碧堆。裘馬誰人蹈青去，綺羅幾對擁紅來。醉餘好待夕陽盡，邀月亭前咏月回。

華頂山遇畑橘洲、中島棕隱，遂俱上圓山碧雲樓，歡飲至夜，分韻

邂逅相逢初結盟，風流恰得二難並。吟腸快瀉伊丹酒，醉耳閑聞筑紫箏。遠柳罩煙春水暗，高花帶日暮山明。華樓卜夜更勝晝，新月入欄香霧輕。

小竹云：伊丹酒、筑紫箏，天然好對。頸聯亦秀朗。

同前次棕隱韻

弦歌雜沓湧林坰，占斷陽春在此亭。暮嶺花飛風曳白，晴川日落水紆青。袖光妓舞樓頭月，燈影人歸山下星。醉座團圝文字飲，苦吟自有一心醒。

上清水臺

憑空傑構架崔嵬，羣嶺搖光一望開。晴旭烘衣花氣暖，熙熙春日上層臺。

山陽云：佳語。

校：『攝東七家詩鈔』一望作眼底。

西郊夜歸次子章韻

暮煙横路宿禽號，數里暝行過野皐。皎皎忽疑新月上，一團櫻雪擁林高。

山陽曰：宛然如見，秀甚腴甚。

校：『攝東七家詩鈔』題作『北野夜歸書所見』，首句作蒼煙看看失崇桃，皎皎作前路。

仁和寺看花

撲地暖香雲幾團，閑吟倚遍玉欄干。昏鐘今日爲花晚，放却山門到夜看。

嵐山看花

休問京城春若何，名花先數此山阿。樹低游屐穿雲去，風起輕槎載雪過。巖壑水明嵐影斷，笙歌人散瀑聲多。吟行要渡長橋月，立待金光湧碧波。

山陽曰：結尾雄深，勝東山詩尾。花亭曰：洛勝諸詩流麗如其境，使人艶想神飛。

校：『攝東七家詩鈔』槎作搓。『東瀛詩選』、『拙堂紀行文詩卷之二』作槎。『拙堂紀行文詩卷之二』

題作『嵐山看花，同畑橘洲、有川舜臣、瀨尾子章賦』。

晚自嵐山還，宿天龍寺

迷花不覺到昏黄，爛醉來投選佛場。參叩何須奠一炷，嵐山帶返滿身香。

題焉廋亭 在臨川寺

無邊春色繞禪關，别築團瓢在碧灣。一指何須煩示客，吾無隱爾水西山。

題七老亭 在天龍山上

花開嵐峽上，白雲界青山。罨畫溪光麗，舟過繡障間。

本願寺

崔嵬佛殿表神京，金碧熒煌耀日明。回首翻憑路人問，春雲何處鳳凰城。

山陽云：誰敢言到。

校：『拙堂紀行文詩卷之二』題作『過六條有感』，第二句作金碧煌煌塗血成。

上四明峰

來上四明頂，壯觀勝昔聞。帽尖捎高鳥，鞋底起層雲。湖水琉璃凈，京城金碧分。飄然小天下，欲共羽仙羣。

訪詩仙堂

風流宛在舊林泉，海内留芳二百年。安得丹青貌丰采，併呼三十七詩仙。

贈頼子成

宛馬自有汗血種，頼家父子盡逸羣。西海夙稱三才子，龍頭鳳毛最推君。腹笥便便書萬卷，下筆有神經世文。目中無人曠今古，豪氣遒上衝紫雲。泛駕之材脱短轅，直展驥足馳中原。詞鋒犀利斫銅鐵，文陣一揮千軍奔。優剜劉墻與賈壘，追逐班馬泝詞源。大筆如椽補國史，生平功業此中存。鴨川卜築二十年，未曾曳裾向王門。盛名之下難逃避，佳客滿坐美酒樽。鯫生通刺幸不拒，葵心歡喜披雲睹。談笑不唯肝膽傾，一言叨蒙知己語。世間未知大冲賦，玄晏爲作三都序。世間未知明允文，六一先生獨推許。駑駘不敢比古人，偶然誤被伯樂顧。天下争輒今有誰，不知何人扞牧圉。若收鉛刀一割用，私心不讓百夫禦。

山陽曰：溢美滿紙，讀之面熱。然公非貢諛者，則不可不謂知己。又曰：丈夫語所謂差强人意。隱如一敵國者，何啻百大。惇曰：山陽之重先生，觀此評可以知之矣。

校：『拙堂紀行文詩卷之二』裾作裙。

畑橘洲宅小集分韻

暖風庭樹静，桃李媚韶光。慢火茶難老，飛花酒更香。論文春晝短，看畫静宵長。已伴東山宴，醺然又一場。

宿賴山陽宅

雄談千古指遺蹤，把酒回看六六峰。更有高樓許留宿，一宵醉臥伴元龍。

校：此詩又作「來看三十六奇峰，把酒澆平磊塊胸。百尺高樓不相拒，一宵醉臥伴元龍。」

又：『攝東七家詩鈔』題作『過賴山陽氏留飲遂宿』。

已辭京師，取路滑谷，重上清水臺

華洛重游是何日，歸裝已就且徘徊。癡心最戀東山好，迂道復登清水臺。

夜下淀江

奔流枕底響淙淙，一夜東風下大江。客夢纔醒人語湧，萬家曉色入蓬窗。

山陽云：寫得真風景，不可嵌置他處。

暮春廿一日入浪華，訪篠崎承弼，承弼招後藤世張、廣瀨公坦等十餘人，設宴，分韻得虞求勝飄然到阪都，旅裝纔卸此摳趨。欲從南郡問經旨，且向高陽爲酒徒。醉眼生花春未盡，吟毫飛玉日難晡。龍門一入深無測，幾個相逢滄海珠。

席上廣瀬公坦見示和以却贈

忽有高歌慰客心，深情恰似海千尋。雅盟好與鷗求伴，續和爭如鶴在陰。燈下眼青交促序，樽前耳熱則被襟。游蹤若到東關外，先拜神山行且吟。

過阿部野吊北畠黄門

一片丹心報國恩，儼然遺塚在荒村。春風草秀平原碧，疑是三軍戰血痕。

堺浦望鐵拐峰

行向泉攝訪古蹤，晴浦春光入吟筇。海面一望琉璃浄，畫出螺黛山幾重。壽永交戰知何處，天外削成鐵拐峰。潸然忽落懷古泪，風雲色變感慨中。君不聞平氏一旦棄帝京，大軍退保一谷城。金湯百二憑天險，自謂東軍莫能爭。東軍大將源廷尉，胸中自有數萬兵。鬼謀神算呑大敵，斷崖百丈視如平。半夜突騎自天下，叫喊一生山岳傾。白旗飛揚赤旗仆，鋒刃未交走縱横。海岸争舟指可掬，便便魚腹葬公卿。勝敗懸絶各殊勢，平氏衰枯源氏榮。一枯一榮何足言，源平至今倶不存。喊聲已斷海風湧，旗旆影滅白波翻。獨在鐵拐山色在，慘淡黯銷旅客魂。

校：獨在疑有誤。

別瀨尾子章

吟筇幾處入香雲，半月交歡且討文。今日風光腸耐斷，滿城花落又辭君。

過醍醐

寺古年年花尚新，豐公逝後屬何人。誰言紅紫一場夢，却勝華樓已作薪。

宿笠置

日暮雲愁古戰場，旅窗黯黯一燈光。哀泉幾處驚孤枕，春夜恰如秋夜長。

宿平松

鄉書無報起歸程，旅館寒燈入客情。此去洞津纔一舍，家人尚今憶京城。

平松驛逢女史富岡吟松自京師還，賦以贈之

尚有殘香在客衣，嵐山俱是賞花歸。旅亭偶爾復相值，不似津城相見稀。

薩摩有川舜臣工墨梅，號梅隱居士，寫一幅見贈，翁又善鼓琴，賦此爲謝半樹横斜不著塵，緣何許寫玉風神。平生一曲瑶芳引，林逋『梅花七律』：琴家名曰瑶芳引。指底本藏湖隝春。

題謝安圍棋圖

棋聲遥答鼓鼙聲，豈但安閑鎮物情。自是胸中藏定策，坐驅風鶴作奇兵。

讀『資治通鑑』

拯溺救焚元祐時，精誠早被稚童知。千秋更有經綸在，治亂昭然一鑑垂。

觀花火

大江晚放納凉舟，兩國橋邊五月秋。千家珠簾排兩岸，華燭射波漂萬毬。江心笙鼓連蘭檝，天半歌呼在玉樓。萬目仰空齊凝視，一聲震地激雷起。金蛇萬條電迸空，旋飄紅雪撲煙水。乍如猛將舞雙刀，乍如神兵送萬矢。乍如蜃樓起海天，十層突兀呈奇詭。乍如花卉發東風，千朶離披鬭紅紫。變幻百出夜未闌，呼奇呼快萬人歡。豪華不數河北宴，幾處金樽酒翻瀾。壯游如夢歲月更，七年夜雨在津城。今夜海潯觀花火，忽憶舊游動舊情。楚人畢竟好楚語，吳客元來作吳謳。不願揚州騎鶴去，不願淄上帶金游。唯願重掉家江月，兩岸秋風下二州。

合作，稿中七古此爲第一。雙刀萬矢襯金蛇句，猛將神兵似突出却好，源中將、田村丸，光景依稀。插説楚語吳謳，覺多少整暇。

校：揚州原作楊州。

小春景山大夫別業集分韻，同泮宮諸子

本識南塘路，重來緑野堂。菁莪同赴宴，桃李盡登場。冬暖春先到，天晴日亦長。庭心池似鑑，籬脚菊爲裳。認蝶穿叢徑，觀魚立石梁。林間暫移席，臺上更安牀。海樹帆明滅，村鐘風抑揚。度鴻排陣去，鳴鶴帶聲翔。爛葉飛紅雨，晩山凝紫光。舉頭詩景富，入目畫圖張。縱欠絲兼竹，陶然咏又觴。松窗酒香撲，筠館茗煙颺。玉椀挑芹碧，金盤劈蟹黃。歡欣人共醉，笑傲世相忘。筆下龍蛇字，吟邊錦繡腸。優遊無籍在，名苑即滄浪。

丁亥三月登長谷寺

畫出樓臺巖巘巓，長廊縹緲任人穿。右看左顧花如海，蹈破香雲直上天。

將適芳野，宿泊瀨旅館

客夢朦朧幾度驚，溪流咽石夜悲鳴。枕邊自笑思花切，疑作狂風吹雨聲。

妙境，恨語未煉，煉則成好詩。

上多武峰

巉巖一路水聲間，鞋韈隨花不覺艱。未到三芳畏過半，錦雲綺雪滿春山。

多武峰謁大織冠藤公廟

千秋史册仰遺芳，來見熒煌金碧光。黄卷從師學周孔，丹心佐主致虞唐。須知百代攝關貴，乃爲三朝功業昌。誰用豪奢累盛德，使人遽比上宮王。紫栗山神武陵詩云：「既王造設專金閣，藤相墳塋層玉樓。」

校：『攝東七家詩鈔』乃爲作爲是。

芳野

静女長留千歳名，遺芳又見滿山櫻。飛花彷彿羽衣舞，更想源郎蹈雪行。

芳野看花

天賜櫻花寵東夏，櫻花獨稱三芳野。縱使嵐山甲京郊，不及此地冠天下。山口香風一道薫，行人佳境勝昔聞。白雲皎雪花如海，層巖峻嶺次第分。世人唯稱千株櫻，不知名花到處迎。吉水門前駐筇立，竹林院裏連袂行。我本愛花性成癖，平生費了幾兩屐。

幸有花神每相憐，頻年縱我入仙域。去年我始登嵐山，看盡錦京春色新。今年我又遊芳野，一覽大千世界春。

瀑布櫻　在吉水院後丘，以形狀名

山麓花開到絶巔，一條曳白似飛泉。青蓮居士看何若，銀漢無聲落九天。

寧樂

通衢不見搢紳人，拂面東風滾滾塵。金刹瓊祠半灰燼，葵疇麥隴舊城闉。五陵纔占一抔土，開化、元明、元正、聖武、光仁五帝陵並在都下。六代仍遺三户民。元明、元正、聖武、孝謙、廢帝、光仁凡六代都於寧樂。獨有山櫻花似舊，芳華想見九重春。

賦得夏日水亭應教

高亭宛在水中央，不似人間執熱忙。拂檻蘋風吹酒冷，入簾荷氣撲詩香。夫須幾隊午耘草，松火一群霄逐蝗。願得昊天沛然雨，千村萬落共茲涼。

不睡

抱病秋初臥海城，呻吟夜夜到天明。無聊自覺閑愁集，不睡偏期一夢成。露氣横空濕潮響，燈光四壁照蟲聲。轉身乍喜東窗白，缺月初昇未四更。

西郭賜宅

平生鳩拙更無佗，天意相憐賜巧窠。瓦屋參差雖郭內，竹林瀟灑似山阿。纔開三徑還成趣，自有雙松日對哦。寄謝人間襬襶子，比來公事不勝多。

立秋有感

鐵石心腸不識愁，海南一去八年留。炎雲烈日猶殘暑，月色濤聲已立秋。笑我忘形兼忘世，任他呼馬又呼牛。忽然憶起蓴鱸美，欲向江東問釣舟。

星巖云：頷聯工，頸聯亦好。結，頓挫有法，洵爲令作。

閑中富貴

熱客秋來總掃蹤，疎慵此際得從容。何嫌幽竹無千畝，未有一官污老松。晚醉剥紅霜柹熟，晨餐剪緑露菘濃。不須要路執鞭去，領略清閑作素封。

伊州廣禪寺寓居，服部竹塢、瀨尾緑溪見過，分得月字

忽有二豪入禪窟，晚窗破寂對明月。雁聲上下雜悲砧，樹影交横如亂髪。白社風流洗旅愁，西山爽氣清人骨。良宵佳客兩相並，留到三更吟未歇。

風寒緑溪見過

連日追隨游汗漫，來過亦不避風寒。祗須一室聚頭話，何必西山拄笏看。愧我蒼皇排筆陣，迎君矍鑠據吟鞍。形骸年齒兩相忘，真率茶杯也盡歡。

游西蓮寺與真成上人話舊賦贈

夢境俱迷芳野霞，別來長嘆道路賒。參禪今日霜楓赤，憶着春風爛漫花。

哭女

維蛇夢協日呱呱，俄對靈牀疑有無。白屋金閨有何異，各其子也掌中珠。

題源判官過安宅關圖

露宿風餐志未灰，英雄失路狀堪哀。一關何物敢相拒，方破金城萬丈來。

將自伊州歸，高根氏宅留別諸友，兼送瀨尾子章歸京師

林亭設宴自風流，獨奈賓鴻呼我愁。紅葉黄花粧古砌，香芹鮮鯽下新蒭。醉中慕友亦懷土，客里送人兼餞秋。一去將吟三處月，半宵秉燭且遲留。

鐵研齋詩存　卷二

戊子秋，余任侍讀，每歲祇役往來江户，凡十五年，故以下名曰祇役集。

祇役集　一

戊子九月，祇役江户，過七里渡

携家西去九逢秋，日夜思鄉志始酬。行渡桑溟却回顧，勢州今日是幷州。

東征潮見阪望富嶽

雪連天外認分明，嶽麓猶遥三日程。東道故人君最舊，披雲一笑遠相迎。

校：『攝東七家詩鈔』嶽麓猶遥作猶距嶽基。

哀流民

文政戊子秋七月，昊天降威滔水出。矢矧大橋壞無餘，金隄潰决漂屋室。天龍河水溢成湖，高原平田合爲一。數萬生靈遭斯災，流葬魚腹亦不知。父喪子兮夫喪婦，呼號慟哭喧路歧。死者已矣生者餓，生理無術將告誰。千千百百聚成群，見人拜跪乞一文。我方行役過此際，哀訴滿耳不忍聞。下馬相吊爲垂泣，一揮盡與囊中錢。君不聞鄆州滕使君，豫備飢荒救小民；又不聞越州趙太守，發倉散粟活老幼。嗟彼雖賤亦同胞，癢痾切身災可救。流民流民莫患餓，聖朝之恩無不覆。

己丑正月八日游東郊二首

嘗與江梅有舊因，西征辜負幾芳辰。今來爲恐誤相後，急向東橋先探春。

己丑初春游東郊

通陌厭聞車馬聲，過橋頓覺野情生。白沙緑水兩三里，任我吟笻横路行。

花期已近

江城雨霽近清明，想見東風入野櫻。村叟好爲青帝使，紅聲沿路報春行。

謂賣花者聲，語欠圓暢。

看臥龍梅　在龜户清香庵

蟠地臥龍珠玉鱗，清香占得草廬春。滿園雜沓看花客，誰是風流三顧人。

校：『攝東七家詩鈔』題作『龜井户看臥龍梅』。

春倦

芳林春未透，柴户晝猶扃。癡坐肘親案，倦眠頭觸屏。且抛雙蠟屐，祇要一茶瓶。別得消閑具，當樓山送青。

春懷

春來旅思欲千重，廨舍蕭然絶客蹤。閑臥偏親夢雲枕，漫游未着看花笻。堤煙冪歷籠行柳，麓雨霏微濕暮鐘。忽忽幽愁無可寫，且將醇酒洗襟胸。

春曉即事

小雨愔愔夢正回，早櫻想已滿東臺。今晨方覺鐘聲暖，漏出香雲蒸處來。

花亭云：鐘聲暖，未經人道。

校：『攝東七家詩鈔』題作『春曉下谷邸舍即事』。

春陰

尋花日日不辭勞，乍遇輕陰興尚豪。一雨待佗源水長，扁舟直欲問仙桃。

春游有感

連日游春弄物華，却嘆親老在天涯。分明記得髫年事，某水某丘携看花。

大窪天民玉池精舍雅飲，與主人及中山緑天 我藩人、奥山榕齋 秋田藩人 分舍號爲得玉字

蓼灣柳垞風煙足，家在市鄽還不俗。摩詰風流畫似詩，襄陽石癖人如玉。劇談秉燭剪昏紅，爛醉臨池嗽寒緑。一日應傾三百杯，前身定識是金粟。

江山詩屋集同賦游春得韻覃

春服既成春意酣，芒鞋覓句步晴嵐。頻聞黄鳥忘遥邇，乍入香雲失北南。樵叟折花紅上擔，佳人挑菜翠堆籃。咏歸喜近浴沂節，游屐重期三月三。

上野看花

春滿東山興可乘，芒鞋竹杖任人登。隨花不覺吟行遠，穿到紅雲第幾層。

早晨看花東臺

曉妝初就有誰窺，素艶清香一段姿。欲見櫻花真面目，林頭紅日未昇時。

濹隄看花

暖香撲地萬櫻遮，步屧出花還入花。穿盡林間回首見，軟雲埋樹白無涯。

咏六如櫻 櫻，著花最早，所謂彼岸櫻也，在東叡山車阪側，傳言六如上人在

山時所手植云

數樹名花迹作陳，對花遥憶種花人。東方擅美繁華日，百歳遺芳清浄身。白雲離披一場唱，錦雲陸續萬林新。天香國色單重種，却讓小櫻先占春。小櫻謂彼岸櫻，六如詩：「滿山細雨小櫻開」。

同花亭、竹沙、勉廬 金子 、雲淙 鷹羽 游感應寺 寺後改名天平寺

幽情愛著静中春，來扣禪房共話真。却笑被他忙半日，櫻花獻媚向詩人。

纔到禪房别有春，香雲缺處現郊畛。勝區更借丹青手，山水櫻花幻映真。竹沙席上寫山水櫻花。

東臺花下呈花亭先生

祇役歸來在江城，某水某丘盡關情。就中東臺近邸舍，江都第一稱風光。況又東風二三月，櫻花千樹萬樹香。金殿玉樓霞外出，雪深三十六僧房。花翁風流冠天下，錦繡之口鐵石腸。平生愛花無他事，愁作酒醪餓作糧。上書不報乞骸骨，東臺花下得徜徉。青眼顧我爲少友，日日誘引爲花忙。唱和到宵又到曉，形骸年齒兩相忘。有花有人我何恨，他鄉亦好況故鄉。其奈春去吾亦去，與君各在天一方。白雲蒼波千餘里，並將

今遊付渺茫。

此篇非有警拔驚人者，然亦平正之音，可誦。要與輕佻者所爲迥別。讀到此悵然黯然。

拙堂：亦稱揚過實，慚慚愧愧。

題孔明持扇圖

一麾坐却賊曹兵，指定山川八陣成。須識風雲龍虎變，盡從白羽扇頭生。

贈間宮林藏

溟海之東毛人國，疆土茫茫連北極。與我輔車勢相依，歷世羈縻供貢職。近世羅叉雄群夷，横貫四洲有二陲。蠶食殆及毛人界，一彼一此不可知。朝廷募使審曲折，承平日久人安逸。唯君大喜適素願，獨身仗劍應募出。慷慨唯思報國恩，不辭冰海雪山難。曠澤風腥巨蛇徑，熊叫羆嘷白日昏。兩歳轉行涉萬里，星槎遥討黑龍源。朝議哀民棄維州，長使君輩得罷休。歸報不拜典屬國，何望張騫得封侯。著書細述窮髮事，擬與後人資邊籌。久聞君名願識面，今日樽前始相見。可憐一劍老風塵，骯髒空抱白首嘆。醉來談屑飛霏霏，滿座傾耳聽不倦。猶見當年意氣存，爛然射人雙巖電。

校：何望張騫得封侯，一作何況博望千户侯。『攝東七家詩鈔』題作『邂逅間宮林藏席上賦贈』。

洗竹

卜居郭西頭，滿階盡脩竹。年來長兒孫，苯蓴亂雲簇。此君不可無，過多還猥俗。決計欲疏洗，呼僮叮嚀囑。豈無美惡混，用刑恐濫黷。莫如崑岡火，不擇石與玉。洗得真瀟灑，清陰展書讀。赫赫朱夏時，當午涼風足。唯得偕君老，不論食無肉。悠悠世間人，安知此清福。

溪泛

溪口追涼放小船，兩崖翠合暗長川。行逢樹影稀疏處，漏出斜陽一綫天。

六月念二夜，熱殊甚，適平松子愿至，同讀少陵集，得雨詩數篇，至曰「佳聲達中霄」，雷雨大作，煩暑爲之一洗，可謂奇矣，詩以志喜

夜熱尚如焚，何方脱此苦，忽有好友到，抽架得老杜。對讀數十篇，品評髀頻拊。詩聖信有靈，千歲能催雨。散脚隨長風，森森送萬弩。河漢倒懸天，濺沫飛入户。驚奔頭上雷，轟然翻疊鼓。披襟呼快哉，堂上起狂舞。聽着簷聲佳，琴筑何足數。煩塵一洗空，泠泠階前樹。置身玉壺中，涼氣沁肺腑。復把讀殘篇，中霄共倚柱。

鹽田隨齋云：如讀坡翁詩。

寄吳竹沙乞其畫山水

身在風塵寄浪迹，市鄽別開蓬蒿宅。性惟耽古品賞精，商彝周鼎堆几席。譬如入崑崙之山，滿目磊砢羅玉石。嘗試求君古人中，風流宛似南宮癖。古氣蟠胸發作畫，畫品於人高一格。爲我嘗揮竹石圖，數尺翠煙疑千尺。南州六月熱如焚，掛之清風生素壁。君家山水奇更奇，水墨之痕脱斧鑿。得隴望蜀君許否，且寄素絹一幅薄。願將巨靈贔負手，劈取江山分半壁。

初秋偶作

秋熱如焚剩有威，午風不動寂柴扉。仰空乍覺雙眸冷，一簇濕雲行雨歸。

己丑九月從伊州赴京師，間道出田原

遠入雲間鳥道蟠，艱行偏覺脚頭酸。殘程半日是京洛，却作關山千里看。

栗林　在田原，傳道天武所植，所謂煮栗燒栗是也

若使逃禪出素心，千秋史册有休音。南山不住耽耽虎，棄置櫻林植栗林。

過淅米潭　在宇治上流，水石相激，一川沸白如米汁，故得此名云

峽東琶湖水，喧豗躍且奔。湧來山欲動，觸處石如言。貪看通川白，何知兩岸昏。奇觀人喜賞，誰又問淵源。

辛崎松下醉吟

往事何勞問水濱，旗亭且酌琵琶春湖釀名。老松酹汝一杯酒，世上曾無千歲人。

宿石山

八景圖中歷覽還，晴波光裏夕陽殷。湖山盡日看不飽，借宿高樓碧水灣。

田上嶺　絶頂俯見膳所城

崢嶸盡處復崢嶸，鞋底層云隨步生。絶頂回頭雙眦裂，湖波萬頃濯金城。

過信樂

四面皆山晝亦昏，閑行半日得孤村。誰知榛莽虺蛇徑，嘗放真龍作禹門。

小竹云：真龍、禹門初不知何事，既而知照祖遇明智亂時之事。

采蕈五首

探蕈行行入草萊，香風滿地襲人來。釘頭穿土看難認，殆是寶山空手回。

五首同啖蔗。

觸巖披棘步艱辛，深入猶期先獲珍。忽遇松根兩莖秀，隔雲狂喚後行人。
纔逢一顆便凝矚，沙底擡頭磊砢簇。始識從前鹵莽過，崑山隨處莫非玉。
滿籃香蕈佐行厨，同到山巓坐紫氍。落後老奴呼不應，茫茫滄海拾遺珠。
就地爲爐火烈揚，蕈花煨熱滿籃香。全山任我下鹽豉，可比吴江千里羹。
用葩經中成語，隨體斟酌而可，此三字置之廿八字中便成硬語。
校：『攝東七家詩鈔』可比吴江作肯憶吴蓴。

小谷氏雙松館集，主人以勢人分教伊城，服部竹塢本地人，瀨尾緑谿京師人

清夜忻逢折柬招，樽前俄得旅愁消。山鄉魚菜多清味，客地交朋亦久要。洛汭風煙詞海涌，伊濱松竹藝林饒。間年萍水一相合，莫惜留連過半宵。

二十三日服部氏招飲，與雙松、緑溪同赴

故人日日得相於，又赴佳招到此居。壁畫天然泉石妙，酒杯自在禮儀疏。薔薇色醉春常駐，蟋蟀聲愁秋尚餘。山郭新嘗魚膾美，客心何必賦歸歟。
校：色一作分，聲一作替。

廣禪寺寓居，雙松、竹塢、緑谿三子見過

祇林假宿一枝巢，户外跫然佳客敲。偶爲煙霞姑作主，更因翰墨日論交。簷峰送翠來侵坐，筧水傳聲流入庖。此境自多禪悦味，莫嫌樽酒欠嘉肴。

瓶裏牡丹

滿面紅潮帶醉開，一瓶爛漫駐春回。客身久苦牀幃寂，好聘真妃入室來。

意行

到處青山白水隨，天鸎聲裏步遲遲。不須苦思徒求句，滿目風光是我詩。

重訪服部氏

又伴群朋晚叩關，歡場一再旅思删。琴書且寄丘樊想，市井別開泉石寰。醉面當秋欺爛葉，吟肩向月聳尖山。會心不厭留連久，身在他鄉却惜還。

續琵琶行贈山陽外史

君不見相國勢焰天亦熱，甲第連雲逼禁闕。女登坤位孫至尊，一家盡入鵷鷺列。伯塤仲篪才藝優，佳辰令月簇貴游。奪將諸藤金紫色，百花韡韡耀皇州。誰其花顔獻媚者，桃僵李代鬪妖冶。敢言原草有榮枯，頌鶴頌龜侑瓊斝。監僮三百防人口，我能止謗常自負。豈知鬼神瞰高明，夸者畢竟不能久。嶽南一夜水禽驚，十萬軍潰河上營。一攝二讃終不保，西海魚腹葬簪纓。二十餘年榮華夢，一編平語人悲痛。長門何異厓門慘，翻入琵琶供娛弄。賴子雄才修外史，巨筆斷自源平起。史眼如炬燭千古，却從矇師受細技。揭來訪君鴨水灣，樽前論文兩心歡。叡嶽影落寒流上，併取嵌洋入欄干。更撚龍頭勸大白，轉闢濩索玉軫促。誰知陶真裂帛聲，聽作伯牙山水曲。

（拙堂）：原稿侑瓊斝下更有二解曰：驕奢頻起土木功，蓬臺結構擬仙功。十二燈籠懸四面，金碧熒煌佛宇雄。更營兔裘輪田口，三窟盡成心自負。董相郿塢賈相宅，何知夸者元不久。今删去。

山陽云：句句勁健，結末知己之言。

秋晴

秋色勾人晚出門，碧天如拭暢吟魂。賽神人散鼓聲絶，斜日偏明紅葉村。

校：『攝東七家詩鈔』首句作爲愛秋光獨出門。

山寺觀楓

千樹爛然紅葉深，紺園秋氣豈蕭森。渥丹映閣非涂血，墜錦滿庭勝布金。殘日無光掛巒角，高霞不動射池心。林間暖酒人俱醉，不識門前山影沈。

賦得冬日可愛

義政正清明，德輝流宇内。玄冥令稍寛，青女軍俄潰。冰解水方通，菊衰梅欲代。依微煙有情，蘊藉山多態。捲箔且怡顏，憑欄聊炙背。人間臘未來，天上春長在。白醉百骸舒，黃綿四肢快。桑榆惜影移，樗櫪悲時邁。鴉背紅闌珊，竹梢金鎖碎。魯戈招不回，夸足追何逮。北陸雖促程，南檐難割愛。唯須惜寸陰，坐到輪光晦。

寒江夜泊

頭上寒雲凝不開，孤蓬繫在古巖隈。夢魂飛度長江水，忽被風波驚破回。

日野亞相公招飲席上賦上

家傳忠孝美，史册大名存。將相何無種，天人自有孫。衣冠遺世業，喉舌掌王言。翰墨技尤妙，詩書好夙敦。旦朝金馬署，夕出紫宸門。却顧泥塗賤，全忘軒冕尊。華堂輝畫燭，緑酒漲芳樽。促席杯盤雜，披襟笑語温。清塵久欽仰，玉樹得攀援。鷗鷺何多幸，詞盟接鳳鵷。

寒夜過松浦生寓居

踐約黃昏來叩門，小樓市近足盤飧。早梅纔吐牀生色，寒月初昇窗有痕。歌吹喜佗逃熱海，詩書從我問真源。春光先入雙青眼，爛醉披襟笑語温。

庚寅早春偶作

柳未生芽鶯未遷，騷人此際祇閑眠。東風獨與兒童便，浄掃煙空放紙鳶。

立春日，川邨毅甫依水園雅集，美濃人梁公圖、平安人瀨尾子章在座，故及

聚首樽前凍氣消，江亭春立是今朝。吟腔解澀和鶯舌，笑眼分青入柳條。指示北人梅處月，持誇京客海門潮。東風萍水暫相合，異日天涯各夢遥。

星巖云：笑眼分青，名句。

義雁行 吾侯較獵之次，有雁救其侶與鷹鬪死者。余觀此有所感，遂作此歌

元戎臨曠野，條鏇光陸離。鷹眼炯如電，鶱發北風吹。脱韝何其快，一擊雁翅垂。哀鳴嗷嗷急，平蕪血淋灕。豈無群侶到，已就旋復飛。就中有一雁，危急不敢遺。鼓翼當猛敵，鷸蚌苦相持。繽紛飛白雪，毳毛亂且墮。雁死鷹亦斃，一行齊呼奇。誰知羽

族小，千乘爲徘徊。五倫列朋友，死喪可相懷。寄語世間士，聽我義雁詞。

校：鷸原作鱊。『東瀛詩選』蚌作蚌。

庚寅二月，同梁公圖諸人游月瀨梅溪，賦十律紀之

梅溪風趣好親論，今日扁舟始問源。濕霧兩崖春水渡，冷雲十里夕陽村。榻前幾歲按圖畫，枕上平生勞夢魂。記取山頭老禪宅，直從香裏得柴門。

清川幽麓阻紅塵，鷄犬寥寥洞裏春。僻境衣巾非魏晉，編民姓族定朱陳。山田萬石玉爲食，籬落十村芳作鄰。笑殺凡桃少仙骨，種花不學避秦人。

校：作一作是。

花中清絶久推梅，此境居然更占魁。遍地鎔銀爛如海，漫山鏤玉粲成堆。澄溪蘸影參差見，曲徑吹香窈窕來。東閣西湖何足道，唐賢容易鐵心摧。

山屐行窮層嶺西，梅花深處路高低。雲中人過誤前渡，雪裏鶴歸迷舊棲。幽谷風香自爲導，芳蔭蘚緑亦成蹊。清宵更發逋仙秘，疏影分明月一溪。

校：蘚緑一作苔駁。

月下振衣立碧岑，皎然一矚盡千林。幽巖冷淡雲無色，遥澗潺湲花有音。風拂帽檐從

酒醒，參横頭上覺宵深。不須還覓柴門去，欲伴佳人宿樹陰。
雪梅相伴占兹辰，芳意寒光兩是真。自有清香千樹曉，更添素彩十分春。豈圖庾嶺夢仙客，兼作剡溪乘興人。罨畫別開銀世界，無山無水著纖塵。
盡日尋春奇不窮，溪山隨境更無同。巖懸危岸參差出，水嚙寒沙屈曲通。蹈破香雲涉林麓，穿來叢雪揭舟蓬。兜羅綿裏乾坤白，埋却斜陽亦失紅。
踏壑攀巖不自由，萬梅林下蕩輕舟。綴珠枝在風塵表，映雪人披鶴氅裘。素絢圖成掛危壁，玉山影倒落中流。篙夫移棹須徐緩，九曲風光要細求。
蹈春布襪爲梅忙，看自朝陽到夕陽。宜雪宜月堪咀嚼，有花有人任徜徉。新圖寫景筆端活，奇句記游囊底香。一別他年憶兹勝，山川杳在白雲鄉。
留連兩日宿仙寰，僮僕催歸强出關。滿袖清香携得在，一枝冰蕊折將還。重游何歲鶴相伴，後夢空期蝶共閑。好借蹇驢倒騎去，雲間引領望殘山。

庚寅仲夏同賴山陽飲三條柏葉亭

同來此相對，憑檻一川涼。粗得流觴趣，何容濯足狂。淀鱗當暑美，丹酒駐春香。別有清新味，論文夏日長。

同梁公圖、牧信侯避暑紅林

茂林修竹擁清溪，日午取凉人骨凄。曲岸安牀流水繞，密蔭壓檻濕煙低。雖無攬勝詩衝口，相得論心酒到臍。佳境從容對佳友，醉歸一任夜途迷。

鴨川納凉，與公圖夫妻同賦

兩岸張燈萬點明，弦歌熱鬧到三更。吾人全占清凉境，對榻閑聽流水聲。

去夏同子章游東寺觀蓮，今年六月十三日，子章復同風牀上人、小嶋精齋往焉，時余在鄉，皆有詩見示，因次風牀韻却寄

蓮滿清池水似藍，藍光浮閣洗朱炎。憶吾昨夢雙笻過，更羨今游幾客添。雅飲遥追白社盛，吟腸好借碧筒霑。豈知獨酌書窗夕，祇有天邊同素蟾。

鹽田士鄂寓居城西長江園，有詩見示，次韻贈之

林煙蒼鬱鎖衡茅，吾友幽居卜樂郊。嫩稻風香客迷徑，古松影動鳥歸巢。詩成洗硯清池水，酒罷懸瓢矮樹梢。賓至何嫌供給乏，滿園景物是佳肴。
長夏何堪城市囂，羨君獨向此間消。佳書枕上常翻帙，近稿牀頭欲滿瓢。荇藻風香晨颯爽，松筠陰合晝蕭條。黄昏來咏清池月，同聽跳魚立石橋。

晚步書所見

初月纔昇没暮雲，飛螢導我過汀濆，一川不辨蓼蘆色，細細何香風自薰。

花亭云：首夏夜行，見飛螢，聞樹香，真景實況，寫得宛然。

蘭

秋風幽谷底，無復一人來。莫作當門草，清香容易摧。

竹

枝斜風影亂，葉密雨聲凉。無雨無風夜，恍聞細細香。

梅

雪虐又風饕，唯君獨吐芳。誰知冰玉貌，有此鐵心腸。

菊

晚節尤香潔，傲霜金一叢。柴桑相得悦，何復怨秋風。

松

虬龍騰躍上，長夏飽清風。驚破江湖夢，濤聲漲半空。

荷花

水光明似鏡，婉影玉無瑕。池面與池底，嫣然花對花。

蘆花

一白蘆花岸，獨留溪水清。漁舟歸去晚，積雪擁秋汀。

水仙花

綽約凌波立，肌膚冰雪妍。何年下姑射，來作水宮仙。

柳蔭書屋圖

垂柳深藏屋，柴門不用扃。北窗高臥士，相見眼俱青。

日野大納言公賜墨一囊，賦此奉謝

亞相風流壓玉堂，金魚袋間帶豹囊。囊盛古墨遥投賜，草堂一夜生輝光。山麝煤，巖松乳，程方遺製玄圭古。珍襲自甘墨磨人，時試一研異香吐。天人迴在碧雲中，瞻望不及嘆西風。五笏客卿儼在側，見公所賜如見公。

校：『攝東七家詩鈔』大納言作亞相。

我不管謡

我不管，我不管，萬口歌聲城中滿。爾爲爾兮我爲我，爾生爾死於我何。增損疾痛困頓一任爾，爾苦爾辛我能忍。似笑似諷聖賢太勞懇，突不黔兮席不暖。吾聞此謠悟吾愚，自悔平生誤守株。出位屢吐憤惋語，嫠恤杞憂本皆迂。童謠非妖吾言妖，欲焚腹中萬卷書。爾來須遵括囊戒，一毛不拔學楊朱。吁嗟乎，挽回頹風非吾事，當局有人豈坐視。我不管，我不管，一任世人爲鬼爲魅。

花亭云：有終有志之士，平生所感慨，和盤托出。

柘植生、松浦生，皆年二十七始從余讀書，賦此獎之

紛紛馬牛著襟裾，老死何殊草木枯。百歲如此何謂壽，發憤讀書真丈夫。喜汝蟬蛻淖泥裏，翻然折節來從予。能使馮婦爲善士，不負昂藏七尺軀。朝聞夕死猶且可，日暮途遠何足吁。君不見，老蘇千歲文章伯，二十七歲始讀書。

掃塵行

送故且迎新，從俗聊復爾。臧獲奔應命，有如臂使指。屋煤祇須掃，席埃祇須捶。捶席如擊鼓，鼓聲鼕鼕起。壞壁爲墁泥，破窗爲補紙。舊屋亦一新，煥然刮目視。丈夫當細心，粗豪非可喜。笑他陳仲舉，一出身即死。須知掃天下，正從一室始。

花亭云：好典故纔收全篇。

壬辰晚春賜宴賞花

池亭張宴屬芳辰，沈麝香飛花正新。簾外天晴艷雲住，鏡中影落素鱗皴。風流寄在深嚴地，觴咏何殊寂寞濱。身耻鄒枚侍梁苑，叨恩徒醉玉壺春。

寄題備前岫雲亭　亭在學田中，蓋士子風咏處

岫雲亭在翠微中，海氣山光連遠空。泮水時清思樂地，舞雩春暖咏歸風。淇園同頌武公德，鄭國長歌子產功。遥挹餘芳千里外，何時雅燕一相同。

同前次士鄂韻

亭臺新就俯平田，業暇同登樂忘旋。渠畫井形分白水，烈公制井田今猶儼在。山盤蛇勢落青天。備前有常山。滿門桃李芬今日，一樹棠梨憶昔年。有斐編成典型在，備人記烈公行實曰『有斐録』。人間又見畫圖傳。

奥田氏宅觀明王建章畫山水

高堂素壁現勝區，嗚呼幻乎將真乎。山是山兮水是水，閣可倚兮樓可居。諦視始知幻非真，十幅素絹可卷舒。孰其畫之天然妙，明代名手王仲初。主人之先三角子，藝苑傳稱風流士。身在魏闕心江湖，獲此不知老將至。畫中樓閣是菟裘，幻景認作真山水。

君不見明家不保舊山川，二京宮殿化灰塵。彷彿夢幻當時事，不若此圖至今存。山水樓閣俱無恙，圖裏幻景却是真。

送人西游

平生墳典看如何，枉向螢窗費力多。跋涉原勝閉門讀，每逢風概莫虛過。

重游中山遜卿別墅，同柳田、横田二子

曾游經一紀，有約復來敲。花竹非新識，主賓皆舊交。林間通曲徑，山頂着衡茅。窗敞容滄海，欄高俯緑郊。簾飄垂柳外，帆過遠松梢。飲劇頻添酒，薦多親作庖。疏鐘出煙寺，斜日射禽巢。未免歸城府，其如泉石嘲。

寓舍種竹

廨舍三間寄客身，曾無寸緑遮炎塵。昨夜分龍雨始到，手移琅玕當小軒。翠煙俄合階除濕，敲金戛玉聲可聞。居今有竹始免俗，食雖無魚不患貧。盡日清陰看不厭，晚酌相對情尤親。吾正頹然竹亦醉，何可一日無此君。

不忍池觀蓮

宿霧初消境面空，荷花弄影動清風。池心現出神仙境，萬玉玲瓏護水宮。

千頃芙蓉出水紅，池心纔得石梁通。萬花叢裏人來去，滿袖飛香凉似風。

門田堯佐宅中元賞月

暮窗還白不張燈，仰見林頭凉月昇。同步中庭心骨冷，真成赤脚蹈層冰。
節届盂蘭事每忙，東奔西走使人狂。今年贏得爲羈客，閑賞冰輪没賽光。

喜湯淺子亨至自藝州

十八年來夢裏過，天涯久別恨如何。相逢未渠出言語，却恐話來頭緒多。
花亭云：言少情多。

送子亨歸藝州

西風歸思浩難留，去向山陽磊落州。望月應期蓬島夕，一説以嚴島爲蓬萊，後白河上皇願文有省鰲波之浮蓬壺語。觀濤猶及廣陵秋。先輩多謂廣島爲廣陵，姑從之。雲中城郭畫圖列，鰲背樓臺金碧浮。虚抱平生游涉願，送君不得上仙舟。

池五山新治暖室，賦此以贈

禦冬上策有誰如，林外向陽新卜居。負暖閑删囊底句，趁明忙讀舶來書。檐迎夜月煙消後，窗納朝暉葉落初。蝸寓忍寒經歲客，天涯吾亦憶吾廬。

花亭云：贈五山詩似五山口吻。

觀琉球國使入朝

皇威伸海外，四鄰盡駿奔。琉球久臣附，獻琛自天孫。中間頗怠惰，偏師震海津。不殺見神武，更賜再造恩。爾後永恭順，源源來稱藩。今茲壬辰歲，復見觀國賓。雙幡引鹵簿，雲璈夾路喧。輿騎儼成列，威儀學漢官。花簪映朝日，砑帽指高雲。大署謝恩使，金牌上九門。維時屬冬月，同雲空色昏。冷絮滿街陌，北風欲裂顏。海南稻再熟，天氣常和暄。不習風土異，況此冱寒天。大邦覆幬遍，恩諭更温温。汝已霑雨露，且忍冰雪寒。

大風歌

壬辰冬初，時瘟大行，余寓江門，伏枕旬餘，賦此自慰，俗謂瘟爲風，因名曰大風歌

風兮風兮何處來，無聲無影暗裏吹。吹觸人身作瘟疫，頭涔涔兮神不怡。始識大風真有隧，遠至西陲到東陲。萬人一時靡然伏，誰爲勁草能挺持。此風雖然太酷虐，要知衰歇不移時。祇是淺著人皮膚，草根木皮尚可醫。更有惡風人不省，浸漸已深入肺脾。大承氣湯久不用，世無俞扁使人悲。嗚呼，世無俞扁使人悲！

花亭云：此首及『我不管謡』並足解人頤。

雪夜待友不至

白雪埋深巷，詩成誰共歌。門前聽犬吠，溪口候舟過。檐鐸凍無語，茶瓶鳴有波。有期人不至，奈此好宵何。

立春日，堯佐宅集

殘曆猶依舊，今朝節已新。作歡須惜日，踐約及茲辰。城外遥衝凍，壺中同醉春。誰知冰雪底，桃李結成鄰。

公詩不如文，蓋其緒餘，不深用力者；然才鋒淵然自不可掩，非以此名家沾沾自足而纖弱不足觀者比也。

山陽外史襄

妄筆點污恐失當者不尠，幸見指教，其或有可取者亦幸審擇。

岡本花亭

鐵研齋詩存　卷三

祗役集　二

飲卷菱湖宅

通陌紅塵車馬稠，入門水竹便清幽。談豪滿吻飛珠玉，情洽深杯忘獻酬。三體詩箋明錦瑟，九成書法辨銀鈎。有君今日强人意，回首江湖風雨愁。

諸葛孔明草盧圖

銅雀臺觀空山邱，漳流不洗曹瞞羞。何若隆中草盧陋，畫圖奕奕照千秋。紛紛蛇豕徒呑噬，孰知此中臥龍在。抱膝長吟隴畝間，風雲未遽飛騰勢。王室之胄大耳公，三顧頻繁始相逢。草廬即擬將壇拜，天下計定立談中。蠶叢天地別開辟，北圖中原誰敢遏。羽扇談笑麾大敵，目中久無生仲達。功烈豈比管樂卑，伊呂伯仲相追隨。大器欲然終不滿，三歸反坫彼何爲。君不見八百桑田繞相宅，何異當初草廬時。

花亭云：首尾相應無滲漏，洵爲傑作。

天民老人墨竹歌

竹與天民難兄弟，一見此君心可洗。天民與竹前後身，瀟灑清風不受塵。胸中淋漓三斗墨，潑向生綃風雨作。虁材如山一揮盡，放筆絶叫驚座客。客舍本無地立錐，何術移來緑漪漪。借君妙手補造化，滿壁琅玕影參差。終歳何嫌食無肉，出有天民居有竹。風流共許歳寒盟，能使羈客脱塵俗。天民真天民，詩佛真詩佛。游戲三昧悟覺餘，尚友七賢與六逸。須知寫竹即寫真，想見大蘇老可肖其人。始信世間自有千尋竹，高出人群老天民。世間云云句，用坡贈與可語。

桑名侯大冢別墅看花　墅，故樂翁公所剏

其一　海棠園舊有別館，曰錦屠蘇，罹己丑之灾

無情舞馬太猖狂，亭榭蹤空緑野堂。獨有召棠花似錦，騷人和涙挹遺芳。

其二　櫻園，其所栽芳野、嵐山等種，皆海内名花

園櫻競發簇雲霞，天下春光在一家。當日手栽無雜品，使人猶想狄門花。

春晩同石田伯孝、大窪學海，訪慊堂翁別墅

出城將十里，一徑入荒蕪。遥瞻衡茅在，松篁環幽墟。中有高人住，皓然霜滿鬢。被

褐心懷玉，居鄙才傾都。雪嶽常在目，松籟入耳娛。叩扉驚午夢，相迎情不疏。盤飧剪春韮，湛然酒盈壺。上下二千歲，高談到唐虞。疑義爲剖析，牀書卷且舒。春日猶苦短，和風人樂愉。回頭望城市，劃然仙凡殊。

門田堯佐宅同賦緑陰

新樹陰陰緑欲匀，難分北舍與南鄰。團欒相對俱青眼，何暇看他世上人。

赴加藤一介飲

城南到處緑陰遮，十里薰風野逕賒。誰識君家春鎮在，樽前映發筆端花。

野本萬春見訪，賦贈

意氣相投本有因，一逢傾蓋兩情親。久嫌婢膝奴顔輩，忽得名辛姓蓼人。態不委蛇知性直，語多慷慨見天真。鐵心併與鑄金手，百煉詩篇字字神。

送賴承緒歸藝州，兼追憶山陽翁

二世交情新舊同，相逢未幾去匆匆。元暉筆札傳家法，叔黨文章有父風。江左且嘆鷗社冷，洛涯長恨馬群空。屋梁落月河梁柳，死別生離淚眼中。

星巖云：比擬精確，七、八收得不好。

送門屋士錦歸豫州

客裏送君兼餞春，江城雨浥落花塵。春期來歳君何歳，同是東西萍水人。

余既歸津，野田子明來游，見過訪，喜賦 去秋與子明別於江城

交道文章俱有神，一堂何料會雷陳。江城風雨津城月，忽作天涯忽比鄰。

星野郡宰抱琴見過

南鄰郡宰風流才，一夜飄然抱琴來。金徽照座列星耀，手撫碧玉拂纖埃。十指攫醳諳古法，蟹行郭索往復急。一上秋風颯入松，一下沛然水出峽。明季濁亂人琴東，心越杜多傳南風。吾鄉授受守秘訣，梅嶽散人蘿道翁。唯君早入蘿道門，高堂弦歌雅好敦。平生紛紛簿書苦，借此好澄應事源。君不聞琴理本合詩書旨，小弦廉折大弦温。單父宰，彭澤令，與君千載同幽賞。争奈『折楊』『皇荂』滿街衢，古調幾人傾耳聽。

小竹云：琴师古人有名篇，自难著手，乃若此作今人岂易得。

浪華大鹽子起藏書富嶽歸路見過，賦此爲贈

稜骨炯眼秋隼姿，擊盡凡鳥血淋漓。翻然高颺霄漢際，要與冥鴻相追隨。著書往藏名山上，手披青雲究勝狀。歷險不傚昌黎哭，豪吟飛下膽氣壯。陸離長劍帶在腰，猶餘

寶氣衝九霄。從來邪黨皆慴伏，何況夔魖山澤妖。久悔由瑟多殺伐，安身不任白猿術。更有利刃能殺人，十年煉磨方寸鐵。

秋雨嘆

天保癸巳歲，陰陽何累愆。孟夏日無色，朔雪六月寒。況此三秋際，連旬雨潸潸。無術誅黑蜧，誰能補漏天。塍稻盡爛腐，場稼不得乾。争禁穀价踴，黎庶食將艱。檐滴驚愁枕，終宵仰屋嘆。雖無民社責，獨能不惻然。荒政十有二，條目著周官。五術與八議，翻帙仔細看。

癸巳九月，西游經金剛山下，憶楠公偉烈而賦

鬱然積翠插層穹，維嶽降神命世雄。身障狂瀾靖王甸，手麾頹日復中空。東魚送死餒西鳥，南木無枝撼北風。一片孤城堅似鐵，留遺孫子護行宮。

既到大阪，訪諸友皆遠游未還，游近地諸勝摩耶山

石磴層層上碧空，振衣絶頂立西風。源平南北千秋迹，恰在先生杖履中。

湊川

此行自河内，仰望金剛巔。鬱鬱天半碧，相送到湊川。望山滿心快，臨川雙鼻酸。一

俯且一仰，哀喜何判然。仰憶元弘歲，此山啓忠賢。環攻百萬賊，孤城鐵石堅。南柯協聖夢，西日回中天。偉哉中興業，父老見衣冠。俯思延元日，此川覆官軍。忠臣唯有死，良謨乃見捐。七生志滅賊，一腔血灑原。遺恨流不盡，往事付逝川。墮淚碑猶在，過客盡潸潸。悲懷無所寫，翹首重望山。

小竹云：首尾相應，常山蛇勢。

筑嶋

洲犄截潮千丈長，萬家樓外簇帆檣。世人一立愛憎見，欲用長城罪始皇。

一谷

碧水丹山形勝殊，播頭攝尾舊名區。一朝忽落源郎手，驅去風煙入戰圖。

明石浦

山光帆影憶當年，播海楚江名句傳。誰識東西同一想，歌仙何肯讓詩仙。李白「布帆遠映碧山盡」與人丸明石咏同一落想。坊本映作影、山作空，殊無意味。

既還大阪，訪半江畫史，席上賦示

歷盡山阿與水源，揭來今日叩君門。恍然復入重巒裏，滿壁淋灕醉墨痕。

宿洗心洞　大鹽氏

退藏久占洞中幽，遥挹姚江混混流。洗却客心塵亦盡，杳然一夜對虛舟。

大鹽子起爲余購古名刀，賦此鳴謝

三尺青蛇落掌中，拔鞘颯然座生風。一泓秋水波紋蹙，不待閲款知名工。吾友子起命世器，性愛古刀辨真僞。爲我獲之試死囚，三招入虛利無比。君本從政稱能吏，霹靂在手震天地。殺人刀是活人劍，莨莠芟盡良苗遂。嗟我碌碌在下風，鉛刀一割久無功。得君意氣頗自壯，猶將鈍質望磨礱。況獲此刀百煉堅，如見君面氣凛然。離索空懷切偲友，朝夕佩之當韋弦。

詣八尾常光寺，寺葬我藩五將四十八士，皆死元和之役者，墓碑儼然，謁畢有作

志士元來不欲生，何期恤典及遺塋。休將窮寇來相比，明日普天歌太平。

訪小竹翁，翁適遠游不在，遂與其女婿長平詣後藤世張松陰軒，世張亦配翁長女者也

隔巷遥聞弦誦聲，松陰深處幸相迎。談方入港交前席，酒直到臍連舉觥。李婿豈緣泰

山重，衛郎又喜玉人清。龍門今日誰題鳳，自有乘龍代訂盟。

贈齋藤五郎

慨然赴死錦袍華，彼亦一時人孰加。今日同逢太平運，文章又見屬吾家。

過游箕面山遂宿焉

名山求勝不辭賒，窈窕巖腰日已斜。嵐影溪聲行未盡，且投紅葉寺前家。
小竹云：可畫。

觀箕面瀑布

一道飛泉下碧霄，白龍到地萬珠跳。如兹奇景可無語，儘著惡詩遭笑嘲。

吊賴山陽墓　在長樂寺

青苔埋骨破孱顔，便是書窗所見山。窗下曾裁新史稿，還留心血向人間。

高雄看楓

也是京華佳勝區，崖林秋色入新圖。香樓鐘動不知處，滿壑紅雲路欲無。

訪松本愚山翁，翁今年八十三，著『字義鏡原』，出示索言，故及

西風搖落寂都門，還喜詞林碩果存。萬古蒼姬垂統在，高懸秦鏡照真源。

辭京，相馬元基、早埼子信、山田琳卿、瀨尾子章送到東福寺，看楓，告別，分得流字

箕山雄嶺遍看秋，古寺殘楓又少留。紅葉林間吹火坐，尋常別酒也風流。

東福寺鄧林和尚聞余游楓溪，以詩見邀，歸後賦以酬之

乍值乍離歸路懸，通天橋在碧雲邊。何時重叩虎溪月，結了風流一笑緣。虎溪亦在寺中。

殘楓

送盡殘秋入小春，紛紛墜葉盡爲塵。風流不掃滿庭錦，留待林間暖酒人。

甲午春初草堂集，宮埼子達、瀨尾子章父子至自京師，三宅士强至自江户，皆來會焉

雨餘剪韮酒樽馨，相見燈前盡眼青。何比參商他日想，草堂一夜聚春星。

上元夜荒木子恭宅集，分韻

同此相逢竹裏居，春樽酒綠侑嘉魚。今宵別自有祇待，梅影横窗月上初。

又

詩酒團圞静賞春，月梅恰好領兹辰。唐山火樹顛狂甚，枉用清宵付暗塵。

江村訪友圖　宮崎氏席上

檣牙纔露緑楊間，琴侶認來敲竹關。駘蕩東風波不動，虚舟放在夕陽灣。

折花背立美人圖　早崎氏席上

春閨倦繡出遲遲，擬向花間折一枝。何事嬌羞猶背立，簾櫳恐有玉郎窺。

題勿來關櫻花石　爲藝藩湯淺子亨囑

形何輪囷質何堅，不似前身甚鮮妍。吾友夙有米顛癖，冥搜獲之勿來關。憶昔此地駐元戎，鎮守將軍八幡公。目中無虜整且暇，關門横槊落花風。維嶽降神擅材武，誰知石腸能艶語。三十一字字字香，終使山櫻芳千古。嗟乎，春華粉飾太平年，貔虎往往化貂蟬。將軍有靈當慨嘆，化花爲石豈偶然。關門北指溟海曲，波浪數驚見胡羯。此石豈須充奇玩，留待英雄勒偉烈。君不見阪氏日本中央碑，阪上將軍建碑奥地曰：『日本中央』，見『袖中鈔』。又不見漢家燕然山上碣。

小竹云：語有抑揚，句有頓挫，絶妙好詞。校：『攝東七家詩鈔』無最後一句，且碑作碣。

浣花醉歸圖

九土茫茫暗風塵，三春鶯花帶淚看。憶曾大明早朝日，玉墀香雲侍龍顏。即今浣花溪水上，眼穿北極九重天。出門幽愁何處寫，壺中天地强自寬。滿身花影嗔人扶，月下醉歸倒跨鞍。群童攔街抵掌笑，誰知先朝侍從官。

初夏月夜訪宮崎子達

萬蛙亂吠繞柴門，隔斷叮叮街市喧。茶靄香煙茅宇静，一簾新月送黄昏。

校：『攝東七家詩鈔』題中無宮崎二字。

初夏書適

緑陰繞屋晝還昏，自覺城居似僻村。委地殘花無姐妹，過墻新竹雜翁孫。牙籤滿架偏供睡，碧乳一甌堪滌煩。鎮日清風北窗下，羲皇付我別乾坤。

小竹云：通篇伶俐，不類拙堂他作。

游繪島

嵚然巨鰲背，怒浪終日擊。巖角屹相持，百戰竟不北。憶昔鴻荒初，巨靈贔負闢。兩山不復合，其下洞門拆。洞門高數丈，窈然闇如墨。燃炬相携入，隱隱始辨色。仙佛森羅列，猛獸勢欲搏。驚愕殆却走，諦視皆石刻。兩壁漸狹隘，欲行且跼蹐。陰氣凛襲人，自疑在幽穸。竦然退出洞，再見天日白。雪嶽聳天邊，掩映萬頃碧。繪島真如繪，倏然心魂適。譎詭洞中勝，回頭已陳迹。

鎌倉懷古

依然巖險認關門，想見當年霸府尊。家僕旌旄羅郡國，書生籌策運乾坤。棲鴉柳古金絲盡，鶴岡祠前有一古柳，傳道源二位手植。放鶴邱荒華表存。世傳二位放鶴於鎌倉海濱。不獨行人爲惆悵，銅仙亦泣雨淋痕。銅仙謂金銅大佛。

花亭云：過李義山之真。星巖云：無可間然，真是合作。

游金澤次早崎子信韻

千古風流最勝區，誰知東海有西湖。明東皐禪師游金澤，謂有西湖風味，後人遂有八景標目。堤陰煙斷鐘聲度，灣口潮歸帆影鋪。安併春秋朝夕變，細評晴雨淡濃殊。此行窺得一斑美，祇恨無詩似大蘇。

飲雨奇晴好亭拈韻

金澤酒樓有四時總宜樓、雨奇晴好亭，並清楚華潔，都下所無，況地有絶勝，皆不愧其名

亭臺固宜雨，最好是晴暉。碧浦波如熨，青山色欲飛。船輸津釀美，沼貯海鱗肥。佳境多佳味，相逢兩不違。

不忍池看蓮

萬荷花拆與橋齊，立倚欄干眼欲迷。皎鏡倒開涵傑閣，紅雲平合失長堤。匹如吳下灣消夏，肯讓錢塘湖號西。咫尺繁華塵不到，容吾白社友相攜。

又

水宮花候不相違，簇簇迎人萬玉妃。池面凝妝真對幻，霧中亭立是耶非。一杯露瀉魚驚散，滿袖香薰客帶歸。何處碧筒沽醉好，隔堤遥認柳陰扉。

夏山雨晴圖　鹽田氏席上

宿雨初晴山色濃，幾層紫翠夕陽重。殘雲有意未全斂，更向空中補一峰。

壇浦行　爲長門阿彌陀寺主需

白旗揚揚赤旗仆，海面戰酣波艶艶。舉族殉君積水淵，除却龍宮無樂國。滿堂衮芾公與卿，當時榮耀傾京城。春風吹破廿年夢，復此長眠呼不醒。君不見厓山盲風吹海腥，十萬溺屍飽蛟鯨。平家何異趙家事，同入哀弦裂帛聲。獨憐昆季共存亡，百花韡韡萼跗光。却勝源氏相食太慘毒，繰絲歌休無塊肉，一槽終歸三馬食。

露坐

餘烘甚怯對燈檠，浴後移牀出北榮。消熱旋憐桃簟冷，臨風且喜葛衣輕。冰輪輾上悄無響，銀漢傾流隱有聲。坐久便知秋意近，滿身露氣不勝清。

得家兒書

嬌兒甫九歲，弄硯學塗鴉。纔寫數行字，頭面墨污多。紙費知多少，修牘寄阿爺。阿爺思兒切，解緘讀數過。平安字可辨，墨痕蜿蜒斜。彷彿如見面，相忘在天涯。見卵求時夜，迢迢前路賒。何時蚯蚓迹，化爲筆筆花。

甲午秋，余年三十八始見鬢絲

驚見秋霜入鬢新，客窗自吊鏡中身。才慚歐子稱翁早，齡過潘郎與老鄰。篝火讀書仍故我，章臺走馬屬他人。茶煙禪榻緣猶未，忍受都城滿面塵。

那須氏宅觀古兵器引　那須氏宗高之裔，世班寄合，食禄千石，襲稱餘一，家藏鎧刀諸器，傳道八島役所用

紫電清霜劍氣寒，金鎖縹緲鎧裝鮮。中有古色隱約見，座客慨想元曆年。東軍爭壓窮島敵，敵走在船遥植的。紅扇何殊百步葉，宮娥招招誘我射。元帥募問能者誰，一將應選不敢辭。姓那須氏字餘一，年纔二十羆虎姿。龍蹄蹴波翻珠玉，金甲耀日萬目矚。

弓勁五個力，箭長十三握。據鞍注視徐擘弦，一彎月影逗未落。心中默誓天地神，若有蹉跌死此濱。一發霹靂震遠浦，射斷扇眼墜紅輪。水陸喝采聲如涌，敵軍膽墮我軍振。淅江萬弩徒相誇，天山三箭何足比。一張弓、一枝矢，能弋功名垂青史。長食舊德有子孫，千秋閥閱列朝班。箕裘業傳守遺器，祖武儼然典型存。君不聞昔時源平當要路，各傳寶器頒嫡庶。就中產衣之甲、小烏之刀，今日傳授在何處。嗚呼，今日傳授在何處！

哭石田醒齋

凄凄白露灑蒹葭，零落秋風玉樹花。滿陌紅塵人不見，比鄰金穴俗相誇。醒齋住鑄金坊，四鄰皆豪户，故云。長卿唯有妻傳稿，伯道終無子克家。重過蕉陰讀書處，唔咿聲絕市聲嘩。

贈梁公圖

瘦骨稜稜風格清，挈家隨地適吟情。多年瓊尺裁雲遍，幾處黄金鑄佛成。海嶠驂鸞游訪遠，江湖載鶴往來輕。比他王建頭猶黑，長在眼前尋舊盟。

爲某人書白圭章，因題其後

噪鴉真可惡，何厭鳳鸞聲。雖遵白圭戒，朝陽時一鳴。

秋盡

庭林落葉漸稀聞，祇見北風吹白雲。比來遠客悲秋切，剛到今宵亦惜分。

咏秋扇

君王懷裏久徘徊，禁樹秋聲昨夜催。圓影未曾隨月缺，合歡忽已引涼來。齊紈寄命何疑薄，湘竹前身祇自哀。獨有一詞還不朽，清風千古穆如才。

家人寄衣

微霜潤屋瓦，新寒始砭肌。恰有鄉信到，啓函得寒衣。想見秋閨夜，刀尺燈下揮。裁縫實辛苦，長短稱體宜。親闈有汝在，幸免勞遠思。奈何錦字書，殷勤望我歸。歸期猶迢遞，此衣再換時。

小竹云：非叱之也，憐之也。

邀公圖同喫蕎麥

都市多珍味，却愛蕎麥香。霜雪入唇釋，澹泊可吟腸。此味與誰賞，邀君同共嘗。論味兼論文，歡娱亦一場。愛君詩句妙，咀嚼味更長。

訪崋山畫史

車馬聲中度市闤，樓頭一醉始開顏。客懷無復纖塵在，坐了膠山縑海間。

望嶽

雪頂崚嶒望不迷，憶曾來自此山西。薰風一路青松外，幾度回頭駐馬蹄。

板橋霜迹圖

曉霜殘月碧江灣，曾著吾儂在此間。今日板橋無足迹，家山唯得夢中還。

加賀楊齋畫史寄示墨梅一幀，索余題詠，賦此答謝

瑶臺美人花想容，春前告別一笛風。嗟余作客悲幽獨，欲尋舊夢久朦朧。秋風忽送驛使信，筆底春光奪化工。楊齋或學楊氏法，瀟灑風致似掀篷。畫苑宋楊補之善寫梅，有『掀蓬圖』。客房披對破寂寞，髣髴芳魂長相從。天荒地老吾不管，健在牀頭玉一叢。

賀公圖玉池新居　玉池與我邸僅阻一水，故五六及之

階前移竹足清風，妝點吟簃位置工。桃李滿門期爛漫，奎星一座破冥濛。官堤柳影分相映，臺麓鐘聲聽共同。結得芳鄰還自愧，敢言雙劍吐長虹。

小竹云：贈星巖詩皆酷似星巖。

題趙松雪畫馬

風鬃卓立鐵連錢，兩目炯炯夾鏡懸。畫之者誰趙孟頫，款識儼然至大年。當時恰逢滄桑際，殘破山川不堪畫。王孫妙手無所施，寫出胡馬矜絶藝。回頭苕水舊田廬，猶是前朝茅土餘。青山紅樹依然在，惜無人收入畫圖。逸足本非駑駘伍，儀容豈愧鵷鴻侶。一從長鳴向北風，肯憶芳草滿故墅。玉堂春色幾許長，富貴一夢炊黄粱。君不見，所南鄭氏谷口裔，無根墨蘭千秋香。

小竹云：風刺隱然，無罵詈之語，猶不失敦厚之意。

鐵硯齋詩存　卷四

祇役集　三

步到東皐

偶爾乘晴出，東皐春色舒。江梅行問墅，野水始鳴渠。雁外殘雲歛，鷗邊歸艇疏。夕陽真極好，欲去且徐徐。

鄰墻梅花

鄰家春色得相同，分遞清香來往風。慚愧吾儂非姓宋，窺人玉女立墻東。

宮鶯　五山堂課題

幾日喬遷帶寵光，黃衣著了好稱郎。已解獻歌隨鳳輦，定知求友入鵷行。綺窗喚醒梨雲夢，畫閣催成梅額妝。祇值太平鳴得意，御花不肯出宮墻。

籠鶯　玉池吟榭課題

不如幽谷托身安，一入雕籠欲脱難。却羨行吟湘客放，誰憐坐繫楚囚嘆。園花髣髴愁邊發，堤柳依稀夢裏看。昨夜天邊杜鵑過，始知春事屬闌殘。

小竹云：拙堂咏物猶如籠鶯，不似他作縱横。

春水生

霜冷冰寒彼一時，滿江煙暖漲流澌。渠通邵圃候瓜蔓，瓜蔓本爲五月水候，獨陸游詩屬三月，今姑從之。澤繞陶家蘸柳絲。遥浦天低帆去穩，晚潮岸闊鳥飛遲。桃花計日將生浪，須檄山陰訂禊期。

送墨工安齋歸越後

越山曉雪映華顛，瓦篝手掃歳寒煙。青女無功玄霜結，萬築聲喧驚鶴眠。時携豹囊來都市，遍詣名流試雲煙。借將妙手吐奇氣，蓊葧古香拂錦箋。古來墨工誰最善，後有程方前李潘。其人與墨共磨盡，空留樣式在陳編。嗟吁乎，薰香材漆難自保，烏玉敢恃百煉堅。汝能製墨須守墨，好去北海雲樹邊。君不見猶龍『道德』五千字，一言蔽之玄又玄。

星巖云：烏士之典故和盤托出，至結末以『道德經』收之，工絶。

待花

檐雨驚眠暖透紗，闗心城外欲開花。曉窗須把抄書了，纔值一晴難在家。

鞆浦保命酒歌

備後鞆浦號爲山陽絶勝，韓使嘗過賞爲日東第一形勝，署扁揭福泉寺。有土豪中村氏，業釀醖。如保命、養氣諸名酒，著稱遠近，至漢、蘭、韓、琉、諸藩購求齎歸。今主人頗愛文，遍求都下名人詩，以保命酒爲贄，遂及余，余乃賦長歌贈之

縹渺畫出仙醉島鞆浦海中島名，鞆浦形勝著海表。君家名醖更絶倫，始信海山長醉倒。我無長斗挹天漿，耳食幾年口未嘗。主人似憐相如渴，遠餉黄滕潤肺腸。泥封纔拆香繞鼻，滿瓮瀲灩春波膩。洛陽白墮名虛傳，吴下香柑敢相比。昨夜目瞤暗自喜，果然今朝得絶味。碧碗傾瀉喉有聲，醺然引人著勝地。恍疑羽化去飄揚，浮邱洪厓參翺翔。君不見秦皇漢武渾多事，樓船輜軿信杳茫。今我臥游三島上，便知醉鄉是仙鄉。

星巖云：此雖應酬之作，亦可誦。

曉游東臺看花

又

早候鐘聲出，遥趁鐘聲行。鐘聲聽已近，花隱梵王城。

徑通萬花底，樓涌萬花中。一步一回顧，不覺到祇宮。

題東奥埋木硏，爲高梘藤井士開囑

待春層冰底，嚙食存木腸。出伴文房友，墨花還吐香。

松島歌壽仙臺南山和尚八十

當時徐福何太疏，求仙不到東海隅。靈區千秋終不秘，人間遍傳松島圖。壯哉鰲背三百島，海面争出呈奇巧。方者成壺圓者嶠，蹲如猛獸跱如鳥。中有老僧聳詩肩，坐收絶勝落洒邊。珍重一巵長在手，醉吟肯問小乘禪。君不見謫仙三杯通大道，知君禪心兼通仙。應有羨期來伴飲，萬松虚無海島煙。好把天瓢挹沆瀣，一醉直到三千歳。待他白鶴歸來時，笑問乾坤屬何世。

小竹云：古梁師讀此至結末，必啞然失笑。

花時與子信、士達、逸齋游東北諸勝

天王寺　舊稱感應寺，天保甲午改今名

茶煙颺處坐東風，日暖香雲擁梵宮。拈得花濃春寺句，始知老杜語言工。

日晡里

拋堉鬪草憶童游，醉欲簪花且自羞。衰鬢搔餘將變白，重來此地作遨頭。浣花遨頭謂太守，蓋爲遨游之首也。此游余年最長，故借用之。

飛鳥山

賞春絲竹幾群嬉，過客深情誰解知。遺德百年花似舊，東風吹淚灑殘碑。

五明亭憩飲

清醪鮮膾可吟腸，同就溪亭醉一場。且喜風光餘上巳，落花潭水好流觴。

墨沱堤

萬花迎客夾長堤，鬢影衣香十里迷。一幅清明上河畫，還容吾輩曳吟藜。

轎中看山

轎方止處山亦止，轎方行時山亦行。山止山行我仍坐，坐閱東海幾崢嶸。就中富嶽最縹緲，出駿入遠青未了。倏爾相失林樾間，突然忽出雲煙表。同向轎窗索吟哦，衆皺依依送到家。歸遺在腰沈沈重，古錦囊中幾片霞。

題平忠盛捉鬼圖

白龍魚服夜游市，從君於昏不怯死。奮臂捉鬼却是人，刑部之勇徒爲爾。嗟乎當時王室泰之否，讒婦奸宰蹤相比。暗中摸索何爲乎，白日滿廷人是鬼。

小竹云：子成再生。

題李青蓮問月圖

一樽酒，一輪月，與君成三人，相逢不相失。今月仍是古時月，今人孰是古時人。停杯慨然仰天坐，滔滔人世與誰親。一自浮雲蔽白日，北來胡塵暗王室。人間何處可久留，騎鯨歸去廣寒窟。千秋明月舊乾坤，想見文彩今尚存。歌一闋，酒一樽，大笑酹君君應聞。

秋晴出游次放翁韻

葛衣初健雨晴天，吟杖乘秋又掛錢。蒲響滿塘風獵獵，柳陰兩岸水濺濺。性耽邱壑成幽癖，節值鱸蒓儘醉顛。不羨登瀛玉堂樂，逍遥且學地行仙。

王海仙畫史來游，爲余造山水圖，賦此謝之

王家畫源出摩詰，宋有晉卿元黄鶴。流到近代尚彬彬，石谷麓臺俱傑出。東漸今日乃有君，亦傳家法稱絶倫。雪裏芭蕉法外意，筆端邱壑幻中真。罷仕漫游了素願，西窮肥薩南阿讃。師人不如師造化，綜攬名勝入手腕。竭來相逢勢海灣，爲我一筆寫秋山。

驚君贔負巨靈手，劈取巉巖置席間。余猶未償游山債，忽得此圖心自快。莫道雲煙過眼空，終日坐我臺宕際。

題僧西行咏秋圖

雲出岫，鷸起澤，東西屹對詞林敵。同稱無心豈信然，千古祇賞語言迹。君不見保建何異義熙年，英雄不甘羈一官。直用逃禪爲歸隱，鞋襪飄然天地寬。恨晨光，悲秋暮，江湖魏闕猶相慕。況他真率多妙詮，山家田園同一趣。西行歌集號『山家集』

題陶令采菊圖

黄菊秋容淡，南山夕氣佳。看佗晚節好，慰我幽憂懷。邈矣黄虞世，慨想夷與齊。深意托忘言，欲語誰相諧。舉世昏昏醉，采菊且浮杯。

畫兔

月桂是桑梓，人間封管城。何爲鑿三窟，没世更營營。

題園田君秉『子規亭詩集』

有鳥有鳥字子規，天涯飄蕩怨別離。海城有箇長松樹，飛來叫月最高枝。松下有客貧入骨，手持詩卷送日月。平生交游唯杜康，同姓有汝亦相悦。老屋月落夜向晨，汝正啼時我正呻。入海求詩深到底，祇要一語出驚人。子規子規果知否，邂逅且爲苦吟友。一生心血吐無餘，化爲錦繍幾千首。噫嘻，君與子規倶可憐，曾無一聲聞九天。今吾竊傚唐賢語，子規成鶴君成仙。羅鄴『聞子規』詩：「争得蒼蒼知有恨，汝身成鶴我成仙。」

咏發燭兒，爲神户小谷三次

齊宮遺制自輝煌，一穗熒熒繼大陽。何讓燃犀驚渚怪，不須鑿壁引鄰光。金蓮炬畔曾無迹，羅綺筵中忽斂芒。願獻君王作明燭，荒年隨處照逃亡。齊宮后妃以發燭爲業。見『清異録』。聶夷中詩：「我願君王心，化作光明燭。不照綺羅筵，祇照逃亡屋。」

寒夜讀史

青燈幾點落寒花，佔畢聲中夜更賒。讀到將軍入蔡處，風吹飛雪撲窗紗。

哭荒木子恭

天道悠悠難認真，叢蘭摧盡北風辰。共言泮水采芹客，子恭久游昌平學。曾是高堂懷橘人。子恭幼有孝行，蒙旌賞。齋壁螢燈積年苦，庭偕桃李暫時春。子恭擢教官，逾二歳亡。九原到日應回首，憐汝庭闈有老親。

菟水先登圖

叱馬春江蹈駭波，慨然擬報主恩多。此心千歳有知己，淚落琵琶一曲歌。佐野天德召琵琶法師，說平家至佐佐木高綱、宇治先登，慨然隕涕，曰：事若不捷，渠必以死報之。吾察其心，豈不哀哉。詳『駿臺雜話』。

寄古市奉行柳田飛卿

蕭條邑里及年華，頻歳凶饑人怨嗟。陽春有脚行應遍，催發棠梨滿縣花。

司馬温公燕處圖

田園暫寄廟堂才，司馬盛名天下推。燮理手間無用處，且將春水灌花來。

美濃神田實父、會津添川仲穎見過訪，遂共游千歳山

有客山道到，相迎皆舊交。城居無異歡，同去游南郊。窈窕涉松徑，振衣立山椒。裂眦春望迥，杳渺萬頃潮。風帆一點白，煙嶂緑周遭。快哉海山勝，魂向天外飄。持此聊示客，且勸一杯醪。

丙申春，内人久病，將携就醫於京師，賦此示之

湯藥相支及歳華，東風吹綻玉蘭芽。嗟余脚裏猶留鬼，余亦久患脚瘡，至是稍差。脚中有鬼，宋梅詢語。憐汝杯中未辨蛇。須把愁機掛墻壁，且休倦繡傍窗紗。治方別在青囊外，

去看京城錦樣花。

早發津城

周道如絲行樹濃，群山初曙見春容。兒童牽袂問前路，遥指雲間三子峰。

路上口號

杖鞋輿馬舉家隨，慰苦分甘行忘疲。歇宿程寬容自便，每逢佳景輒游嬉。

過勢多橋

平生圖畫識琶湖，指示妻兒誇勝區。東道歌謡汝須記，長橋百丈是金鋪。

到京，晚携兒格看花智恩院

歸人滿陌晚喧嘩，纔解行裝逆旅家。日未全收惜間過，去看華頂始開花。

過禁門

金殿崔嵬出彩霞，御溝汩汩走清沙。春風不隔仙凡界，吹落人衣上苑花。

宿嵐山二首

盡日弄春衣袖薰，花陰求宿送斜曛。自疑拔宅昇仙去，妻稚相隨臥白雲。

曙鐘敲白寺前山，依約萬花嵐影間。且喜輪蹄猶未動，香風自在度清灣。

上巳後一日集貫名氏澄懷樓

京華何處洗塵衣，來倚高樓興欲飛。上巳風光猶未歇，群賢觴咏幸無違。桃花流水殘江泛，峻嶺崇山濃翠圍。形勝依然堪補禊，吴梅村有補禊詩。回頭亦嘆昔人非。

華頂山遇野田子明

誰人同咏錦京雲，舊雨寥寥恨失群。豈料東山佳麗地，春風花下忽逢君。

辭京過五條橋

一春游遍帝王州，看到飛花趁水流。今日東山方告別，五條橋上重回頭。

到大阪訪篠崎小竹

舊逢屈指十年過，欲約重游期更賒。引滿不辭濡甲飲，十分酒量爲君加。

飲小竹氏，既闌，主人携余舟游，遂到櫻宮，同游者二婿世張長平、阿波前川文藏、寧樂松邊又六

殘殺傾入盒，殘樽移載舟。一醉歡不足，更泛大江流。粉墻映兩岸，春水碧於油。風景逐橋變，幾橋煙花收。回看彩雲際，突兀麗譙樓。人家稀漸盡，蒹葭交滄洲。遥認神祠在，花際碧瓦浮。捨舟同上岸，連床坐道周。淋灕飲更劇，折花添酒籌。詩欲記

盛會，苦吟枯腸搜。主人厭揮手，且道休休休。咿嘎徒費唇，無乃負此游。笑受巨觥罰，錯雜無獻酬。日晩始回棹，歡呼驚渚鷗。

淀江別小竹諸子

君舟指南去，吾舟向北還。兩舟行且顧，黯淡暮江煙。

游宇治

菟道風流海内誇，衡茅相望陸盧家。自將天下無雙水，就試人間第一茶。采處穿雲倚幽石，汲時近岸帶殘花。鼎爐別辟閑天地，况對江山清且嘉。

飲萬碧樓　在宇治，次長井貞甫韻

暫駐歸驂此倚欄，洛城春事漸闌殘。新林已革江山面，萬碧樓頭把酒看。

江户客中書感

蝸寓過殘夏，熱腸猶未蘇。徒然糜粟米，豈敢憶蒓鱸。撤瓦誅狂鼠，分飧及餓烏。難酬經濟志，低首愧農夫。

訪門田堯佐，分得竹字

客居無計消炎燠，來訪故人林外屋。一醉瞢騰連榻眠，風吹涼雨灑修竹。

訪松田迂仙根岸新居

臺北新移宅，知君厭世喧。奔流沼竹徑，垂柳表柴門。村釀醇堪飲，園蔬嫩可飧。醺然心共醉，披對坐黄昏。

送上原克士歸作州

秋風獵獵促歸期，鞍掛詩囊好攬奇。此去休嘆索居遠，江山到處有餘師。

七月十八日，江門大風雨書事

盲風狂怒撼乾坤，霧雨難分晨與昏。鳥雀投巢還墮地，童兒縮頸敢窺門。亭臺宛似虛舟漾，屋瓦紛如落葉翻。纔得晚晴天宇豁，一杯釃酒壓驚魂。

記時異

斗米三千民阻饑，陰霖連月見晴稀。田間潦漲龍潛躍，都下風狂鷁退飛。竹米果然成歉兆，夏間諸州多收竹米。雨毛祇恐是兵幾。七月中，都下雨白毛。據路史所引京房『易傳』爲兵象。杞人不免多憂慮，何事旻天好疾威。

祈晴應教

維涒灘之歲，夏秋雨作霖。街犬欲吠日，十旬八九陰。耿耿夜不寐，怯聞檐滴音。安得蝸皇石，補此漏天霪。堯湯雖大聖，猶有水旱侵。終然躋仁壽，兢業回天心。君相不言命，陸贄語千金。

八月十三日，阪西諸州有大風異，吾勢亦被其灾，有司得報以聞，公問死傷有無而後及他，時臣謙侍坐，不勝感激，退賦短古以記之

吾勢適當大風隧，樹拔根柢禾折穗。時維八月日十三，吾公在東飛報至。公問有司傷人乎，對曰無之公顏舒。今秋雖失有來稔，有民何憂無穀租。公之斯言萬民福，微臣感激退書策。噫汝百姓勿欷嘆，有君如此蒙覆育。

八月念二，始得快晴，賦以記喜

旭輪輾出滯霪晴，免與光天便隔生。何異四方騷亂歇，留將老眼看昇平。

南紀垣内溪琴見訪

雨餘泥路滑，煩君到客居。海甸馳名日，江城識面初。自言三山住，紫翠繞草廬。軒軒眉間氣，猶帶神秀餘。新詩出示我，煙霞落座隅。豈圖鄰州士，天涯得相於。文章論千古，鄶檜視如塗。大都人文藪，相得兩心舒。安得隨君去，碧海掣鯨魚。

客居雜興

客居慣住托身安，廨舍三間亦覺寬。一座盆山些子景，半泓硯水小秋灘。古人不死披書對，豪氣猶存覓劍看。儉歲仍霑恩俸厚，不須彈鋏學馮驩。謂盆景爲些子景，見元一鶴年詩。小秋灘，硯名，見陸龜蒙詩。

嘗新穀

今秋雖歉亦嘗新，香雪翻匙粒粒勻。慚愧飽嬉空度日，曾無奇策報斯民。

游瀧川

巖際斜通小洞天，一溪水樹自瀟然。久矣都門飫芻豢，忽思螺蛤到瀧川。芻豢、螺蛤用東坡評歐陽公事。

又

蕭條寒玉水奔流，樹底茶煙借榻留。坐愛詩家清景好，丹楓罨畫一溪秋。

游下總國府臺

松柏陰森佛寺開，悵然憶古上荒臺。千秋誰吊英雄恨，澹澹長空一雁來。

集菊池泉街寓樓，此日會者，慊堂、星巖、汝圭、林谷、溪琴旅懷何處寫，暫此醉開顏。客坐圖書側，樓憑霄漢間。論心有樽酒，回首各江山。相值皆知己，天涯即故關。

大塔王斷甲歌　甲即王賜村上義輝者，藏在芳野竹林院，往往爲人斷取去，僅存兩臂罩。會津添川仲穎游寓數月，乞主僧，獲其一隻。還，屬余記其由，因割一片以爲潤筆。余獲之不勝喜，賦長歌以紀之

妖氛茫茫白日没，吹唇撼山山欲裂。帝子不脱百重圍，義徒力盡寶刀折。誰歟健者源將軍，進乞王裝代王身。古來唯説滎陽事，日出處有此君臣。爾來滄桑五百歲，遺澤儼然斷甲在。友人獲之分一札，覽物憶人感慨倍。老鐵蝕餘氣尚寒，想見慷慨叱賊軍。千秋此鐵或蝕盡，一片不滅忠義肝。

題四十六士像

鬚眉欲動凛英風，各各傳神何其工。君不見二百餘年昇平美，唯説四十六人忠。人四十六心是一，一心之誠貫金鐵。何敵不碎烈士鋒，鋒刃光奪滿地銀。雪夜往斫仇家門，紛紛孤鼠走失群。入搜複壁仇何遁，血顱持獻故君墳。束身歸官不辭死，吾事畢矣報主恩。大節堂堂復何言，鯫生乃爾動吻唇。吁嗟乎，責人無已聖所戒，始信漢祖溺儒

冠。佐藤直方、太宰純並著論非四十六士，余甚不取，故篇末及之。

恭次待雪尊韻

稚麥纔抽土脉皴，老天何惜滿庭銀。一篇白雪真瓊玉，身在深宮思小民。

湊川碑

老枝向南幸上樹，靈鰲歸然貞珉古。萬口爭傳碑面字，嗚呼忠臣楠子墓。楠子忠孝真絶倫，高懸姓名著乾坤。一死報主意未足，更留丹心貽子孫。有明徵士朱舜水，眼見崇禎事迹似。潼關守失傳庭亡，松山軍覆象昇死。北京宰執盡奸回，南渡君臣仍樂灾。何堪虎狼相踵至，翻然一舉蹈海來。慕賢何問海外內，日域自有楠子在。三百年後贊英風，字字血淚寄感慨。西山黄門忻得之，勒之碑背示千祺。爲有忠孝卓千古，此文亦入人肺脾。君不見東西三萬里，上下二千年，山有富嶽表東海，樹有櫻花薫東天，人中更有楠子美，西方美人誰得比！

校：「二千年」後衍一「里」字，删。

羽倉明府巡省屬縣，賑恤饑民，賦此以呈

到處應聞歌頌聲，荒餘山野見春生。高堂暫欠彈琴暇，窮谷方煩露冕行。父老銅錢寧

肯受，兒童竹馬遠相迎。洌河原比黄河濁，今日緣君可一清。

校：『攝東七家詩鈔』堂作臺。

送垣内士固歸紀州

匆匆告別理歸裝，遥指三山是故鄉。幾度聚頭談勝槪，一朝携手上河梁。明光浦口仙禽集，徐福祠前靈藥香。寤寐魂飛南戒地，送君今日更飄揚。

題李楚白瀟湘圖卷，爲蕉石藤堂君

萬瓦鱗鱗塵百尺，都門何處求寸碧。夫君袖中有瀟湘，明窗拂拭出示客。一展颯然急雨至，亂箭射空雲氣黑。再展皎然明月來，影落波間玉跳躍。朝暉夕陰變幻多，諸景逐次眼底落。展到卷未滿堂凄，江山一白雪華積。如此妙筆出誰手，營邱後人字楚白。自非筆力運化工，安驅萬里入尺册。一自宋迪創此圖，世上紛紛多贋迹。豈無黄王與文沈，未若此卷神奕奕。喜君眼中有明珠，不向戰場迷五色。鑒拔尤物插架棚，須賀名畫得所托。嗟哉賣奸衒僞繁有徒，碔砆壓櫝巧藻飾。區區畫圖何足言，昨夜荆山人泣璧。

瀬尾子章訃至

京國年華屢訂期，海東名勝又追隨。花迎舟楫嵐光暖，雪映轎窗嶽色奇。禪榻茶香終日話，酒樓燭燼幾篇詩。壯游回首皆陳迹，腸斷空梁月落時。

西歸下岐蘇河

峽雷殷地起，客子皆驚魂。篙師理舟楫，進與波濤敵。波間石齒齒，廉利類劍戟。舟行雖云險，亦喜多所得。倒樹掛危巖，飛泉下絶壁。奇哉山水趣，黄王留真迹。予本好奇者，性命甘一擲。譬如兒説鬼，一怖且一樂。出險奇亦盡，悵然意相惜。忽思垂堂言，此游豈可數。

校：『東瀛詩選』樂作悅，末句作此倖豈可竊。

銷夏吟

夏日偏憐永，閒居且自娛。滌煩煎雀舌，愛冷臥龍鬚。秋水床頭劍，青山壁上圖。心中苟無熱，何處不江湖。

獲宇治新茶

白泥赤印進茶壺，百驛風塵走大都。何料金莖天上露，亦分餘瀝及吾徒。

夏晝書事

長夏柴門人迹疏，青苔隨意上階除。不知午日炎炎熱，滿地桐陰看法書。

仲穎子達見訪

風爐茶熱一瓶香，恰喜故人來上堂。移榻相留何處好，碧梧桐下午陰凉。

觀祈雨

亢旱連旬溝塍乾，喧喧鼓笛舞雩壇。平生文筆屠龍技，羞見雲蜺卷碧瀾。

肥前武富生從江户寄書，謂以七月八日發都，歸省家嚴之病於其鄉。余亦客臘在江户，聞母病俄歸，今得此報，爲之沮然，賦此却寄

百驛炎塵向火城，高堂消息祇關情。吾今痛定乍思痛，風雪關山叱馬行。

觀瀑圖

飛瀑穿雲下碧峰，宛然曳布舊游蹤。披圖恍惚迷真幻，倚石間人定我儂。

秋暑偶成

鳴蟬驚夢耳邊喧，秋熱如焚懶出門。一簇行雲太無賴，載將凉雨過前村。

秋晴游長谷山

西山晴更佳，秋光浄如拭。待我煙嵐間，笑容宛可掬。檄召六七童，理屐喜追逐。行聞溪水聲，盤迴入山麓。古寺僧出迎，茗話洗塵濁。相導凌絶巔，徑仄纔容足。城郭手可挹，邱陵脚可蹴。指點碧海東，參尾山奔屬。南天放鵬程，萬里滄波邈。把酒睨海山，心胸一浣濯。童僕皆開顔，笑呼動林谷。佳景難屢逢，夕陽何遽促。悵然山下路，駐笻數回矚。歸來入城門，煙霞猶在目。

添川仲穎來告別，賦此以贈

書劍天涯暫結鄰，閑雲不住自由身。三秋風月行將好，何處江山留故人。

送二宮元輔歸周防

千里秋風綵服飄，白雲紅樹玉人遥。歸來何異昇仙好，家在山陽錦帶橋。

校：『攝東七家詩鈔』綵服作衣錦。

題佐佐木三郎騎渡藤户海圖

史册争雄難弟兄，蹴波鐵騎各先鳴。功名試把文人比，陸海潘江有定評。

秋晴出游

爛漫晴天難坐消，且抛書卷出城遥。一村楓柏清川外，迎取詩人過野橋。

聞仲穎將游湖中，遥有此寄

落木哀鴻湖上秋，輕舟覓勝向笙洲。煩君憑吊平公子，萬頃琵琶萬古愁。

柳田宰以其屬縣山城賀茂園竹製筆筒見贈

毛穎由來欠策勛，空誇筆陣掃千軍。管城食肉無緣分，祇把殘生托此君。

吾公舉男，賦此恭賀

維熊夢協衆心欣，亦識冥冥天意存。應有華封祝多子，荒餘人被再生恩。

後赤壁圖二首

橫槊英雄已劫灰，江山更得老坡才。千秋一瞥南飛鵲，月下長鳴化鶴來。

夢裏仙游事有無，寓言誰認入真圖。豈知當日人中鶴，千古名聲屬大蘇。

宿柚原牧户氏

山館相留樽酒傾，醺然就睡欲三更。潺湲響枕前溪水，一洗塵腸夢亦清。

赴多藝途中口號，示牧户恭

國司遺迹總關情，逢水逢山便問名。樹裏衡茅金國寺，雲間殘壘劍峰城。金國寺在下多藝，爲國司香之所，舊稱宏麗，今僅爲一小刹。

小竹云：唐人口吻。

多藝懷古

青山依舊列蛾眉，不似人間陵谷移。春雨牛耕調馬埒，薰風蛙吠放魚池。天何剿絶忠賢裔，世尚珍傳弓劍遺。荒草凄煙空谷裏，蘋蘩長薦國司祠。

星巖云：合作，近玉溪生。

校：『攝東七家詩鈔』蛙作哇，空谷裏作陳迹在。

鸚鵡石歌

鸚鵡石，乃在五瀨之裔，一瀨之濱。羽衣何年化山骨，言笑歌咏便應人。其初聞者驚且走，聞之再三漸相狃。神機發泄難復秘，遂引世人到仙阜。戴記首舉能言鳥，魯史特書魏榆石。二經事實合爲一，能使空谷爲名迹。鐘鼓管弦驚山靈，衆客氍毹把酒聽。唱我和汝疲應接，此時肯顧金人銘。鸚鵡石，何不卷舌緘口，深自韜晦。豐干饒舌惹多事，喋喋自勞三尺喙。嗚呼，貪夫殉財，烈士殉名。鸚鵡石，寧鳴死，不默生。

星巖云：張、王再出。

能美嶺眺望

連日經崎嶇，更搜此山奇。峻阪當面起，層層累碁危。努力凌絶頂，俯瞰南海湄。群島下散布，各各獻奇姿。或出如烏嘴，或拖如蛾眉。或如泛巨鰲，或如伏老羆。碧波湛其際，灣然成一池。灣外更騁望，茫洋無際涯。飄然形骸忘，欲與羨門期。此游真奇絶，恨無坡仙詞。

下駒野川

一道清川貫兩山，扁舟棹下畫屏間。飛泉纔過危巖出，賺得騒人不暫閑。

拙堂以文鳴世，其意如不屑乎詩者。今覽此稿，篇篇驚人，無喙可容，閲畢噬然。因嘆曰：不意君能自致於青雲之上也。

丙申二月　小竹散人弼

鐵研齋詩存　卷五

戴星集

辛丑七月初九，除郡奉行，菲才任重，竦然有作

經筵休侍讀，郡署領文書。邑里遭荒後，旼黎望哺初。敢期河渡虎，唯識樹懸魚。愧我催科拙，厚顏臨吏胥。

放衙後書事

秋來詩思不妨清，衙散從容午出城。庭樹葉飛風有影，池塘荷盡雨無聲。焚香靜味蘇州集，泛菊遙斟彭澤情。誰識風流作官好，蕭然不改舊書生。

秋江獨釣圖

獨棹扁舟溯碧灘，銀刀潑刺上輕竿。秋風兩岸蘆花白，宛作寒江釣雪看。

辛丑秋任郡宰，巡視所部，過石切神山安濃郡，此地當春多花木

山櫻紅染九秋霜，更想春風吹雪香。欠了安仁詞賦麗，何圖地有小河陽。

九月九日巡到三重郡

節當落帽亦多忙，檢土修陂到北鄉。陶令思家未歸去，一杯泛菊作重陽。

過櫻嶋 嶋在河曲郡吉澤池。池、嶋並故郡宰吉田雪坡所開築，以資灌漑。島上多花，號爲一郡名勝，有碑詳其事，亦係雪坡自撰

遺澤仍霑窮邑民，殘碑剩水憶前人。秋風零落山櫻樹，須佇芬芳重有春。

過河内谷 安濃郡

寒流鳴處路縈紆，怪石奇峰入眼殊。父老相迎嵐影裏，宛然畫出若耶圖。

憩鹿伏兔村神福寺 鈴鹿郡 ，前對雀頭峰，景致頗佳

忽逢佳境且從容，日午飯香山寺鐘。欄外沙庭浄如拭，蒼然影落雀頭峰。

南郡撿田夜宿山寺

田租撿了宿精廬，瓢酌相酬勞小胥。汝輩莫辭清白酒，比他膏血味何如。

榊原山中 一志郡

村村迎送入山中，乃覺秋光不復同。吟賞恐遭胥吏怪，轎窗偷眼看紅楓。

買馬頗駑，戲賦

鄙才本不比麒麟，買馬何妨肖主人。衹好雪明花暖日，緩行馱去苦吟身。

郡廳書感

諜訴紛紛茫回尋，高堂何日得彈琴。作官辛苦向誰説，應有蒼天諒我心。

校：『攝東七家詩鈔』茫回尋作不可尋。

寄題藝藩淺野甲斐氏萬象園

清池如鏡蘸亭臺，萬象森羅天倒開。暖室凉棚隨勢設，楓坡梅塢趁時栽。嘗聞謀野資賢士，須識濟川有巨村。想像委蛇公退暇，干旟孑孑出城來。

題淡路稻田氏酒瓢，云舊是豐家馬標上物

鬱然古色貼金瓢，嘗揭軍前作馬標。汝亦久忘酣戰苦，亡何衹解飲醇醪。

冬夜郡署感懷二首

木落林亭夜寂寥，把杯暫緩吏心焦。籬頭箪栗吹終日，檐際丁東語半宵。民病難醫多債負，歲豐未免有亡逃。一身衹欠英雄嘆，羸馬奔忙髀肉消。

醉眠就枕夢頻驚，窗隙稜稜霜氣横。人叩寒扉傳檄到，馬饑曉廄爬槽鳴。弊餘郡務多盤錯，訛後民風難廓清。蚊力何堪負山重，憂心耿耿達天明。

十一月念八大雪，山田鷹羽雲淙來訪，遂倶會於宮崎氏，分舍號白沙翠竹爲韻，得翠字

相値樽前面盡紅，同看簾外山無翠。一堂白戰坐團圞，更勝吟驢灞橋騎。

同前，次雲淙韻

板屋爬沙聽蟹行，銅瓶坌涌生魚目。醉餘耳熱撥疏簾，雪壓庭林無立竹。

雲淙、竹坡與余年齒相若 竹坡同庚，雲淙長一歲，交亦已舊，又疊前韻贈二人

論齒三人伯仲間，品評須著好題目。唯吾强預歳寒盟，醜石何堪對梅竹。用坡公文與可梅石竹贊語。

春初出郊

冠童追逐出春城，嫩柳連空爛漫晴。老我猶存少年態，鞭絲拂馬蹈青行。

校：『攝東七家詩鈔』我作宰。

過憩中野浄泉寺

暫抛堆案簿書仍，城外春光興可乘。煙柳村中尋寺入，悠然半日對閑僧。

奉寄户部岡本君，君去冬補近江守

滿朝俊傑拔茅秋，不許先生説退休。材士從來判户部，白居易『户部侍郎張平叔制』云：「張平叔國之材臣也。」詩人倒自補江州。賢勞暫謝雪花月，睽阻長嘆風馬牛。愧我微官何足道，絆羈亦欠蹈春游。君嘗爲散官，携吾輩郊游，有『踏春吟』數十首。

南郡行春

幾縣鶯花好討探，簿書暫任吏胥諳。此行始破平生戒，領略春光未免貪。

神山一乘寺 屬飯野郡，在松阪南二里，地已幽邃，兼有山海之觀，寺亦宏麗，號爲絶勝

登登未到梵王城，杳出煙蘿金磬聲。碧蘚剔看崖壁字，有磨崖碑，東厓詩，三角書。白蓮擬結社壇盟。地兼奥曠多佳景，天乍寒暄弄嫩晴。坐倚亭欄雙眦裂，碧波如染布帆明。

榊原

一村竹樹鎖昏煙，此地誰知名久傳。佛祖金身留寶繪，林性寺藏佛涅槃畫像係文明中所作，不詳作者，傳言兆殿司筆，工妙迥在東福寺藏幅之上。姬人彤管記温泉。清少納言『枕草紙』有七栗湯，此地舊屬七栗郡，今所有温湯蓋即此。尋墟深莽嘆興廢，榊原氏城墟儼然猶存。拾

貝高陵感海田。有貝石山，土人謂此地太古爲海濱。更憶雲蒸龍變際，一蛇騰躍佐昇天。

式部大輔康政父祖並生此地，後徙於三州。

校：『攝東七家詩鈔』題作『榊原雜詩』。

三月十一日，監修捍海塘，歸路赴子達之約

巡檢陂塘到海濱，馬蹄滾滾蹴紅塵。風流別有閑公事，去向煙村訪故人。

校：『攝東七家詩鈔』檢作撿。

夏初出游，憩久居信藤里正櫟園

政餘得得遠相尋，歇馬幽莊看綠陰。滿地青苔三寸厚，吟行不受履痕侵。

彼此一時清景嘉，誰言夏綠讓春花。高亭下瞰桃林野，牛犢歸邊新樹遮。十餘年前嘗賞桃花於此亭，故云。

題淀江圖

瀲流滾滾葉舟輕，恍聽嗟來賣食聲。一夜篷窗人就枕，櫓枝搖夢到華城。

曝背

晴晝風恬稀鐸音，負暄櫓際忘冬深。好將白醉當醇酒，誰製黃綿作大衾。私欲輸君愧

芹獻，唯知向日似葵心。疏慵難廢讀書課，坐到斜陽惜寸陰。

冬至平松氏席上咏瓶梅

籬頭鶯發吼寒颸，詩酒相逢南至期。一綫陽生人不覺，天心衹許早梅知。

窗裏看山

青山一桁半窗含，恰使茅堂趣不凡。何用叉竿立圖畫，榻前臥對碧巉巖。

梅花詩屋聽半溪老人吹笛

高捲疏簾暖雪堆，花前吹笛月徘徊。騷人忽動經年恨，一夜春風聽落梅。

春夜平松子愿宅聽玄徹上人彈琴

敲撲喧囂作耳塵，簿書叢裏度佳辰。今霄乍聽瑶芳引，始識人間已有春。

贈琴客，次驥僧高泉韻

岑寂無人叩篳門，七弦應指儘長言。虛舟飄蕩無根蒂，探討風流剡水源。

雪後

門外何堪倚杖藜，郊天雪後有餘淒。北山怯冷應如我，絮帽蒙頭相對低。

歲寒知松柏

冶葉艷花能幾時，秋風纔到日辭枝。堪恨青青松柏色，歲寒纔始被人知。

別老馬

三年服役走東西，蹈雪迷花躍碧蹄。汝亦戀吾如有意，出門一顧向吾嘶。

書窗聽雪

何物寒宵入耳新，沙沙風雪撲窗頻。此聲祇許詩人聽，聽到三更寂四鄰。

行春

萬頃黃雲迎馬遮，蕪菁世界閲年華。比來養就村園眼，不道姚家更有花。

菜花

東風別樣占年華，偏向村園到處遮。金地熒煌疑佛界，芳鄰斷續現農家。先偷隱吏籬頭色，肯作豪門圃上花。更把後身供夜讀，不隨畫燭上籠紗。

題神農像

百草分良否，赭鞭如有神。一身甘受毒，萬世共爲春。

深春喜雨

春半忻聞檐雨稠，一行作吏少風流。任他桃李花零落，祇竚油油菜麥抽。

送子達東征

巖橋分手即天涯，休恨東西暫遠離。今日花開方告別，明年花落是歸期。
江都近事盡驚聞，俊傑茅茹各奏勳。羡汝此行看新政，何唯山水助雄文。

宿大村行館，賦示胥僚 大村一名二本木，屬小倭鄉

南方分治領山氓，門戟森然燕寢清。凋弊方慚大村號，膏腴原稱小倭名。驛途東指皇神廟，岡嶺西通舊帝京。澆季習成游惰俗，須將勤儉勸民生。

癸卯三月二十日督獵於河内谷

農隙修田獵，軍容亦整肅。旌旗翻東風，旭日射帷幕。萬夫謹奉令，共候螺聲息。叢銃動殷雷，轟然震山谷。飛丸呼命中，鮮血灑榛棘。未知死誰手，群起逐奔鹿。猪突終不脱，趯趯兔亦獲。争來各獻功，駐馬笑受馘。本意護田稼，勿言嗜殺戮。古人除民害，何曾遺餘力。王者三驅法，鄙官不敢學。

歸路避雨，再過浄泉寺

雲撲鞍頭馬不前，祇林避雨對高禪。他年一笑緣初結，復此來尋一樹緣。

夏日睡起書喜

困眠日午寂庭林，蘧爾夢醒流汗侵。檐鐸嘲人多冷辭，瓶笙驚我是知音。方看夏令行炎熱，剛值昊天開雨霪。預卜秋成無障礙，草堂安穩得彈琴。

蟻陣

幾隊殦軍誰總戎，南柯昨夜夢非熊。六花陣就沙庭上，九曲珠穿地道中。纖穴潰堤知有力，芥舟渡水兩争雄。紛紜築垤緣何事，京觀應須表武功。

蚊軍

檐間嘯集陣初成，利觜紛紛夜斫營。四面沸歌圍楚帳，滿天飛矢下秦兵。負山無力猶誇勇，歃血如忘豈顧盟。衹識火攻非下策，艾煙一掃廓然清。

買少駿

俸餘新買小烏騅，愛撫勤勤如育兒。老我猶存千里志，奔騰望汝化龍時。

平安神生見示其所著『草茅危言補遺』，題一絶還之

皇風一變屬維新，天保還如寛政春。誰補漢陰遺老策，洛陽自有少年人。

題畫

松間隱見小衡茅，苔徑縱横鹿迹交。箕踞高人誰作伴，奇峰突兀闖庭梢。

溪風吹面髮鬆鬆，呼取詩人倚短筇。山月未昇巖樹暗，傾將雙耳聽淙淙。

聽子規

自好新鵑代老鶯，何人錯比斷猿鳴。鰹魚上市卯花白，恰著天邊裂帛聲。

園中多白躑躅，盛開如雪，戲賦

薰風吹雪照黃昏，不比鳴鵑泣血痕。誰識此花宜吏隱，標將清白賁邱園。

放衙後，與同僚二子訪中山遜卿別業，遇其不在，排門而入，賦此以謝主人

纔入柴扉秘景開，盡容吾輩暫徘徊。何唯不速三人客，無數青山排闥來。

錢唐王梅菴元珍將來游長崎，已發，遇颶而返，録寄其將發時所作律詩四首，索和於本邦之士，及余，余乃次韻却寄

何羨人間萬户侯，飄然適意海東游。文章且放凌雲筆，書畫相隨貫月舟。曉打蘭槳驚宿鶴，夜吹鐵笛舞潛虬。眼穿杳渺扶桑外，潮路分明大八洲。

遠游求勝計何非，男子心情與俗違。遥指海隅祥日出，仰瞻天末景雲霏。地靈自是蓬瀛近，人傑今猶君子依。禮樂仍存周漢舊，觀光幸免上賓譏。

身落孫山那足傷，才名久已擅詞場。論心豈可無知己，失意何須恨彼蒼。天道是非終合定，兵家勝敗本爲常。人生樂事尤相羨，聞説高堂壽且康。

回舟歸住故園萊，詩歷滄溟氣壯哉。日下空傳鳴鶴響，西方重佇美人來。荊山玉璞光逾見，仙府桂枝花欲開。祇恐再游應絶望，廟堂終不棄奇才。

校：荊山玉璞一作楚瑶屢顯，仙府桂枝一作仙桂堪攀。

謝山田東夢亭寄詩及瑶管

璚篇瑶管照貧家，欲報徒勞手幾叉。自愧藻思衰退久，何曾夢見筆頭花。

洗硯

垢塵污蔑筆端花，好把硯坳澆井華。洗出暮山凝紫色，小端溪上簇煙霞。

都府樓故瓦引，贈筑前竹田簡吉

儒宗登臺鼎，天下方文明。其奈讒説行，聖聰亦聽熒。千里蒙嚴譴，一帆謫紫溟。思罪深自匿，吟咏聊遣情。府樓看瓦色，蕭寺聽鐘聲。肯學湘纍怨，賜衣拜餘馨。一時受冤抑，萬古掛姓名。香火遍海内，祠廟煥丹青。到今謫居地，儼然有遺靈。都府廢已久，缺瓦埋沙汀。故人拾數片，投我比瑶瓊。摩洗認當世，隱然古色蒼。其文猶麗藻，其質甚堅貞。邈矣昔賢迹，獲之見典型。

夜坐柳下

浴後移床向柳陰，貪凉不覺到宵深。清狂莫笑裸裎臥，此處原須學展禽。

題加藤肥州像

絶代功勲載口碑，鶏林高揭法華旗。片枝鈎戟曾無敵，半部經書更得師。豈啻威名止兒哭，看他大節係民彝。古今英傑誰相比，香火千秋關聖祠。

源豫州收遺弓圖

戈戟叢中俯拾遺，弱弓偏恐敵兵嗤。傍人莫説垂堂戒，此處英雄看不危。

題酒瓢

蝸房湛暗浪，鶴頸吐流霞。何處相携去，同看雪月花。

鐵研齋詩存　卷六

樂泮集

癸卯六月罷郡，入參署國校督學事，掌文武生徒，竦然有作

簿書叢裏久辛勤，忽轉清閑是主恩。争奈菁莪難長育，可堪榎楚亦頻煩。名成畫餅終何用，技類屠龍作素飧。回顧一身多竦惻，曾無師德表雄藩。

秋暑猶甚

樹樹蟬聲日午喧，新凉果否起郊村。炎塵滿路猶相阻，未許清風到我門。

嘗作郡宰日，建議設法銷除數十村積券。此冬賞賜銀錠，諭云村吏弊風漸改。非所敢當也

民社三年漫費功，何思褒典録微忠。祇慚受賜先黎庶，曾有村閭沐惠風。

題聖德太子像，爲浪華長江寺囑

才有周公美，憲法揭朝廷。更宣西竺教，化此日神邦。未來推廢興，過去煩辨明。弑

逆亦因果，爲法受惡聲。麟經筆久絶，袞鉞無定評。百世香火盛，金碧光熒煌。豎儒莫勞議，何損豐聰名。

三宅氏雅集，得韻肴

醉把新詩推且敲，聚頭雅談不喧呶。滿樽瀲灩故人酒，芳美何妨淡水交。

甲辰正月十九日，陪常山、養源兩大夫，騎游於三鹿野，憩大里正辻岡某宅

駿蹄追逐趁春風，强叱疲駑亦此同。跪地牧樵知俗樸，抽畦菜麥卜年豐。邑多義井何患旱，辻岡多鑿井備旱，井上石欄刻曰『義井』。里有仁人應免窮。佳境別開流水外，揚鞭遥指玉梅叢。

翼然堂宇倚青松，此處聞曾館寓公。藩祖介弟出雲守高清，實爲常山大夫之先，嘗有故退棲於此，及歸藩，以其居賜辻岡氏，今所存堂宇，即其遺構。精鐵猶餘戰場利，素屏堪見古人風。槍刀及屏風亦並當時遺物。行厨珍味陳魚蟹，後圃時新剪韭菘。同仰遺馨心已醉，把杯更酌彩霞紅。

春水生

暖破堅冰腹，川渠鳴有聲。慢流沼柳去，繡浪蘸花生。釣處磯頭沒，渡邊船脚輕。游山何處客，一棹載春行。

家城村前大里正岩脇慎吾年八十八，索壽言，賦此與之

幾年耕讀導黎元，黃髮皤皤志尚敦。誰識一家堂構外，山村士女盡兒孫。

賀松宇老人七十

吟鞍矍鑠看伊人，品紫評紅七十春。更有歲寒盟最久，種松已作老龍鱗。

送川村毅甫以世子傅東赴柳原邸

煙淡淡，水粼粼，江上春風柳色好，綰取長條送征人。我有贈言君且聽，駐馬更勸一杯醇。丈夫遭逢當努力，莫傚兒女淚沾巾。春光蕩蕩無近遠，天涯由來如比鄰。原靄靄，柳欣欣，經筵待君折枝諫，行矣莫惜家江春。

尋花遇雨

避雨何須嶽麓松，尋春飛屐上層峰。今宵須就花陰宿，穿到紅雲第幾重。

雨中賞花

吟行蹈雨著蓑衣，且及春光未盡非。莫謂看花有來日，一晴祗恐作塵飛。

送張毅夫、中牟田士德歸覲肥前

肯傚尋常離別情，把杯慷慨説歸程。虎争龍戰千秋迹，任汝雙筇憑吊行。

插秧

南畝分秧膏雨餘，幾群蓑笠涉泥淤。憐渠閔閔望秋遠，方是一年辛苦初。

夏日偶書

暑天何術覓清涼，習静除煩是秘方。半簟風漪卷江渚，滿堂煙雨掛瀟湘。園中涉趣成詩境，枕上尋幽入睡鄉。褦襶不來門巷寂，北窗白日到羲皇。

水村月夜

江風吹月上庭槐，瀲灩波光摇座來。一醉欲歸難割愛，隨人涼影共徘徊。

悼亡

二十餘年形影隨，一朝棄我去何之。向人不下公然淚，覽物何堪暗地悲。床前髣髴音容在，夢裏分明寤寐疑。空煩夜月來相吊，恍憶西窗剪燭時。

甲辰冬任督學，移住官署，觀後園藥欄有作

草藥分栽徑幾叉，待春雪下暗含芽。自慚培養無良法，何日粲開紅紫花。

乙巳新正

城樹曈曨晴旭開，殿庭上謁賀正回。東郊更有急公事，脱却朝衣訪野梅。

春草

燒痕嫩緑滿原平，祇怕蹄輪蹂躪行。詩句久無靈運妙，何時能入夢中生。
尤喜東皇初政清，油油寸緑布郊坰。桃紅李白渾閑事，祇把新春呼作青。
滿目茸茸蔽九原，嫩青復茁去年痕。寸心難報春暉好。上墓空思罔極恩。

肥前加加良、吉岡、中山三生來游，余以乏師德固辭之，勸游江户，臨別賦長歌送之

連翩負笈路二千，神風五瀨來問津。『日本記』神武天皇御制：神風乃伊齊。俯拾勤勤無珠貝，虚名堪耻千尋濱。『催馬樂歌』：伊勢乃海，千尋乃濱耳，拾登毛，今波何天婦，甲斐加有遍幾。濱荻蕭蕭何所見，『筑波集』：難波乃葦波，伊勢乃濱荻。望看扶桑第一山。山外遥連武州野，野草久化萬瓦鱗。豈但朱門甲第盛，承平二百多人文。千里嚶嚶鶯呼友，紅緑相映送征人。大都往求良師友，須及滿門桃李春。

桑名森子文自長崎歸，見過訪，喜賦

春自東來君自西，一堂相遇不相睽。梅唇綻白共人笑，柳眼抽青迎客低。蠻舶異聞供話柄，吳門名勝入詩題。此行事事堪傾耳，聽到城頭鴉欲棲。

鴻門行

斗間虹影落酒卮，雄劍雌劍舞傲傲。一喝震雷聲忽到，壯士入坐羆虎姿。楚王君臣膽皆奪，軍中殺氣俄然滅。七十老翁耄及之，結網疏闊赤蛇逸。百萬貔貅儼在軍，空恃一劍志不伸。劍乎抱憤無所泄，玉斗何罪碎作塵。

題梅花圖，賀井野清游翁七十

肯隨衆卉鬬嬋妍，翠竹清湍結笑緣。秖合把君相比較，掀篷圖裏一臞仙。

燕子花

叢叢紫艷殿春芳，斜受輕颸舞野塘。一段風姿何所似，可憐飛燕倚新妝。

題平忠度花陰投宿圖

樹陰求宿客路春，今夜林花是主人。薩州刺史風流語，萬口膾炙今尚新。可憐村武三軍傑，又向詞林揮彩筆。當時諸平比百花，平氏之盛，以諸公子比百花，見『盛衰記』。何花擬君得髣髴。無賴東風卷地來，濃紅艷紫暫時摧。二十餘年繁華事，一場春夢蝶飛迴。八條第宅已灰塵，一谷城營又殘破。闔門皇皇何處歸，更嘆黃泉無客舍。使君獨結一樹緣，芳蔭無恙春欲千。想見輕風淡月夕，魂兮歸來香霧邊。

哭鹽田士鄂

訃音到耳淚潸然，湖海豪游憶昔年。筆下龍騰挾飛雨，樽前鯨渴吸長川。雄談罵坐喙三尺，傑句驚人詩百篇。今日懸瓢徒瀝瀝，一杯春酒酹黃泉。

鐘馗移家圖

獰鬼執役如僕僮，蝌怪貓妖簇簇從。終南進士何爲者，携妹移家太匆匆。當時人掩九重聽，紛紛鄙夫滿朝庭。南山將作北山移，却爲仕進作捷徑。維塵冥冥及比鄰，林慚澗愧何足云。望望去向何處好，祇認首陽山上雲。爾來難復入帝夢，一劍何敵虛耗衆。悵然回望魏闕遥，老馗夜泣白雲洞。

夏日游願成寺

何處去逃朝市囂，禪房縹渺出林臯。白拖衆水成回練，翠滴連山送怒濤。負笠僧歸蛇徑曲，插秧人俯鶴尻高。風光留客多祇待，况又青樽酌美醪。

雲淙來訪，喜賦

盾曦赫赫火雲堆，滿路炎塵晝不開。忽聽跫音驚睡耳，清風恰送故人來。

蘆岸秋晴，次子愿韻

漁艇乘晴簇幾群，岸蘆花落浪成紋。今宵溪鰛應多上，現出魚鱗日暮雲。
歸棹驚飛宿鷺群，西風吹送破波紋。漁舟醉繫蘆花裏，一枕篷窗夢白雲。

九月十三夜，至樂窩集，同次賴杏坪韻

看到西天河漢流，今宵同作繼華游。誰知缺魄勝全魄，展取中秋在季秋。桂影團圝池底樹，蟾光瑣碎竹間樓。苦吟争得酬佳節，庭際寒蛩替我愁。

同前，次園田君秉韻

月是無雙客不孤，『中右記』：寬平法皇賞十三夜爲無雙明月。吟樽相對倚庭梧。拈來藤相今宵句，數百年光有此無。法性寺關白『十三夜』詩：「十三夜影勝於古，數百年光不若今。」

與客談詩

桃紅李白各成家，不受人工剪刻加。一自滄浪著詩話，紛紛争捉鏡中花。

嚴陵獨釣圖

漢家恢復舊天下，武功已成徵儒雅。遠勞安車行四方，隱士紛紛出草野。羊裘老子思不群，輕視富貴如浮雲。文叔故人敢臣我，足加帝腹動天文。一竿歸釣清瀨水，三公不換江山美。山高江長先生風，風尚漸被一代士。氣節凌厲靈獻間，草茅危言不怕死。釣臺何讓雲臺高，中興元老功相擬。君不見二十八將皆寵榮，上應列宿入丹青。南宮論功何疏漏，不畫桐江一客星。

買菊

喚住村翁買晚香，一盆移取入書堂。狂奴故態多疏傲，獨爲黃花讓半床。

鋤菜

澆圃霜融菜甲新，鋤耰在手立畦畛。誰呼劉備爲英傑，自笑樊須信小人。忍聽頻年告艱食，慚無奇策救貧民。平生坐喫盤中粒，聊代老丁嘗苦辛。

秋晚出郊

何識鶯花風月新，一年祇望穫收辰。黃雲萬頃秋方好，此際田家亦不貧。

冬晴

西風已老再東風，斗覺玄冬氣色融。天暖何言春尚小，心閑渾忘歲將窮。一年好景歸橙橘，十日釀晴抽芥菘。更有分陰尤可惜，明窗課了讀書功。

梲原源太菔梅圖

披髮揮刀呼來來，一來一往血路開。誰哉健者平源太，先鋒自占三軍魁。更見唱和思不俗，折玉一枝插雕菔。此花由來攙群芳，源太芳名堪比較。刀光霍霍花共飛，五萬軍人盡瞠目。君不見須磨禁榜世所無，風流折花亦有辜。須磨寺有一禁榜，云：此花江南所無也，折一枝輒斬一指。猶是一指何足道，大刀亂斫萬頭顱。

藤肥州望拜富嶽圖

妙法章旗拂陣雲，八道畏伏鬼將軍。張遼威名止兒號，道濟畫像斷瘧氛。直驅鐵馬飲鴨綠，孤軍深入長白北。回首顧瞻海東天，旭日映出芙蓉嶽。下馬稽首脱金盔，戀主之情切胸臆。歸報何時敵未平，英雄眼中淚簌簌。忠勇何數王鐵槍，美髯將軍難弟兄。盛名之下易獲咎，讒口囂囂欲覆城。君不見浮雲蔽日何能久，千秋雪嶽插天明。

大田道灌借蓑圖

鬚眉却愧對娥眉，感悟黄金花一枝。野路名篇佗日雨，回思村舍借蓑時。

在中將咏燕子花圖

紫燕差池出水飛，丁橋曲曲擁芳菲。歸期何日王孫草，泣向薰風嘆客衣。

送花

此際騷人剩暗然，林花著雨失鮮妍。紅愁紫恨唯多淚，明月清風未了緣。飛燕墜泥香尚在，老鶯帶濕懶如眠。三春行樂瞥然過，重約相逢又一年。

梁公圖夫妻來游話舊

甘以生涯付轉蓬，鳳鸞追逐駕長風。窮如東野居頻徙，瘦似浪仙詩亦工。舊雨寥寥多化土，晨星落落半成空。故交耐久唯君在，又奈飄然學雪鴻。

五月十五日，與早崎諸子拉公圖夫妻游乙部浦，雨大至，避入晴浦大夫海莊，嘯咏到夜，兒格詩先成，次韻紀事

東道來依瀟灑侯，老松疏竹繞幽邱。壺觴挈伴臨清渚，風雨驅人集畫樓。世事由來難預料，天公有意豈容尤。回頭海口前游處，怒浪洶洶躍碧虬。

閏五月念九，同芹宮諸子打漁於阿漕浦，邀梁公圖夫妻與俱，賦以紀事

五瀨多清渚，我津更安瀾。漁樂四時好，最好是立干。植干偏宜夏，連網插筠竿。截海三五里，回環如繚垣。潮落網屹立，萬鱗被遮闌。噞喁泛淺水，驚人竄沙間。飛梭

落無影，臥劍埋有痕。細認可掩捕，不須罟與綸。丙午閏五月，挈朋游此濱。赤手掉臂入，與魚相追奔。梁子掣鯨手，亦共争小鮮。小鮮纔潑剌，大魚乍掀翻。捉取如拾塊，須臾欲盈船。沙場築作竈，行厨寄松根。饔子揮霜刃，片片雪堆盤。潮水煮爲羹，鮮美媚舌端。不須下鹽豉，正味出天然。饞口亦屬饜，飛觥各醉醺。歡娱不蕭瑟，餘興更飄然。脱衣同蹈浪，碧灣是浴盆。煩歊一洗盡，恍作鯨背仙。壯哉吾鄉勝，記以詩字寰。

同游頤成寺，次紅蘭女史韻

禪房借榻共閑眠，髣髴華胥夢斷連。驚却淙然聲到耳，獠奴修筧落飛泉。

河邊氏看雲亭集，同次掛幅詩韻

亭臺縹渺出深樹，驀然風來凉葉舞。入座山容變幻多，看雲纔了又看雨。

題牧牛圖

牧竪群嬉擲采骰，老牛眠食得優游。春風吹緑芊芊草，嚙自南頭到北頭。

料理舊稿有感

寰海豈無波浪驚，唯聞館閣誦昇平。草茅一策無人聽，須付烈炎遺賈生。

水仙寒菊同瓶

影落燈前幻對真，一瓶雙美坐相親。佳人畢竟非無配，芳德由來自作鄰。栗里餘姿金瑣碎，洛濱遺貌玉精神。孤山更有同心友，要待東風共入春。

城東早春

入春幾日意飄揚，最喜韶光屬海鄉。自有煙霞迎客媚，何須花柳嗾人狂。潮來沙汭竹蟶滑，雨濕林隈松乳香。好是時新堪下酒，聊沽一醉潤吟腸。

正月十八日雪

忽下霏霏雪，東風仍帶濕。着檐多作雨，到地一無痕。頃刻花頻落，爬沙聲暫繁。芳菲期尚遠，得此慰吟魂。

游春

弄春盡日易斜曛，歸路迢迢燕尾分。餘興未闌迷亦好，今宵祇合宿芳雲。

紀善光寺地震

閻浮檀金丈六軀，奔走四海集一隅。乾闥婆城莊嚴富，神國乃有梵王都。何圖地祇忽震怒，山嶽頹崩萬屋仆。猛火烈烈玉石焚，士女枉受炮烙苦。宛似敷島御宇年，如來遭逢物大連。號呼展轉在火坑，肉身不似金身堅。佛誓祇是在未來，衆生争脱現世灾。亡者或能向浄土，存者倀倀泣路隈。幸有信丹兩刺史，資送難民歸鄉里。焦額爛膚保殘生，再遇室家團圝喜。嗟吁乎，蒿目菩薩今如何，人間有佛德可歌。

夏日偶作

南畝分秧雨一蓑，秋成未識定如何。先喜園林小豐稔，摽梅滿地不勝多。

五月九日，女簾生，時兒格婚已久，賦此自嘲

身閲春秋五十回，兒男婚了粗成材。尚平將畢游山願，其奈祥蛇畫足來。

六月三日，常山大夫乙部海莊集，憶先大夫景山君

曾游屈指廿年餘，復此佳招三伏初。緑野亭臺盡堂構，滄洲村落雜農漁。海門擊汰船輸酒，滬瀆落潮人捕魚。酔後忽興懷舊感，一場歡樂付華胥。滬瀆見『通鑒・晉紀』，據胡注所云，略似吾鄉立干。是日，大夫設立干，故云。

龍津寺清集

三伏何堪城市忙，偷閑日夕覓幽鄉。祇知僧院尤宜夏，恰好祇林偏貯涼。松下清風吹酒冷，蓮塘過雨撲詩香。坐來一洗煩歊盡，高照吟心白月光。

七月既望，竹坡相邀泛舟海口

泛然一葉放中流，想見髯蘇壬戌秋。橫槊吹簫共千古，月明猶照故人舟。

曝書

滿院西風凉曝天，傾將敝笥出陳編。老來懶讀深慚愧，蟫蠹代人橫貫穿。

讀范文正公傳，示某醫生

丈夫憂樂各隨時，小范名言是我師。濟物何曾論貴賤，不爲良相便良醫。

八月十六日，赴中川大夫山莊之約，同平松子愿、小谷德孺，勒韻得五絕句

佳招晩赴宕山陰，一徑紆餘傍樹林。僮僕出迎遥指點，松扉依約隔煙深。

西風一陣拂輕陰，玉鏡磨光懸碧林。更勝昨宵三五月，城中何有此幽深。

風流本自比山陰，地有崇山與茂林。舊客算來多入土，何堪俯仰感嘆深。談及恕堂、半仙諸人下世已久，故云。

何但良緣一樹陰，同游盡是舊詞林。不知頭上銀河轉，唱和團圝坐夜深。

良宵亦合惜分陰，一刻千金月逗林。入座清光留客久，銀波瀲灧酒杯深。

書中乾胡蝶

縹帙牙籤好墓田，何曾屍解學神仙。祇應芸草是同臭，肯與蟫魚俱戴天。剩馥殘香潤身後，狂飛戲舞誤生前。一朝覺悟紛華夢，直把遺形殉聖賢。

蒲萄

半空騰躍上，玉露濕龍鬚。秋實多新味，誰探頷下珠。

聽蟲

儘好悲蛩滿耳喧，市聲何敢到柴門。今宵始識清秋意，露白林頭月一痕。

同宮崎士達、濱野以寧游千歲山

松根醉坐忘形骸，同攬風光暢雅懷。誰識樂中還有苦，一聯詩句費安排。

九日與介甫諸人游乙部浦

重九登高腐且陳，今游挈伴更圖新。塵腸洗浄秋濤壯，菊酒萸杯醉海濱。

丁未九月十日，我公試遠騎，到椋本邑，老臣以下從者殆七十騎。越二十有九日，又於伊州爲之，從者五十餘騎。上下皆裹糧，就憩草次。恭製古風一篇以紀之吾侯桓桓振威武，多士丕變猛於虎。維時季秋親試騎，百馬攢蹄儼成伍。騂駓驔駱驪騮騅，五色雲錦粲離披。擊柝數聲傳令急，忽排一字揚鞭馳。蹄間三仞電光逝，過都過野如歷塊。神龍騰躍群蛇随，勢如翔空何其快。曠原帷幕翻西風，紛紛下馬謁元戎。腰間糇糧饑當肉，上下一體甘苦同。君不聞近來西夷誇雄傑，英咭佛蘭尤猖獗。大藩警備南海濱，銃炮森然無欠缺。况又有此濟濟材，氣呑强虜亦壯哉。士馬飽騰待樂戰，英乎佛乎何不來。

九月廿四日今上即位，私紀盛事，傚唐人體

蓬萊宮闕爛慶雲，日出丹墀劍佩群。孔雀扇開光炳耀，麒麟香吐氣氤氲。三種寶傳依舊典，萬邦表到奉同文。共歌復旦普天下，拭目欣欣仰聖君。

十月初三，柚原氏宅賞菊

霜下誇芳傑，晚香尤可憐。何唯重九日，更及小春天。北陸行冬令，東籬駐晉年。賞吟愁日短，秉燭看嬋妍。

神户山采蕈

雨露爛蒸糖蕈斑，清秋蓴食上孱顏。釘苞難認泥沙底，傘笠相逢荊棘間。宛似采芝從甪里，何殊拾玉入崑山。香風一路撲人鼻，日暮筠籠稛載還。

兒格從大阪寄書，詩以答之

雙鯉忽入手，欣然解封緘。先認平安字，濃墨題在函。中説讀書地，寓居淀水南。寒碧浄眉目，畫橋映澄潭。繁華兼静僻，此境亦不凡。放舟圖北上，京洛勝可探。丹楓秋正好，曝錦被巉巖。三尾游涉遍，最好是龜嵐。傒囊沈沈重，新詩信口占。披讀慰相思，愁悶總除芟。游息雖不妨，三冬課當嚴。青年不可恃，日月如奔帆。

冬晴聞鶴，常山大夫席上分韻

憶嘗赤壁去横江，再見玄裳與影雙。千古戛然同一想，悠然引領在游艭。

同前，次服文稼韻

昏昏終日在塵牢，忽起詩情鶴一號。欲向霜天和清唳，苦吟輸汝曲彌高。

聽松書屋聽琴，桑名森子文適游南海來會焉

松陰就醉笑開顔，偶值故人愁似删。代説兩心琴韻響，洋洋流水洗塵寰。琴樽相遇熨愁顔，滌去世塵蹤總删。佳客南來談海涌，煙濤滿目想仙寰。

閲武

泮水波寒演武場，嚴冬校閱日多忙。梨花散地長槍舞，猿臂摩天巨刃揚。駿馬奔馳風有影，勁弓引滿月無光。治安何敢忘危亂，王國藩屏在自强。

龍津寺雨集

依例寒天日閱兵，吟哦久冷白蓮盟。偶逃劍樹刀山底，閑向僧房聽雨聲。

盆梅，得咸

小窗緊拒北風嚴，紙帳烘春香半銜。何待遠尋勞布襪，一盆白雪映書函。

溪梅次子愿韻

香風兩岸撲銀缸，水面迎舟鶴影雙。遥認溪南高隱住，冷雲深鎖讀書窗。

臘後月夜，光澤禪房集

清宵蹈約到精廬，疏影上窗更欲初。春餅掃煤人送歲，豈知梅月在庭除。

光澤禪房同咏寒蘭

香瓣休供佛，蘭薰山麝臍。人間小幽谷，方外老禪栖。衹合芝同室，何妨霜滿畦。歲寒蓮社友，相見不相睽。

同前，次家里生韻

吟身宛似坐瑶臺，醉眼朦朧酒幾杯。寒月臨窗梅影現，恍疑林下美人來。

題王元章梅花書屋圖

後有元章前彥章，千秋烈士姓皆王。戰塵不污梅花屋，木劍終應勝鐵槍。

歲末村況

兒女圍爐度凍宵，村家窮臘不蕭條。何知城市薪如桂，翁媼頻添榾柮燒。

龍伯仁來訪，適中內、佐山、家里三生來會焉

燈花紅映酒樽青，相值歡然醉語馨。誰識殘冬冰雪底，草堂早已聚春星。

格兒歷游山陽歸說勝狀，賦此示之

喜聽詡談向我誇，關西憑汝似親過。帆開赤石名區古，路入黃薇沃野多。傑閣鰲浮蓬島月，長橋龍臥錦川波。今游若沒雄篇述，如此海山風概何。

晚歸

宴散歸來天已昏，醉呼相應過空村。前行驚報蟠蛇臥，横路蜿蜒老樹根。

鐵研齋詩存　卷七

泮林集

戊申正月十日，孫男生

夢協熊羆降誕辰，滿堂祥氣共年新。寒門桃李芳期迴，且喜桐孫先報春。

旭莊云：天福善人。

送家里生游學江都

好去繁華墨水涯，螢燈業就是歸期。河梁指示青青柳，莫向章臺折一枝。

僧院賞梅，分韻得魚

詩家清景屬精廬，最愛老梅吹雪初。若得花陰容信宿，一春何恨食無魚。

春風

番番春風到，芳雪簇成團。祇恐催人老，吹花上鬢端。

翠竹黃鶯圖

垂柳織休梭暫投，來依幽竹更風流。金衣公子豈無友，翠袖佳人是好逑。

題花曆

分時彙集衆嬋妍，晚紫早紅同入編。草木應知奉正朔，風流一卷小欽天。

泮宮花宴分韻

滿坐春風人倚欄，櫻花滿院雪團圝。何論修禊游蘭渚，恰擬尋師到杏壇。泮水豈無思樂興，聖門更有仰高嘆。衢樽本有芳醇美，醉吐精華上筆端。

島田虎介來游，演劍於黌宮，賦此爲贈

一家技擊本超群，十歲威名天下聞。任汝縱横行萬里，由來百獸畏山君。

春郊歸牧

一川煙靄夕陽沈，牛背瀏瀏牧笛音。歸去不迷曠原外，彩霞蒸處是桃林。

睡起看山

午天赫赫火雲高，炎熱逼人何處逃。唯有西山洗昏眼，當窗濕翠送奔濤。

秋近

殘炎鬱鬱末渠央，紙瓦蘆簾送夕陽。祇覺池塘秋已動，垂楊樹底送微涼。

嵐峽御游圖

啼猿峽，立鶴洲，蘭棹劃破錦波浪，兩山紅葉映龍舟。詩歌管弦賞秋色，延喜天子太風流。從臣自有右軍匹，感念今昔揮彩筆。應比漢武横汾風，使人長憶紅幸日。秀蘭芳菊何足云，綺嵐繡霧送夕曛。後人不知九秋賞，祇賞三春櫻花薫。千古名迹在遐想，何人寫取入屏障。縑山膠谷光爛然，復見楓樹生堂上。杜詩：堂上不合生楓樹。按：古歌咏嵐山者多言紅葉，延喜宸游之後，圓融一條及御堂關白三船之游，皆在紅葉之時。至龜山帝移吉野花種於龜嵐之間，始爲花窟。後人徒知有櫻花之賞，而不知有紅葉之賞，故特詳之。又按：紀貫之『大井川行幸序』本王右軍『蘭亭序』，文詞爾雅，與其『古今和歌集序』並爲假名序文之祖，故詩中及之。所謂啼猿峽、立鶴洲，並爲序中語。

菊池溪琴曰：名作。旭莊曰：起結呼應猶殘陽西沈，餘霞東浮。

山中聽蟲

山居偏覺得秋多，蟲韻嘤嘤出薜蘿。寄語人間筝笛耳，天然雅樂聽如何。

校：寄語一作不識。

餞秋

西皇動歸馭，相送且長嗟。天已厭楓葉，人猶惜菊花。疏林風獵獵，荒圃兩斜斜。且勸一杯酒，千山祖道賒。

溪琴曰：旭莊獨批領聯，起結二聯亦不可不批。

僧房看楓

市朝何處滌塵顏，遠覓風光上碧山。豈識空門還著色，離披錦樹擁禪寰。

旭莊曰：好議論。

贈劍客東洋生　通稱齋藤新太郎。余與生同姓氏，又與其父彌九郎同甲子，少時亦同學劍於岡田氏。今生年纔二十一，既有出藍之譽。今秋西游，過訪吾廬，乃請角技於演武莊。觀者皆壓服稱善，余尤不勝喜，臨別，賦此爲贈

長劍橫腰游四方，千場鬬技姓名揚。吾家故事君須記，衣錦歸鄉老別當。

東洋生解吟詩，示北游吟稿百餘首，有可觀者，又工書畫，並劍客所希，賦此贈之

北海風煙驅入詩，彩箋寫出萬嵳峩。筆峰何讓刀鋒鋭，更向詞壇樹一旗。

後赤壁圖

良夜風月不負吾，祇無酒肴方嘆吁。客餉巨口細鱗魚，斗酒婦待不時需。欣然相携輿不孤，同移輕棹出荻蘆。前游如夢變須臾，山高月小江水枯。攀巖披草涉崎嶇，虬龍虎豹森遮途。劃然長嘯振山嵎，主客相顧共瞿瞿。再放中流舟容與，夜已參半尚歡呼。西望武昌山川紆，魏軍曾此接舳艫。阿瞞目中欲無吴，豪興漫咏鵲與烏。却驚孤鶴翅如車，戞然長鳴震江湖。嗚呼鶴乎將人乎，人中之鶴是大蘇。羽衣道士神仙徒，石鼎赤壁意豈殊。此有二客彼二儒，宛如小巫見大巫。更壓英雄操與瑜，一文一武分贏輸。烈炬樓船今何如，江山長留夜泛圖。

旭莊云：烏鵲孤鶴，湊合妙。

十月念九日晴浦大夫乙部海莊集分韻

羔裘公退綺筵開，同應佳招得得來。冬日多暄漏春小，霜楓未落駐秋纔。亭臺把酒臨煙渚，林徑題詩掃石苔。祇恨窮陰易曛黑，海門澎湃暮潮回。

又次晴浦大夫韻

猶留秋色在君家，幾樹艷楓工賽花。已許林園移步屧，何須山徑命巾車。奚僮暖酒燒紅葉，閑鳥勸斟勝小茶。安借風流摩詰手，今游寫入畫圖誇。

又次三宅浩堂韻

晴光爛漫惱詩人，誰識玄冬再作春。橘緑橙黄時正好，錦楓金菊景何貧。醉須頳面瀠洄水，静可垂綸寂寞濱。何必滄浪濯纓去，名園不著市朝塵。

又次平松樂齋韻

風流何讓午橋莊，終日吟嘲樽酒香。且許盛筵兼卜夜，何愁遠嶂欲斜陽。論詩豈敢希寒孟，撫帖唯須學大王。燈下闌殘文字飲，醉餘解渴橘柚黄。

又次山下直介韻

風煙自是集郊坰，觸發詩思如有靈。別浦潮回亡半觜，遠山雲斷露全形。醉看楓柏酡顔赤，吟倚松筠笑眼青。何恨今宵明月盡，高樓爛漫聚文星。

冬至梅

早傳春信到孤芳，窗課今朝添綫長。拈得蒼姬地雷象，一枝亦見古心香。

雪彌勒

毫光曉放射城闉，寶座莊嚴鏤爛銀。兜率天開列珠柱，龍華會散漲芳塵。再期出世無量劫，忽得來降化現身。莫笑兒童一朝戲，黄金鑄就亦非真。

己酉早春，泮林聞鶯

清曉煙暄泮樹春，雛鶯呼友一聲新。殷勤爲報諸生道，今日遷喬有幾人。

早春雨霽

一雨晴來始認春，流澌漸盡露川身。想他鯈鯽蒸然上，往釣垂楊寂寞濱。

旭莊曰：露川身，奇。

採竹蟶五首

東風初暖採蟶天，游侶荷鋤相後先。漁樂宛然南畝想，碧灣潮落化平田。

旭莊曰：温雅。

介屬潛居多類種，挣沙穿土費鋤耩。恰逢纖穴猶睇視，非是蟛蜞非是蚌。

穴口橢圓知是蟶，投鹽一撮怕相驚。等他全殻挺然出，急向沙間拔管城。

潮來潮去彼先知，忽值餌鹽還不疑。誰是命名誰製字，聖蟲何爾受人欺。

溪琴曰：第四首旭莊不批何也。

玉管尖長形已奇，羹湯下酒更相宜。尤誇清淡多風味，歐九如何説蛤蜊。

題伊孚九畫山水

玉笏瑶簪緑幾堆，煙嵐拂拂撲眉開。筆端自有神通力，掖得青山逾海來。

溪琴曰：好諧謔。

折枝梅花圖

春寒相阻惱詩家，且把新圖上畫叉。鞋襪問梅期尚未，壁間就看一枝花。

結語妙，不覺使人呼快。

馬上看花

乘晴吟轡步遲遲，馬上看春得幾詩。僮僕未知花發處，揚鞭指示最高枝。

梅邊睡鶴

滿庭暖雪客舟疏，鶴夢悠然颺碧虚。醒睡何曾辨真幻，梅花深塢亦華胥。

蕉石藤堂君自伊賀見來訪，爲余彈琵琶，賦此奉謝

君本姓渡邊氏，勘兵衛了之裔，了別號水菴（又作睡菴），大阪之役，從藩祖戰於矢尾堤，有功，後有故去藩而嫡子長兵衛守仍留仕焉。君爲其九世孫，弓馬餘暇，好弄弦，説平家亦爲高手

東軍哮闞猛於虎，矢尾堤上戰方苦。將門有將水菴子，彩旗炫晝半月吐。我自有策君

且看，彼何爲者長宗部。持滿忽發疾於電，一麾所向無勁虜。蕉石大夫實其裔，韜略在胸繩祖武。承平久閑秉麾手，撥得琵琶操平語。余豈敢任鍾期聽，聊此相邀撫軫柱。一穗青燈春夜凄，嘈嘈相和茅檐雨。鐵騎争渡蹴春波，勁弓射扇鳴遠浦。彈到弦聲悲壯處，使人慨然憶乃祖。

溪琴曰：亦爲傑作。旭莊曰：寫聲摹情，各臻其妙。

久居佐野義卿邀余父子及樂齋、竹坡、浩堂、青谷諸同人游桃林，林花數萬樹，方屬盛開，分韻得微，賦一律紀之

仙源有約不相違，萬樹方開深淺緋。天末唯留青嶂在，川原盡把錦屏圍。炊煙起處知村落，漁艇歸來迷石磯。日暮人花共酣醉，滿樽春酒酌芳菲。

桃林與春江老人話舊

溪上桃花趁歲新，劉郎去後幾回春。仙源舊事與誰話，幸有當年戴白人。

豐太閤醍醐花宴圖

柳彈行馬柵，鳥驚護花鈴。萬花埋麓寺，隱翳百娉婷。彩幕珠簾連十里，澠酒陵肉多且旨。英雄自酬平生勞，誰以隋煬唐明比。君不見四海争擾數百春，京洛山川没戰塵。

至尊供御不時給，黎庶生理太艱辛。天悔禍亂降吾公，東伐西征草靡風。鳳輦朝下聚樂殿，萬國衣冠此會同。凶氛消盡祥雲藹，挽回舊春花世界。內與億兆樂太平，雄氣更吞溟海外。明韓不敵神兵威，蕃使獻琛源源來。至今洋夷畏我武，峨艦窺邊祇空回。莫謂盛宴極豪奢，莫謂窮兵務遠略。豎儒常理論英雄，眼孔如豆妄貶責。一生勞，一日娛，不妨風流入畫圖。一生勞，百世澤，櫻雲長護天王國。

旭莊曰：豐艷稱題。琴溪曰：先生此詩與子成『三條橋』詩，豎儒不敢道。

校：『近世名家詩鈔』眼孔作眼光。

移花　黌宮席上探題

一樹小櫻經雨肥，移來妝點竹間扉。痴蜂認作自家物，繚繞枝頭得意飛。

嚮日桃林之游，久居中井櫟齋老人來會焉，繼有三絕句見示，次以答之

仙桃對酒是佳肴，況又林間富宰庖。花已深酣人亦醉，任佗煙外暮鐘敲。
看到輕煙生暮郊，頻頻添酒飽珍庖。催詩雨至吟猶若，默坐慚爲無口匏。
燈前聚首舊新交，一任桃花風雨敲。更約高堂他日宴，有蕡其實摘爲肴。

梶原大夫席上同咏十花

元是仙源種，折來花吐馨。誰知不言者，一笑立銅瓶。
右桃花
崇桃看相失，積李夜分明。千古判優劣，荊公八字評。
右李花
先奪東籬色，粲開池水潯。春風夜來惡，散亂滿籯金。
右棣棠
尖筆書空罷，高梢紅瓣翻。戎裝方脱却，復作女郎看。
右木蘭
紅濕夜來雨，蜀都元擅名。少陵豈無句，花重錦官城。
右海棠
春風一團雪，照夜不模糊。唯是玉階上，月昇看欲無。
右梨花
雪盡螢猶未，書窗夜欠明。黄花春爛漫，祇佇上燈檠。

右菜花

衮芾登天位，錦衣歸故鄉。何人嫌富貴，詬病到花王。

右牡丹

誰將鵑吻血，染盡滿原紅。山立春風裏，蛾眉澹欲空。

右躑躅

今日膽瓶裏，閑吟對一枝。曾於馬頭見，險棧望鄉時。

右米囊

咏櫻草　四月三日高橋氏席上

池塘一夢返芳魂，名草姓櫻佳種繁。地下納言應少恨，振振有此好兒孫。

四野櫻花已作塵，遺芳化草尚清新。葦簾油幙薰風裏，再向磁盆看錦春。

雨中晚櫻

笑立薰風亦一家，妙姿綽約晚櫻花。千呼萬喚猶羞出，障面霏霏雨似紗。

賦得簾靜燕子忙

爛泥墮地帶花香，生怕雙飛燕子忙。簾影不搖人不到，宮娃望幸在昭陽。

題翡翠敗荷木芙蓉圖 煙崖生所造，爲寶德寺需

木末花方美，敗荷池水寒。榮枯眼前事，翠鳥作何看。

新緑

松下階除柳下扉，薰風吹緑撲吟衣。南軒騁望新林角，雨後青山色欲飛。

旭莊曰：結七字嶄新。

憶鯝鯭魚

日待佳蘇侑酒杯，卯花籬落雪方堆。曉天髣髴鳴鵑過，錯作頭魚叫賣來。

四月十日與諸子游善應寺山，山在久居城西，春江翁父子爲東道，供具相邀，翁有詩見示，次韻紀壯游

畫屏新就墨猶濡，一雨翠濃松萬株。更有鵑花相映發，濕紅滿地布氍毹。

大藩開業衆才扶，島宰經綸功不孤。皕歳河渠遺澤在，唯君應比濟川桴。山下有渠，出雲津川，寛永中，郡宰西島八兵衛之友所開，漑十餘村，民徳之，立祠祀之，祠在池田村。

兩州祠廟薦蘋藻，彼此功勲儔匹無。莫謂古今人不及，髯蘇遺績一西湖。故贊歧國主生駒氏，爲我姻戚，請之友治民事。滿濃池廢數百年，之友再修，漑四萬石之田，土民到今稱之，亦

立祠祀焉。

拖藍聳翠范寛圖，五十年前認勝區。誰識西山老居士，風流遺澤及吾徒。久居佐野某酷愛此地山水，每常往游焉，因自號西山，以其在城西也。

聚沙爲竈石爲厨，澗碧山紅映玉壺。東道主人多祗待，一場詩酒寄清娯。

笑佗鄂杜欠名區，堪比零陵溪號愚。且學永州司馬柳，西山游宴日將晡。

爛醉狂歌擊唾壺，山中自與世間殊。脱却平生塵網累，放懷今日到天衢。

紛紛駑馬戀殘芻，百歲徒然日月徂。誰及春江老詞客，急流拔足隱仙區。

聞賣花聲

風邊相喚定何聲，隔水村閭雨始晴。蜂蝶追隨人影動，半肩紅紫賣春行。

首夏書適

日永城中早放衙，閑居事業總堪誇。鮰鯶買夏頭番味，芍藥駐春婪尾花。讀有奇書新插架，飲非大户亦成家。吏情暫遣風塵外，一醉滄洲途不賒。

旭莊曰：甌北口氣。

得羽倉簡堂書，云近學書法，見示其墨迹，頗有魯公風度，賦

此却寄

老來撫帖亦希顏，終日優游硯几邊。滿腹甲兵無復用，森然寫向彩雲箋。

題静女按舞圖，爲横濱大夫囑

緒環一曲憶夫家，雪滿芳山去路賒。東海暴風吹捲地，挺然獨立女郎花。

題富嶽圖，爲東奥常松菊畦翁

天風吹不斷，蓮花拆中空。削成何太巧，横側入看同。開立天地始，豈倚巨靈功。萬國環瞻仰，蜿蟺神氣鍾。偉哉鎮宇宙，居然群嶽宗。雪月山相避，雪山在印度，月山在利未亞。何况華與嵩。浮雲纔隱膝，數州雨冥濛。四海猶黄夜，旭輝射面紅。春深始露碧，秋半白玲瓏。唯是嵌空雪，終古長不融。菊畦年望七，飛屐凌蒼穹。一覽天下小，笑語驚帝宮。寄圖索題咏，猶覺雲蕩胸。相對强措語，咿嚘終不工。吾無凌雲筆，奈此雪嶽雄。

題某人印譜

別向文壇要策勲，一枝健筆勒琳珉。鋭鋒更勝毛生力，寸鐵由來能煞人。

溪琴山人見示新詩卷，題此却寄

烈日爍金鐵，當軒火雲堆。身落釜甑底，爭能脫炎煨。忽得故人信，匆匆手劈開。新詩洗眉目，欣賞且徘徊。坐我流峙際，清風颯然來。飛瀑噴珠玉，亂峰碧崔嵬。南紀幽峭境，收羅入敲推。更有鯨海壯，應試控掣才。一讀坐超忽，披襟呼快哉。唯愧吾才拙，何以報瓊瑰。悵望雲樹外，熹微夕日頹。

旭莊曰：題琴溪集，即作其體，猶化工隨物賦形。

美濃秋水畫史見示水墨山水，附以一絶，次韻却寄

俗史求工形似間，何堪塵氣撲人顔。唯君妙悟倪迂訣，惜墨如金淡淡山。

家住鱗鱗萬瓦間，開窗何處覓孱顔。叉竿揭出新圖畫，一榻臥游江上山。

異境來移素壁間，披襟爽快笑開顔。南州溽暑烈於酒，忽見秋聲瑟瑟山。

秋暑猶甚，寄示伊城中内五惇，五惇書問久不至

殘炎如燬海城東，何術煩襟洗得空。山郭新涼應飽受，願分一滴付西風。

葡萄架下看月

草龍攫拏向空騰，風吹長鬚亂鬅鬙。頭尾蜿蜒蟠架上，盤屈疑見是紫藤。紫花何如紫實美，頷下累累珠幾升。明月昇時看尤好，萬顆煥發光稜稜。滿庭狼藉零碎影，一片

秋氣上下澄。影落杯中酒波閃，渴喉一吸如飲冰。人間何處有此快，殘炎鏖盡露香凝。恍疑蕊珠宮裏坐，天上廣寒不須登。

旭莊曰：架空突起，亦猶龍也。

春樵梅君新開花竹園，有詩見示，次韻却寄

家在江湖何必還，洛園花竹別開寰。掛冠隱吏元同姓，觀弈樵夫非等閑。每見世人多白眼，誰爲佳友祇青山。知音更有彈琴客，來辨峩洋水石間。君近學撫琴，與梁公圖往來。

江口生將歸覲丹波，有詩留別，次韻餞之

丹山路遠再來不，作惡老懷方感秋。强勸酒杯要醉倒，怕聞絮語説離愁。

題鴨東竹枝，爲中島棕隱

嘲花謔柳屬才人，卅歳豪游清鴨濱。醉帽過橋尋小小，畫箋貼壁喚真真。樊川一派流猶在，鐵笛遺音聽更新。時改風流渾蕩盡，詩篇祇駐舊時春。

旭莊曰：一聯盡棕軒矣。

十月望，與平松子愿、鈴木乂甫諸人游乙部浦，來會者平安中島棕隱、中林竹溪、羽倉可亭、筑後武藤生、肥前久保生、但

馬井上生、土佐間崎生、伊賀、丹波、尾張三小生，主客共十有九人，坡翁之游曾無此盛也，賦以紀之

座雜東西南北人，合樽促膝醉相親。由來海内皆兄弟，始信天涯如比鄰。江山萬里非無異，風月千秋仍是新。赤壁從游纔二客，自誇此夕足佳賓。

從獵詩 四言 己酉冬十一月初九日，公大獵於石神山，臣謙亦從，賦此以獻

騎步堂堂，鼓聲有鏜。叢銃叢槊，森然啓行。繡弢雕箙，箭插弓張。手捧白日，旗章揚明。肩擔偃月，刀鞘藏鋒。壯士喝道，旄倪欣迎。公駕方過，駉駉鐵驄。游繮在手，金鑣鏘鏘。萬目仰瞻，豹皮行縢。百隊整娖，小大從征。前旅入險，後勁出城。首尾在路，蜿蜒蛇形。既分復合，同會行營。大蒲之野，石神之岡。旗鼓爰建，公踞胡床。少長有禮，指麾是從。垂天之罼，跨谷繞陵。袒裼手搏，君子亦争。轣兔轥鹿，各來獻功。公曰止矣，從獸勿荒。余豈貪獲，薄習戎行。湯田失禽，文獵非熊。允仁允義，祖業丕承。桓桓乃祖，寔百戰雄。入參帷幄，出詰戎兵。屠韓殪石，我武維揚。高山仰止，世傳大封。外鎮洋虜，内掌嶽盟。哲子睿孫，長爲藩屏。澆季靡俗，公實振興。民增户口，都鄙有章。敷文奮武，駿發名聲。大君有命，召在幕庭。鞍鐙之錫，甚有

寵光。噫嘻鑠哉，同軌攸望。竊願德輝，煥發四方。桓文勿道，直學虞唐。賢聖亦恐，厥德難終。衛武自戒，商湯自銘。唯其弗懈，永保休祥。兢兢業業，臣民之慶。老臣過慮，發言疏狂。江海之量，無言不聽。以規代頌，敢吐肝腸。

旭莊曰：堂堂正正，韓柳遺音。士井士恭曰：藩主謚曰「高山」，湊合『葩經』甚工。士恭曰：「大君有命」亦用『易』語，湊合得工。旭莊曰：責難於君，不使香山專美於前。

校：『近世名家詩鈔』虞唐作唐虞。

庚戌新正

人間偏被白駒催，松竹插門春又回。耳喜孫齡加一算，何知老我減年來。

奉次琴山大夫月瀨看梅

畫家詩説掀篷圖，纔得形模供細娛。何若溪山真粉本，萬株玉雪現仙區。
孑孑干旄遥問梅，水邊宿鶴莫相猜。山靈何赤無供給，萬玉和盤托出來。
青鞋步蹈碧巖躋，萬斛香風徑欲迷。絶頂下窺軟雲缺，碧蛇一道走清溪。
梅邊清絶竹邊幽，罨畫溪中放桂舟。雲淡風香春兩岸，杳然一棹下中流。

溪琴曰：愈出愈妙。

誰將爛玉鏤乾坤，白盡溪頭八九村。彭澤記文徒費力，何除此處有仙源。

旭莊曰：合作。

二月念五日，公巡視久居，觀桃林，近臣騎從者五十餘人，謙亦與焉，詩以紀之

駓騮騅駱爛如雲，中有朱龍更出群。盡道我公無疾病，夾途士女共欣欣。

鞭絲笠影映晴空，二百餘蹄氣吐虹。燕尾衫飄行樹外，電光一道走春風。

旭莊曰：名工不能描。

手把游繮馳驟難，慚將衰老據飛鞍。平生爲事落人後，敢學英雄伏櫪嘆。

一隊兒郎意氣豪，步從更倍騎從勞。驚他疾足先奔馬，腰下戛然三尺刀。

治世豈言無寇讎，不須偃武學姬周。春風驅馬桃林野，此處何曾容放牛。

桃花林外歇龍蹄，步入紅雲路欲迷。且學風流蹈春客，青鞋鴉襪涉長堤。

山光如醉有無中，蹈破芳雲上梵宮。滿野桃花盡呈露，天垂錦繡待吾公。

春花秋實兩相全，方嶽主盟有餘裕。勝境不作流連樂，一游信爲諸侯度。

庚戌三月，送兒格祇役江都

送汝城東花正飛，春風吹淚灑征騑。祇期明歲歸庭日，桃李新陰映彩衣。『唐摭言』：「文章聲價留鸞掖，桃李新陰在鯉庭。」　校：聲價，『唐摭言』作舊價。

旭莊曰：歸作趨何如。　弘菴曰：藩人還役期常在四五月間，桃李新陰湊合尤妙。

題八幡公凱旋圖

龍蹄蹂躪遍邊寰，前九後三平虜還。曾是春風橫槊處，長歌重入勿來關。『唐・薛仁貴傳』：「將軍三箭定天山，壯士長歌入漢關。」

旭莊曰：平平叙去，味在其中。　弘菴曰：後半高古，惜起承頗覺粘滯耳。

春曉

翻身仍臥已天明，紬布被窩奇暖生。新句一聯圓未得，滿窗旭影懶鶯鳴。

詠梅

一曲瑶芳入素琴，湖山人逝少知音。玉妃應抱孤棲恨，澹月微雲夜夜心。

弘菴曰：蹈翻從前詠梅窠巢，專貌其韻致，杳然自遠。　旭莊曰：毋乃義山口氣乎。

詠筆頭菜

誰抛筆管滿荒墟，澡沐頭抽春雨餘。微物應無人世恨，亦何咄咄向空書。

阿漕浦拾松乳

萬木何物比松清，琥珀茯苓亦有靈。蕈花更佳更香乳，清之又清可絮羹。四時皆有春尤好，紫丸玲瓏似珠瑛。南浦平沙十餘里，一雨纔至磊磊生。興來挈籃行且拾，頭低尻高鶴步輕。可比藍田劚玉去，又似商巖採芝行。君不聞，伊勢之海千尋濱，古來拾貝屬騷人。貝雖可拾不可食，何若乳丸下酒新。酒人騷人休相較，一醉高吟倚欄角。

古歌云：伊勢乃海，千尋乃濱耳，拾登毛，今波何天宇，甲斐加有遍幾。

弘菴曰：善戲謔。星巖曰：一結學杜。

首夏拙窩大夫席上，次園田君秉韻

偶值高堂會，庭林晚弄晴。虹兒呼渴渴，鳩婦喚卿卿。愁悶雨三日，笑言河一清。歡然今夕宴，詩思勃然生。

夏日圃居

芋葉如荷綠蓋傾，曉看的歷碎珠明。前宵誤作池塘夢，雨打露翻時有聲。

夏初剪春羅花開

南縈藥圃本無多，況復繁華時已過。朱瘦粉愁煙雨裏，駐春獨有剪春羅。

暑中閑咏

紅塵不入擁書城，何必江湖寄此生。土木形骸久忘世，泥涂軒冕豈希榮。竹龍行雨吟心冷，檐馬嘶風醉耳清。滿院緑陰天別辟，芭蕉葉露滴簾楹。

旭莊曰：得劍南髓。

題北條氏敗蒙古軍圖

上將心兵先伐謀，邊軍乘勝蕩千舟。奇勲衹説風濤力，不道藁街虜使頭。

旭莊曰：今時藥石。

劉先主失匕箸圖

泥裏蛟龍未得雲，震雷掩耳意何云。公評方出老奸口，天下英雄唯使君。

讀諸葛武侯傳

兩篇文字壓西京，百代長懸日月明。莫謂書生暗時務，當時諸葛亦書生。

送間崎生歸土佐

遥指故山南海涯，滿帆春色滿囊詩。一言欲叙區生別，衹愧吾才非退之。

謝人餉鯝鯴魚

故人厚意慰饞夫，霞片滿盤供夕娛。昨夜目瞤占有驗，頭鰹果爾落寒厨。

題畫

急灘聲裏有林坰，洗出青松環小亭。安得卜居嵐影際，風濤常向枕頭聽。

新宮凉庭來游，賦此爲贈

京洛人文誰比肩，何思方技出英賢。半囊秘訣能醫國，滿腹經綸或補天。建學禪宮化庠舍，課農滄海變桑田。一堂交臂披肝膈，始信名聲非偶然。凉庭買地於南禪寺中，建順正書院。又於丹後田邊海中，開新田數十頃，故五六及之。

游山田，宿龍氏，贈雪窗父子

佔畢吟哦人不凡，芸香滿室撲書函。南龍今日是南阮，父子風流籍與咸。山田龍氏分爲二家。一在道北，其本宗也；一在道南，實爲雪窗之家。

游鰒石潭

潭在五十鈴川上流，有石臥水中，狀類鰒，故名，龍伯仁與松木兄弟誘余往游焉

雱尊降止地，山水自清妍。峰巒迎人聳，石路阻且盤。鑾水出其際，佩玉鳴戛然。從流上忘返，漸覺近仙源。亂石呈奇狀，譎詭峙澗邊。尤奇東海鰒，飛來落此間。化爲

一巨石，偃然横碧灘。攝衣昇其上，氈席布爲筵。恰容人八九，坐臥動雲根。酬酢波光裏，飛觴洗流泉。清音洋盈耳，非必管與弦。滌盡人間熱，葛衣欲裝綿。歡娯忽蕭瑟，慨然起感嘆。有石幾千歲，何人此周旋。由來抱奇者，多棄在荒偏。不曉神靈意，蒼茫仰問天。問天天不應，石泉鳴咽喧。

源判官過安宅關圖

阿兄手握六十州，阿弟不有尺寸土。豆萁相煎何太急，跼蹐天地無寧宇。一隊魚服蛇擁龍，何物關吏呵吾公。憤然手扣腰間刃，死欲殉主心乃忠。忠臣更有武藏坊，急忙麾去藏刀鋌。舉杖口罵隷不力，誰知隱痛裂中腸。關吏解疑不相止，踉蹡去向邊海涘。英雄失路信可哀，君臣相顧垂鉛淚。君不見，龍潛蛇蟄亦有時，包羞含垢是男兒。區區一關何足死，鎮壓遠夷舍君誰。

横山舒公『湖山樓集』題詞

江河流蕩蕩，海水渺無涯。尤愛湖上趣，荷渚清漪漪。峰巒環其外，晴雨總相宜。唯此明媚景，可比舒公詩。舒公淡海産，身孕湖山奇。出語便肖似，清麗多逸姿。猶且不自足，負笈遠求師。潮海壯肝膽，雪嶽發才思。金華與松島，攬取昌其詞。進境未可測，唐賢欲同歸。新稿忽落手，欣賞不停披。煙嵐來襲坐，超忽神魂馳。

菅公拜賜衣圖

餘香仍染賜衣襟，遥拜天恩紫海潯。欲把愁思訴明月，月光不照逐臣心。

秋夜雨晴

風拂烏雲夜始晴，凉天滌出一輪明。庭林藏得朝來雨，殘滴泠泠月有聲。

紫薇黃蜀葵圖

金杯傾曉露，紫錦媚晴天。先占秋風好，爛開楓菊前。

河邊氏幻住庵清集，次主人韻

去郭牛鳴地，林莊別一寰。相逢倚連榻，偶坐似深山。修竹仙凡界，清風夢覺關。醉來蹈凉露，階蘚屐痕斑。

次清人謝道承秋堂即事

祇許吟朋晚入扃，歡然笑眼共垂青。絲絲鮮膾銀翻箸，拂拂香醅緑滿瓶。爛醉迎風倚欄角，苦吟移月上窗欞。興來且忘宵將半，驚却倦僮頭觸屏。

重訪山中氏水莊

黄昏復向此間過，日落滄江渺緑波。舎影依稀認門入，柳煙蘆雨得秋多。

弘菴曰：此間占居其人，定非凡流。

庚戌八月，乞暇如京師，三位藤波祭主公設宴其錦織里莊，見招，公先有詩垂示，次韻奉謝

布衣叨接縉紳流，山對華樓暮色幽。玉露金風蟲韻冷，微吟相和醉清秋。

浪華訪小竹齋，主人有詩見贈，次韻酬之

重逢過一紀，矍鑠古稀年。健華淩縑海，深杯漲酒泉。高談共忘世，豪氣尚無前。相見强人意，心灰欲復然。

清水中洲邀余及小竹、訥堂父子，飲曾根崎吸翠園，次訥堂韻

垂楊窣地拂柴關，不許紅塵到此間。濃碧淺青來几席，拖藍涌白繞莊寰。天輪風景資歡待，人對杯樽開笑顏。尤喜新令禁絲竹，水聲山色更清閑。

旭莊曰：結末寫入時事，是老手。

過後藤世張松陰軒，留飲話舊

廿年舊雨久離群，衰老相逢且一醺。論齒何思同甲子，君應憐我我憐君。
旭莊曰：清人亦有「唯卿憐我我憐卿」之句。

與訥堂諸人訪清水中洲於仙臺邸，邸在中島，席上勒韻

歌吹海中人度年，誰向此間吟暮煙。一橋隔斷煙花境，柳影江聲別有天。

九月朔，小竹翁五小樓招飲，樓在難波小橋側

晚酌江頭復極歡，餘霞留客倚欄干。樓何言小臨觀壯，人自憑高胸宇寬。天半麗譙藏宿霧，水心篝火閃層瀾。今宵莫恨無明月，奎璧射人秋影寒。
旭莊曰：弘爽雄渾。弘菴曰：筆力遒健，結末更高。

小竹、訥堂、春草、纜山諸賢餞余於玉藤亭，賦此留別

文筵徵逐欲盈旬，忽聽陽關淚滿巾。堪恨旗亭秋後柳，猶留殘葉送歸人。

游伊丹

素封比屋醉鄉侯，仙釀如川日拍浮。拈出唐賢詩一句，人間亦自有丹邱。
弘菴曰：地名湊合妙。

橋本靜菴與社中諸子携美釀來訪余客舍，喜賦一絶謝之

一樽來慰旅愁人，秋正闌時忽得春。如此友朋如此酒，歡然相對醉真醇。

重游箕尾山

今游休説昔游奇，紅錦堆中把酒卮。欲識青山真面目，且看崖樹未霜時。

重九日，與牧信侯諸人同登若王子山

今日登高豈等閑，迂途攀到翠微間。他鄉無復重陽恨，同上京華最勝山。

是日重九，新宮老人爲余招都下名流，會於順正書院，二十餘人皆知舊也，詩以紀之

節當落帽菊花香，詩酒筵開弦誦場。席上相逢多故舊，天涯豈復望家鄉。耆英千古仍推洛，賓主二難何讓唐。須倩畫工圖盛會，十年無此好重陽。

弘菴曰：合作。

余寓京數日，無暇出游，一日偶無事，拉瀨尾、河邊、世古、巽諸子，往訪東山諸勝

紫陌紅塵撲客顏，蛾眉笑立碧嵐間。乞暇三旬猶少暇，偷閑半日始知閑。吟筇幸有風流伴，游屐同登蘊藉山。松院茶杯柳亭酒，留人日夕醉溪灣。

弘菴曰：第二句似爲後聯先透一筆，然畢竟是複，不如改作「想馳靜翠碧嵐間。」

廣吉甫題余詩稿三絕句云：自古詩文分二途，作家具體或偏枯。君能兼得熊魚味，欲繼昌黎與大蘇。悉説海防兼火攻，世間幾個假英雄。不知誰得真詮者，清有魏源吾有公。一別東都十五春，再逢此地益相親。詩文兵定成三話，才學識應歸一身。余亦次韻，以題吉甫詩稿三首

阿兄翩翩取正途，阿弟蕩蕩筆不枯。莫將軾轍來相比，一家文字歐與蘇。
才秀名高或受攻，忿兵且莫决雌雄。人非人是寧能定，自有文章市價公。
少合多離費幾春，華城今日又相親。仍苦世魔妨好事，何時還我自由身。

憶江都春寄示格兒　辛亥

正月

雲外響和蕭寺鐘，旭輝映出雪芙蓉。銀魚叫賣春聲動，白酒嘗來臘味濃。帽笠滿街人似蟻，衣冠喝道馬如龍。開春更憶文筵會，多少新知萍水逢。
旭莊曰：五六寫出昇平氣象。弘菴曰：富庶景象宛然在目。

二月

天漸暄和衣脱緜，蹈青公子試游鞭。狐神會散鼓聲絶，人勝舖開金彩鮮。臺麓小櫻紅綻雨，官堤新柳緑籠煙。都門共喜春將好，唯汝遠征嘆逝川。

弘菴曰：狐神人勝天然好對。

三月

三春樂事看如何，墨上游蹤興更多。樹外高樓連酒幔，波心畫舫涌笙歌。花下長堤衝雪去，柳陰古冢帶煙過。最是江都好風景，瓜期已促得游麽。

春釁閲武

各場挖擊競雌雄，殺伐聲中春意融。黄鳥驚飛移別樹，槍刀影閃落花風。

旭莊曰：落句使人想安不忘危之狀，不是殺風景。

南紀溪琴山人至，喜賦

十年不見舊詩盟，何憶跫音到海城。樽酒細論囊底句，一宵未暇話平生。

弘菴曰：唯真故新。

拉溪琴游四天王寺，晤佛關師

相對春風裏，禪房花正香。偶尋白蓮約，復使老僧忙。一串黎祈炙，滿瓶般若湯。同嘗禪悦味，酣醉潤吟腸。

弘菴曰：一氣呵成，對法自然。

送溪琴山人

花當餞席破顏笑，鶯繞吟筵呼友鳴。衹恨長條牽不住，河梁垂柳送君行。

津城三月作二首

臺笠羅裙京樣鮮，通衢春色更嬋妍。桃花馬上架欄楯，三朵芙蓉發曉天。

春風唱起驛夫歌，馬上佳人答和過。記得春秋外傳語，女三爲粲美如何。『周語』密康公條：「獸三爲群，女三爲粲。」

平安平塚士梁作伊勢道中圖，索余詩，題一絶圖上還之

鈴關南去是津城，滿路紅塵粉堞明。萬客喧騰歌唱過，不知中有拙堂生。

蘭亭修禊圖

千古風流永和春，群賢唱酬賞佳辰。修竹激湍清已極，不知祓禊洗何塵。君不見典午山河一破裂，風塵澒洞没王室。崇山峻嶺亦偏安，北望長安遠於日。會稽嘗膽彼一時，

新亭對泣又徒爲。聊將觴咏遣憂悶，志士深衷有誰知。嗟吁乎，魏晉人染莊列毒，虛誕妄作竟成俗。一視彭殤心漠然，誰人軫念及家國。一序昌言回狂瀾，中流底柱王右軍。蕭統小兒强解事，如此妙作玉石焚。古今徒稱書札美，誰能一讀感斯文。

弘菴曰：筆健氣遒，有議論，有感慨，便是大家本色。旭莊曰：祓禊洗何塵，奇想天降。又曰：風致婉摯，古來咏此題者皆不及此。感斯文三字，押得筆力扛鼎。

校：『近世名家詩鈔』澒洞作傾洞。

寄題美濃養老山千歲樓

一游可忘死，幽壑富風煙。一飲可還老，絶壁瀉靈泉。何不來游此，登臨人欲仙。有樓名千歲，應閲宸游年。

弘菴曰：不費雕琢，筆筆流動，是李青蓮法。

題畫三首

林端青旆颺東風，指點復何煩牧童。店上杏花開尚未，春光祇在酒杯中。

散策飄然步晩風，林花夾徑照顔紅。遥瞻巒角衡茅處，半墮蒼茫杳靄中。

山重水複緑迢迢，信是雲林遠市朝。人影依稀定詩客，蹇驢破帽度溪橋。

弘菴曰：亦佳。

五月八日，浪華小竹翁下世，訃及遺留物至，賦三絶句以叙悲

五月江城奏落梅，瀟瀟相和雨聲哀。林亭水榭昨游處，盡入山陽笛裏來。去年秋，余上阪，與翁同游吸翠園、玉藤亭等處。

雨撲黄梅剛作霖，秋風先已入詞林。可堪蘆荻滿荒渚，誰繼王郎千古音。翁舍扁曰梅花屋，蓋其意欲繼王仁也。

靈龜壽石遠相遺，撫石摩龜淚滿衣。争奈人生不若彼，僅言七十古來稀。翁壽七十一，遺物爲蠟石印章及龜紐竹根印材。

蘇道人鐵筆歌　道人十河氏，字龔平，别號節堂，又四竹堂，讃岐人。久流寓浪華，以圖書名，好談兵。游蹤遍七道及蝦夷，蓋奇士也。今夏來游，索余贈篇甚懇，乃賦長句贈之。十河，贊歧地名，和名抄作蘇甲。

蘇生不甘守故關，薄游搜奇遍宇寰。祇恨七道無所騁，行踰後方羊蹄山。蠻風蜑雨暗邊界，北睨韃境心自快。且憤洋虜挾害心，扼腕談兵意慷慨。平生不耕一頃田，出無資斧何能然。自有玉石可衣食，繆篆縱横巧雕鐫。兩目飽閲奇山水，神州靈氣迸手指。

一枝鐵筆萬變化，神鑱鬼劃象流峙。君不見，四海熙熙二百載，縱有奇才亦已矣。奇才異能無所施，壯夫亦作雕蟲技。

弘菴曰：蘇生固奇士，詩亦稱焉。

蘇生將重游江都，賦此送別

鴻泥重覓昔游蹤，廿歳交朋非舊逢。誰是白頭相見者，依然天外雪芙蓉。

聽梅園老人演平語 梅園，星野檢校之子，以平家琵琶名京師，今夏來游

千古盛衰迹，弦歌寫得工。當胸斜抱月，揮手颯生風。鐵騎奔相擊，巖泉咽復通。一聲迴相和，杜宇叫蒼穹。

樓上避暑

炎曦赫赫勢如燒，日午門前襍襶喧。百尺樓頭容仰臥，飛塵不到碧天高。

題范蠡泛湖圖

幾歳臥薪分主憂，沼吴功就志方酬。飄然去把泛湖棹，迴取乾坤入片舟。

送荒木士諤修蘭學游江都

邈矣唐虞世，聖學久失傳。鄙儒徒識小，賢士高談天。唯是泰西學，却見古意存。尋

覃皆實理，揚榷非空論。跋涉諳地理，推測究天文。器械盡奇巧，醫術更精研。但是皆技耳，孔孟道仍尊。子今學鴂舌，勿忘詩書言。孝弟立其本，仁義浚其源。更加泰西技，錦上花爛然。

弘菴曰：其所尋覃，器數之末，其所揚榷，悔罪恃耶穌耳，以爲古意存，恐過獎。

讀老蘇文

炯然巨眼燭深幽，審敵一篇横九州。自古書生太多事，爲人家國抱閑憂。

弘菴曰：古人老氣横九州等語，以狀氣之磅礴，此篇是書卷，非可磅礴之物，恐是語病。謙按：王漁洋論詩絶句：「青蓮才華九州横」，不必如弘菴所論。

獨酌成咏

已住人間世，何嫌塵累侵。雲移山不動，花落水無心。榮爵非吾願，清尊且自斟。陶然成偶醉，城市亦深林。

弘菴又曰：三四有理趣無理語，高人一等矣。旭莊曰：得杜神。

校：嫌一作辭，深一作山。

晚憩田家

目送飛鴻咏晚天，黄雲堆裏涉平田。倦來乞火村頭店，坐喫金絲一管煙。

旭莊曰：有道者詩。

暮村訪人

城北赴幽約，西巒已斂昏。山僧歸寺遠，林鳥覓棲喧。煙起疑無路，燈明忽有村。依稀叢薄外，記去到柴門。

弘菴曰：暮村真景。

夜聞春聲

荒歉久寒詩社盟，啼饑泣凍總關情。今秋始覺吟懷好，臥聽村舂橐橐聲。

弘菴曰：其言藹如也。

中川大夫山莊賞楓

羔裘退食赴林坰，同賞秋光集畫亭。人共霜楓俱一醉，庭中唯有碧松醒。

瓶菊

晚節或難保，秋霜威甚嚴。瓶中折腰入，何面見陶潛。

旭莊曰：寄托不淺。弘菴曰：今之不爲瓶菊者幾希。

總評

自古詩文分二途，作家具體或偏枯。君能兼得魚熊味，欲繼昌黎與大蘇。
悉說海防兼火攻，世間幾個假英雄。不知誰得真詮者，清有魏源吾有公。
一別東都十五春，再逢此地益相親。詩文兵定成三話，才學識應歸一身。

庚戌仲冬　廣瀨謙拜題

辛亥三月　菊池定拜批

壬子重陽後一日　門田隣補批

鐵研齋詩存　卷八

習隱集　一

辛亥晚秋，買地於城北茶磨山下，謀置草堂，次老杜『卜居』韻

茶磨山下塔川頭，纔出城門境更幽。竹塢松坡無俗逕，灘聲橋影洗塵愁。衰來始覺郊居好，老去倍知身世浮。何嘆江湖歸不得，欲營小屋代扁舟。

弘菴曰：先生將隱，先卜其居。如僕隱已久矣，猶借地而居，未能占一鄽，迂拙可笑。

草堂成，名曰棲碧山房，次老杜『堂成』韻

苦辛纔就一衡茅，地勢亢然俯緑郊。門户斜開層壁下，軒窗高出老松梢。遠朋過訪迷新徑，暮鳥歸來認舊巢。祇恐身貽林澗愧，疏狂豈顧世人嘲。

弘菴曰：真是幽人居。旭莊曰：頷聯可畫。

十月望，山房雅集，次老杜『客至』韻

橙黄橘緑時方好，主客相携得得來。清瀨聲中沙逕轉，碧山影裏板扉開。欲酬佳節無

銀膾，祇煖新房有玉醅。恰值坡仙良夜賞，千秋風月落吟杯。

同前，醉後同登後邱望海，又次前韻

坡仙遺興好窮盡，醉躡巉巖乘興來。人説當年奇賞足，誰知此地壯觀開。鵬程豈比孤飛鶴，鯨飲何唯一斗醅。山頂俯臨豪氣發，欲傾海水瀉深杯。

山莊與平松子愿別業相鄰，次老杜『南鄰』韻以爲贈

笑他道學爛頭巾，瀟灑胸懷忘富貧。真率會朋肴酒儉，風流結社鷺鷗馴。有時來作煙霞主，何歲同爲邱壑人。且買鄰莊接園圃，秋菘春韭幾嘗新。

旭莊曰：老練不費力。弘菴曰：煙霞丘壑本無常主，唯閑者爲之主。若僕雖無地可卜居，專煙霞丘壑之權有年於此，故無此想，讀至此，聊自慰耳。

伊賀蕉石大夫 渡邊勘兵衛之裔、平安中島棕隱見訪山房，次老杜『賓至』韻 此首實在壬子四月，今以連類移録於此

郊莊恰屬清和節，今日來賓並二難。將種風流小曹霸，詞林名宿老方干。天開圖畫供遐矚，地産韭菘充晩餐。杯酒相酬嵐影裏，海山獻笑入晴欄。

弘菴 又曰：亦佳。旭莊曰：比人於倫。

寒夜子愿宅集，分韻得青

寒夜殊岑寂，城中如野坰。暖爐人聚首，細酌酒盈瓶。芋羹同啜白，菰飯共嘗青。醉飽吟心旺，揮毫上素屏。

子愿每歲作冬至會，今年十一月晦，正當其辰，有故不果，至十二月望補之

展將佳節逢殘臘，日綫幾添灰幾飛。月晦何如月望好，滿窗梅影似春歸。

題南極老人圖

萬古煌煌南極光，漢時宋代報休祥。老人畢竟頭猶短，不及老人年壽長。

戲題七福神圖，爲某人囑

女冠僧衲勇夫裝，胡越同舟掌吉祥。七福紛紛竟多事，未如一善有餘慶。

臘月廿四日四天王寺忘年會，呈佛關師

雪裏僧房逢款冬，樽前文飲此相同。一年忽劇風塵事，纔向空門便作空。

題梅竹雙清圖　壬子

素絹移來空谷春，皓衣翠袖共含顰。佳人例被畫工誤，不墮胡塵即世塵。

弘菴曰：巧思獨運，不拾人牙後慧。旭莊曰：清新。

深春

城外春將好，匆匆理短筇。衹容吾獨往，尚少容相逢。煙暖山初笑，風和雲較慵。賞心衹須淡，何待百花濃。

富嶽騰龍圖

世傳神祖在三河，一歲元旦夢富嶽騰龍，世遂有嶽龍圖。天明中，一權相偶囑畫工傚爲之，當時伺候門墻者，人争傚之傳播都下。於是狩野氏嶽龍圖大售於世

勿謂真人寢無夢，真人有夢豈其瞢。非妖非噩嶽頂龍，東海真人維嶽降。吉夢之兆竟不空，矯矯化作人中龍。龍德先天天意應，一旦攫拏衆蛇從。上已不在天，下亦不在地，中央嶽頂是其位。群龍無首執謙德，雲雨能使品物遂。爾來世傳嶽龍圖，紛紛徒供葉公嗜。噫，葉公之嗜終非真，妄意攀附欲騰天。不知一身將虀粉，頷下探珠乘龍眠。

旭莊曰：援易圓活。又曰：宜使肉食者寫一本而置座右。

題紀劾新書長槍習法圖，爲肥前槍客成富生

躍然在手一條蛇，揮向空中電影過。須記四夷賓服勢，戚家秘訣看如何。四夷賓服勢即新書所圖槍法名。

早春，京師瀨尾士奐來訪余山荘

吟苦閑窗對聳肩，梅花影裏送茶煙。相携更上後邱頂，碧水丹山落眼前。

春荘閱兵

旌旆翩翻花外風，長槍大銃列成叢。好文木下風流地，螺鼓喧嘈奏武功。

中内五惇從伊州來訪山荘，喜賦

何以酬來意，風光逐境移。煙蕪前野好，晴樹後邱奇。碧海浮叄尾，青山界二伊。貧居無異待，持此侑吟卮。

旭荘曰：叄二活對。

題青谷生雪景山水圖

宛然灞橋景，入眼氣凄凄。玉屑埋千嶺，藍流餘一溪。鳴鐘知有寺，折竹欲無蹊。人望上方去，飛花撲馬蹄。

二月十日，親率部卒操練於演武荘，次楊烱『從軍行』韻投筆執鞭弭，時仍屬太平。行軍非死地，列卒獨干城。未免兒童戲，且隨金鼓聲。自嗤百夫長，猶是一書生。

弘菴曰：有不可世俗所爲之意，其自嗤即所以嗤世也，是其著眼高人處。旭莊曰：翻案絶巧。

咏竹

挺然植立與誰親，寄迹山崖或水濱。自有衝天丈夫氣，不甘折節住風塵。

閏花朝

清晨支枕臥空齋，再遇花朝氣始佳。蝶夢飄然眠正好，紅風綠雨撲閑階。

花信風

噫氣刀刀吹苑枯，分番逐次物皆蘇。朱唇粉頰催嬌笑，紫韻紅腔費喚呼。天工自作群芳曆，畫手何煩百卉圖。十八封姨且休急，由來春事在斯須。

閏二月念九日，拙窩大夫設宴於中庭，見邀，同賦花下移榻，分韻得歌

誰和天然白雪歌，東風花落不勝多。連床恰作泛舟想，滿地粼粼揚素波。

又得青

花木周遭似畫屏，搬將床榻坐中庭。何須唐苑移春檻，且擬蘇家擇勝亭。祇見櫻葩偏吐白，不饒松葉獨誇青。晚風忽地吹飛雪，亂落杯中酒更馨。

客歲冬，女孫生周歲，欲引洋痘，乞京醫桐山元冲得痂苗二片，種之有驗，遂引之他兒，迄今春，殆遍勢中，適天然痘亦大行，死亡者甚衆，而引種得免者亦不知幾千，賦此書喜，兼謝元冲氏

奇方救護萬孩身，引種先天如有神。須識國醫散花手，簸揚四海遍爲春。
欲救痘患何術施，祇知引種奏功奇。婆心一片幼吾幼，終及人家萬幼兒。
旭莊曰：人字似可作他，何如。弘菴曰：人字不改爲妥。

人勝行

四條街，十軒店，春天衒賣人勝艷。寶冠衫衣王妃像，人人購歸不知僭。翠幕紅氈錦繡屏，白屋化作小朝廷。堂上玉食堂下樂，殿陛櫻橘存典型。始作俑者爲誰人，厩王雛像進紫宸。當時紙製太麤樸，不似今日鏤金銀。君不見四海滔滔流奢靡，豈唯土偶製造美。鬟婢頭上插銀釵，里婦腰間纏紅綺。何況金閨之女青樓倡，足蹈羅縠意揚揚。

胡然天也活人勝，列屋閑居倚新妝。女郎無知何足論，内教女訓久闕焉。詩客將作麗人行，經筵誰講葛覃篇。

弘菴曰：前半未見其奇，讀到君不見以下，議論慷慨，詞意奮迅，真是大手筆。旭莊曰：剴切時情。

又曰：發結無限巧思，此篇及富嶽騰龍，今世詩家所不能作。

三月初八，山下直介携具會飲於我棲碧山房，賦一律謝之

郊坰已過艶陽辰，時更清和景更真。白水青山繚几席，黄雲緑浪繡畦畛。盤多新薦春將夏，酒不親携主作賓。祇有山房猶屬我，眼前風物可誇人。

席上分「眼看春色如流水」爲韻，得流字

送盡芳菲趣更幽，樹陰迎夏麥迎秋。詩人尤愛清新景，何恨春追逝水流。

掃花

春色闌殘花謝林，悲吟相和老鶯音。悵然把帚揮無力，滿地芳塵一寸深。

讀張子房傳

托迹神仙前後同，立功已畢又全功。可知他日赤松子，便是當年黄石公。

弘菴曰：議論穎妙，措詞灑脱，實是合作。旭莊曰：看他點綴。

雨中，三州山中子文來訪山房，喜賦

坐聽琴筑繞檐聲，今雨來尋舊雨盟。恰好山厨供給足，煙畦剪韮有餘清。

弘菴曰：醞藉風流，詩亦有餘清。

茶磨山上有狐王祠，故一名稲荷山，余置莊分其半而處，戲賦一絶以謝狐

稲荷山下卜新居，新主爲吾舊主狐。吾豈争墩王介甫，半山屬汝半山吾。

旭莊曰：佳謔愧死執拗公。

四月十一日，松阪環翠亭集，與户波郡宰、奥田宮埼二學士及兒格往會之，賦此示松坂郡宰小浦青崖 先是紀藩與我屢有末界微事，故詩中及之

薫風飛轡度雲津，往事何須問水濱。藤架陰濃來繫馬，葵花露潤笑迎人。宗盟元是推同姓，國寶唯知在善鄰。今日高亭詩酒會，一杯灑作萬村春。

旭莊曰：藤葵確切，五六泓渾。

又

南山獻笑聳晴空，把酒同看綠鬱葱。今日相逢解民慍，高亭縹渺坐薰風。

端午日，茶磨山上眺望　庚子之亂，毛利、鍋島諸軍札營塔世山。見『常山紀談』。塔世山一名茶磨山

此地西軍嘗駐營，滿山草木盡爲兵。即今唯賞佳辰好，白旆紅幡繡太平。

過芝原氏潮鳴軒，次梁星巖舊題之韻

通陌紅塵晚未消，行尋曲巷始寥寥。黄昏風定海波穩，一鼎茶聲卷暗潮。

六月十一日奉命東征，路上口號

籃輿祇役冒炎蒸，行入火雲山幾層。祇是平生無内熱，此心一片玉壺冰。

中元夜，侯家詢蕘齋集，高遠侯及佐藤博士以下在座，謙亦陪焉，賦一律以獻

高齋游息養心神，緩晤屈尊情始真。上客在筵談自雅，微臣賜坐意相親。波光揺盞傾丹酒，雪片堆盤割素鱗。未有芻蕘一言進，叨恩已醉玉壺春。

同前，奉次世子『觀月』韻

林風竹露早知秋，豈料朱門有此幽。没賽月光堪坐賞，扁舟何必棹江流。

江樓夜望

晚風吹客上江樓，醉倚危欄夜色幽。煙水蒼茫舟不見，櫓聲燈影下中流。

題菊池寂阿射妖蛇圖

孤軍唱義起西陲，躍馬彎弓颯爽姿。何物妖魔敢相阻，丹心自有鬼神知。

七月廿日，與佐伯、茨木、井關三子同游百花園，觀七種秋花

不問東橋十二年，揭來且了舊因緣。重尋蹊路澄川外，忽得籬門叢竹邊。春樹曾誇群玉雪，秋欄今對衆嬋娟。怡然顧眄香風裏，況有故朋相後先。

八月廿日，米庵老人邀余飲其小山林堂，出示其所藏古書畫數十幅，席上賦贈

園在郊坰趣自深，風流有約此來尋。煙霞儘好耽成疾，書畫何妨樂欲淫。藝苑馳名今海嶽，幽居娛老小山林。悠然相對心先醉，況又芳樽細細斟。

横山舒公來訪，遂拉游不忍池，飲於旗亭

客舍無由侑酒杯，相携日晚上亭臺。東臺樹色西池水，縮得湖山入望來。天海僧正創寬永寺，以忍岡爲東叡山，以不忍池擬琵琶湖，中置天女宮，亦擬竹生島云。舒公近江人，別號湖山。

重陽客中

衹恐登高易斷腸，閉門酩酊送秋光。一幅青山一瓶菊，旅窗相對作重陽。

十三夜

明月相望天一涯，匆匆殘歲久辭家。鄰人忽有芋糕餉，始識今宵是繼華。

九月廿日，林藕濆先生日新樓雅集，林祭酒亦臨焉，席上分韻

風物撩人人苦吟，宜晴亭榭又宜陰。煙籠枯柳猶多態，雨到敗荷稀有音。地是山林兼館閣，座容韋布對華簪。醉來款晤告歸晚，門外塗泥一尺深。

樓臨溜池，每夏月荷花爛然，又對富嶽，雪頂崚嶒，時方秋雨，並無所見，賦此書憾

濃抹淡妝相並難，湖亭今日亦罄歡。論文久坐剪銀燭，傾酒深杯漲綠瀾。嶽面蔽遮雲影密，蓮衣落盡水光寒。如茲缺陷何時補，上下芙蓉俯仰看。

秋盡日，荒木士諤邀余及土井士恭飲駐春亭，席上分韻得豪

纔向芳樽意氣豪，客愁破去利如刀。三秋將盡春猶駐，花光璀粲在吟毫。

同上

逢場且飲酒成勳，一醉豪來氣貫雲。鳴鶴高飛寥廓上，笑看下界醯鷄群。

十一月四日，林祭酒巽園雅集，叔侄昆季悉會，余亦見招，分韻得咸

詩酒相忘尊且嚴，玉堂咫尺隔松杉。濠梁魚躍人俱樂，輞口圖成境不凡。雅集西園揮彩筆，異書東壁列瑶函。晚來起望芙蓉面，萼跗争輝天外銜。

小至日，飲大沼子壽宅，次老杜韻

駒隙匆匆歳月催，孟冬已破仲冬來。徒教愁鬢添長綫，枉向客心吹死灰。萬事欲忘唯有酒，一陽將復恰逢梅。詩筵何必待明日，先到君家笑把杯。

題書肆玉巖堂

青編緗帙溢芸函，家在市廛翻不凡。記得水經注中語，幾人津迷積書巖。

咏唐花

暗窖爛然蒸出霞，春光已屬橐駝家。園丁自有回天手，先向冬天作歳華。

冬日即事

竹爐就火坐深窩，奈此寒威凜烈何。猶有東臺香火客，門前戛擊屐聲多。

旭莊曰：「猶有」二字微意。

十二月十日夜，公召謙於詢蕘齋，賜白蠟石蓮鈕印材三顆，賦此紀恩

蘇生累佩六國印，如何一身事數君。我心非石不可轉，唯戴一天無他尊。大明照見方寸裏，衮褒屢下知己言。更賜三顆瓊瑶美，浄白蓮花鏤其巔。報之唯有木桃在，有蕡其實一點丹。君不見赤心報國四大字，岳王身上鐫有痕。印面鐫字何必倣，欲刻中心傳子孫。

旭莊曰：温柔敦厚，不愧風人。

校：『近世名家詩鈔』裏作衷。

年内立春

家家呼撒豆，聲裏氣方融。春已來年内，人猶在客中。遥思孫與女，應説祖兼翁。且飲三杯酒，衰顔暫借紅。

新歳有作　癸丑

偶逢新歳剩凄然，一去離家已二年。却識兒孫方得意，東風始屬紙鳶天。

人日，荒木士謌宅集，分薛道衡句爲韻，得纔已年三字

詩酒酬人日，歡然同把杯。愧入少年社，唯吾歲不纔。

新年到人日，日月如流水。東皇莫相催，衰老吾既已。

祇役期將盡，況又值新年。欣然理行李，吾歸於雁前。

飲於江上酒樓，醉墜樓下，戲有此作

來買石家金谷春，醉餘亦作墜樓人。祇幸非他瓦學士，完然還我丈夫身。

濹堤春望

長堤十里步東風，爛漫晴空春已融。怪底筑波山影失，雙尖落在澹煙中。

訪新梅莊，花期尚早，悵然有作

莊梅辜負苦吟身，未見玉妃開笑唇。家貯芳樽釃可飲，不如歸去別求春。

正月十二日，與簡堂、弘菴、熊山諸同人集於關鐵卿宅，次主人韻

嫣然獻笑步檐梅，同賞青春醉一回。文字飲中無白眼，客懷今日共花開。

正月十四日，與藤森弘菴過飲於鷲津文郁臘白堂，拈韻得春字

滿樽醇酒緑粼粼，細酌論文杯幾巡。尤喜梅邊塵不到，一庭疎雨灑青春。

弘菴曰：煉句。

題岳武穆像

何用是非煩問天，忠奸報應自昭然。須看老鐵打壞盡，繡像千秋一紙傳。

二月二十七日，將如京師，留住伊賀二日，中内五惇邀飲於其舍，時庭櫻始開

暫駐征驂伊水濱，東風吹綻小櫻唇。花前且醉故人酒，未到京華先賞春。

三月朔，發伊賀，五惇及服部竹隝諸子追餞於佛性寺，寺在西山，風概絶佳，又多櫻花，頗似平安東山

出餞相追度野灣，爲迂征路入禪關。亭開繚白縈青外，塔涌紅深緑暗間。伊水由來鄰洛水，西山況又似東山。京華何必匆匆去，一醉同偷半日閑。

弘菴曰：白詩聲調。

上巳日，觀公卿朝參

誰言滄海變桑田，萬古平安神器全。長見威儀古風在，振振鵷鷺去朝天。

旭莊曰：太平頌。

鬪鷄篇　三月三日，禁中例有鬪鷄之戲，士庶縱觀，余亦赴之，因有此作

花滿九重韶光媚，殿廷例奏鬪鷄戲。元慶以還幾上巳，宴游亦久爲故事。小鷄竦體大鷄昂，鼓翼毰毸毛逆張。芥羽金距相抗敵，一勝一敗了幾場。低頭雌伏錦頂摧，矯翼雄飛花冠耀。紅羅纏頭賞先鳴，微物亦蒙天一笑。豈唯羽蟲勝與敗，天眼更視溟海外。楚漢南北幾輸贏，宋遼金元幾興廢。君不見唐家鷄坊鬧嘉辰，歡賞未畢社稷淪。何若神皇傳授國，萬古不改天上春。

旭莊曰：憾不使少陵讀此。

三月六日，都下文人作嵐峽三船之游，余偶往游，乘詩歌船，是日少尹淺野君亦巡視嵯峨，賦一絶見示，次韻酬之四首

飛白紛紛撲蔚藍，重三之後又經三。賞心莫恨花將盡，幽壑殘櫻猶可探。

容與短棹泝凝藍，弦管詩歌舟泛三。閲遍紀公摛藻地，鶴洲猿峽入幽探。紀貫之『大堰川行幸序』中有「立洲之鶴，鳴峽之猿」等語。

弘菴曰：愈出愈新，不覺韻險。

邃谷濃花映淺藍，秋楓避舍豈唯三。吟哦應有明珠耀，誰向驪龍頷下探。嵐峽賞櫻花昉於龜山帝，古歌唯稱楓而已，未嘗及花也。

藝比昔時皆出藍，舟加書畫亦過三。揮毫争溯元明上，不數人間廣與探。嚮者書法稱廣澤，畫法推探幽，近人不屑道。

旭莊曰：亦觀棕軒疊此韻數十首，似勞而無功。

三月十五日，三州筒井、進藤二生來訪余京寓，因携游鴨東，憩飲若王子山旗亭

客中又逢客，相挈到郊坰。潭底窺明鏡，山巔坐畫屏。閑雲隨野鶴，流水趁浮萍。且酌旗亭酒，歡然笑眼青。

三月廿日，與梁星巖、牧贛齋、賴立齋諸子同游糺林，憶嘗庚寅夏，與星巖、贛齋游此，屈指已二十四年矣

激湍洗耳送清音，一曲疎欄枕碧潯。天朗氣清餘上巳，茂林修竹擬山陰。何唯禊事可追補，更喜詩盟得重尋。俯仰豈無今昔感，今人猶是昔人心。

春晚雨中，周防玉公素、樋口淑人、森脇小心邀余父子飲於三

樹樓

紅雨霏霏花欲無，且聽琴筑滴茅廬。任他芳事屬闌散，長駐春光在玉壺。

同前，憶故山陽翁

詩酒歡然同賞春，遺蹤入眼忽酸辛。依然山紫水明處，祇欠風流舊主人。

題景文松鶴圖

千歲丹沙入頂深，長鳴向日立松陰。軒墀何異樊籠苦，來與蒼髯共話心。

校：蒼髯又作髯翁。

將往大阪，過伏水越智氏，題其水樓

盡日閑眠對白鷗，槳聲伊軋往來舟。自然無地容塵土，一曲清江繞小樓。

篠崎訥堂邀余父子，舟游到天保山

自有游山舫，何須著屐尋。篷窗雨聲好，葦岸塗泥深。撒網供鮮膾，洗杯驚睡禽。醺然歡已極，舍棹上煙岑。

重飲越智氏樓

重向江濱訪故人，源桃花盡緑粼粼。侑杯猶有紅顏在，滿架薔薇亦一春。

寄題養老釀酒家壁

靈液堪澆磊塊胸，東方亦有酒泉濃。人生清福一醺耳，畢竟黄封是素封。

五月十八日，公歸藩，手賜華墨一筐，賦此謝恩

客卿在座姓爲陳，付與寒儒作席珍。恩賜玄圭須寶惜，任教什襲墨磨人。

六月初旬聞浦港之警，慨然有作

東西羽檄走風塵，相遇愁顔盡帶顰。半夜鷄聲聽不惡，燈前起舞有何人。

弘菴曰：有據鞍顧盼之概。

咏蘭

芳根空谷養幽情，知己千秋有獨醒。祇是國香難自晦，被人折去上金瓶。

劉石舟曰：夫子自道。

校：難自晦一作藏不得。

咏菊

三秋已閲衆芳摧，憐此西風金一籬。唯與南山同入眼，人間剩有傲霜枝。

咏松

蒼髯老叟住山隈，不比人間草木摧。磊砢何妨多節目，居然尚是棟梁材。

有人持金川臺圖索詩，題一絶與之

金川臺下碧琉璃，天外芙蓉相映奇。東海佳區千歲秘，一朝忽被虜船窺。

郭子儀

盛德豐功無匹倫，天酬麟趾自振振。豈唯膝下兒孫慕，塞虜亦呼爲大人。

狄梁公

能以名賢事鬼婆，可知屈辱爲邦家。他年唐室回春力，渾屬狄門桃李花。

弘菴曰：醞藉。

休沐日，觀海亭作

五日一休沐，揭來此解顔。亭出林杪外，曠然望海山。白雲來枕上，俯仰天地間。欣然人暢適，禽鳥意亦閑。超忽心神遠，自疑在仙寰。有客來破寂，談笑振林巒。引杯悠然坐，日夕澹忘還。

又曰：幽曠。

癸丑九月八日，公駕臨山莊，賦此以獻

遥隔青松嘶玉驄，騶從入谷駭村童。漫勞枉駕非諸葛，劣解讀書勝阿蒙。一碗苦茶無好味，三間茅屋足清風。山川滿目公家物，衹擬白雲持贈公。

旭莊曰：使典如意。又曰：以自所怡悦贈君，忠愛勝陶隱居。

山館聞鹿

鳴鹿成群食野苹，嘉賓應是一時英。老人獨愛山中宿，閑聽呦呦月下聲。

題畫

溪流清激近仙源，濯出林巒新雨痕。中有風流高士住，婆娑垂柳護柴門。

題牡丹錦鷄圖

正是山蹊富貴辰，紅葩錦羽坐相親。匹如才子佳人配，兩美嬋娟映晚春。

題畫

山光爽朗水光清，始信人間重晚晴。帆影揚揚紅樹外，秋江歸客定淵明。

弘菴曰：重晚晴末句，淵明伏線。星巖曰：三字本於李玉溪，用得妙。旭莊曰：情景兼詣，七絶上乘。

延喜帝寒夜脱御衣圖

堪恨重華聽斷違，浮雲蔽日暗王畿。紫溟故相泣恩賜，却爲寒民脱御衣。
旭莊曰：湊合絶妙。

夜讀兵書

取長舍短是良圖，未信西洋步法迂。恐有邯鄲餘子失，篝燈依舊讀孫吳。
旭莊曰：亦一議論。

題鹽里翁黑部鹽濱賦　黑部屬我藩封疆。鹺户數百，翁其里人也

煮海村墟衣食豐，何人鑿空啓神功。水濱故事向誰問，鹽土後身鹽里翁。神武帝問鹽土翁，見『日本書紀』。

題畫

山帶笑容臨碧津，清溪一曲阻紅塵。春風楊柳青青外，恰有輞川圖裏人。
寂寂巖居無比鄰，出門徙倚與誰親。欣然相見不相厭，入眼青山皆故人。

劉石舟寄其『緑芋村莊詩鈔』索題詞，賦一律贈之

風味尤清緑芋村，淡翁嫡派瀉詞源。鳳毛莫嘆棲非地，石舟字君鳳，淡窗贈篇中有「此君有鳳毛」之語。龍種且欣登有門。小竹篇中謂石舟爲龍種，以其爲炎漢之裔也。湖海豪游交

廣，詩書宿好老彌敦。心聲剩有琅琅響，髣髴如聞笑語温。

石舟曰：頷聯典雅，但非所敢。

題蘇我兄弟復讎圖

求仇虎穴不辭深，義勇千秋震士林。死孝死忠同一理，二蘇何讓二楠心。

星巖曰：合作。

讀『淮陰侯傳』

將壇陳策動乾坤，忽見飛騰逼帝閽。須識一伸緣一屈，少年袴下是龍門。

旭莊曰：人未道。

殘菊二首

西風一掃衆芳飄，瘦蝶衰蜂魂欲消。衹是東籬全晚節，徵君名籍尚前朝。

容色雖衰香未消，猶憐三徑不蕭條。論交雖有孤松在，比較群芳獨後凋。

茶梅

姓陸名逋兩美並，横枝亦出短籬明。冬天一白先三白，始識梅兄更有兄。

賽珊瑚

鮫人泣血滿盤珠，撒向枝頭粒粒朱。海底何須施鐵網，階前可採碎珊瑚。

木芙蓉

嫣然笑影落空潭，木末花開秋已深。恰與東籬同晚節，拒霜心即傲霜心。

南天燭

風色融和小艷陽，一年好景可吟腸。請看橘綠橙黄外，萬點殷朱南燭光。

水仙花

小蓮花發雪離披，羅襪凌波移步遲。捉月仙女宴方散，銀臺金盞漾寒陂。

蜡梅

先春亦是暗香含，衹合離披傍佛龕。不受孤山居士聘，夙參黄面老瞿曇。

未開牡丹

東風已老尚含姿，脉脉相看一笑遲。似愧向人誇富貴，多情尤在未開時。

武陵桃源圖

晉年豈有避秦人，須見陶文本寓言。心遠境偏隨處是，東籬花下亦桃源。

星巖曰：佳絶。弘菴曰：議論穎妙。

十月望，依例與諸友集山房，劉石舟偶來訪，喜賦一律以紀盛會　是日花岡順達携魚至

樹色泠泠液雨餘，跫然屐響到幽居。笑迎且免門題鳳，佳餉何思客網魚。月白風清晚秋景，酒香柑熟小春初。今宵應結髯仙夢，群鶴鳴飛度碧虛。

寄題濃州某氏水亭

雙耳無由受市聲，寒流日夜繞籬鳴。喧厖翻作一堂靜，支枕茅檐夢亦清。

喫茶

石鼎蟬聲涌，磁瓶雲脚生。幽人眠正覺，跂石看雲行。

旭莊曰：嗒然忘我。

寒夜

地爐紅欲盡，月影上窗明。風定庭林靜，霜天雁打更。

咏鷺

煙中上下影分明，點破前山山更青。忽被長風吹却去，翩翩乾雪落寒汀。

石舟曰：佳作。

題畫鴂

深草原頭少客過，聲聲入耳聽如何。鄘風一句寥寥甚，偏向歌人口吻多。

送修齋、南岱兩女史歸省仙臺

亦是一家娘子軍，杖鞋踏雪入邊雲。囑君拜掃先塋後，往吊磷城二女墳。磷城作石城，二女作雙女，未知孰是。

題劉先主訪諸葛圖

三顧頻煩情好親，不辭積雪路嶙峋。唯魚獨識水中樂，畢竟關張門外人。

星巖曰：可誦。弘菴曰：有議論，有氣焰，今世以詩名家者所不能道也。

甲寅初春作

閭里喧傳來虜船，廟堂計議勞材賢。今日迂生無復策，梅花窗下看雲眠。

旭莊曰：今日二字，駟不及舌。弘菴曰：冷眼看世多感慨。

濠上所見

城濠澹澹嫩煙遮，雨後暖光分外加。水上風行春有脚，東涯蹴浪到西涯。

弘菴曰：「風行水上」，『易』語，而脚字自行字生，蹴字自脚字生，展轉相承，好句法。

咏七種菜

七寶調成骨董羹，先王遺制報新正。誰能咬得知真味，憶及荒村菜色氓。

觀海亭春望

餘寒澗道雪冰堆，且上高亭望眼開。昨夜東風吹始暖，海山靄靄送春來。

晚歸所見

飛鴉杳杳没冥煙，陌上歸人呼後先。入眼天邊紅一點，遠村野火上山巔。

觀西山夜燒

月輪未出日沈西，野燒當空望不迷。何物一痕掏嶽面，俄看千炷炙天臍。塞垣或雜警胡燧，江渚何須照怪犀。祇喜西山長薇蕨，今春清味飽夷齊。

小園散步

老人快活步林隈，雨後東風暖始回。從此小園花陸續，迎春花謝望春開。

旭莊曰：山林富貴。

咏梅

世上紛紛幾首詩，賞君冰玉屬徒爲。可憐鐵石心腸好，獨有開元賢相知。

題濹水春游圖

新圖畫出大都春，占斷年華在濹濱。花擁長堤香雪暖，水涵兩岸彩波皺。吹彈互奏舫挨舫，羅綺群行人看人。誰憶王孫流落日，鷗汀揮涙問通津。

弘菴曰：確是濹水春游，他境所無。

山房偶成

城市何堪應接煩，揭來習隱臥邱園。天圍緑水青山國，家在花明柳暗村。逃俗終然有公事，求閑却是役吟魂。黄昏欲去猶依戀，仰看柴門月一痕。旭莊欲改國爲地，然「緑水青山國」本誠齋詩。

咏曉鴉

一聲天欲曙，亂噪夢驚回。鴉迷紅旭下，影落曉窗來。

山房春日，次祖咏蘇氏別業韻

來往煙霞境，優游適素心。人皆希館閣，我獨愛山林。思詩眠石上，被酒臥花陰。誰是起予者，枝頭有轉禽。

咏落花

三春芳事暫然過，奈此蜂愁蝶駭何。昨夜奏休美人舞，曉來唱起大風歌。繽紛飛下晴天雪，洶湧卷來平地波。誰使玉顏嘆薄命，封姨畢竟妒心多。

晏起

枝頭百囀鳥喉圓，殘夢方醒飯熟前。朝日滿窗花氣暖，悔將清曉付閑眠。

題虎溪三笑圖

溪橋不可過，過橋即人間。老僧耽禪寂，祇恐污世塵。人間有高士，不論寂與喧。自云心苟遠，何境不幽偏。時來入禪窟，道釋迎欣然。無心與雲出，倦飛共鳥還。相迎嵐影裏，相送澗流邊。不覺過橋去，哄笑振奔湍。

春盡日山房小集，分韻

鶯老猶呼友，郊莊春欲終。茲辰亦難過，有客此相同。天意向新緑，人情惜落紅。悵然把杯坐，争耐別東風。

旭莊曰：起五字凝煉。

題王建章畫山水

三臺五雲

林深雲氣積，山静瀑聲喧。雲斷蒼崖下，依稀見瀑源。

又　紫氣西來

山氣晩來紫，樓臺映洞天。樹間人影過，定是駕牛仙。

又　朋嶺延綿

山花相映帶，一路繞林巒。家在翠微頂，人歸杳靄間。

新緑

嫣紫妖紅彼一時，俄看新緑樹參差。始知夏色勝春色，顧眄庭柯顔更怡。

山房聞鵑，送奥田、淺井兩生歸尾州

正是水晶花滿籬，天邊裂帛一聲奇。此聲祇恐明朝聽，月落煙昏君去時。

弘菴曰：起承本紫姬歌意，轉結淒婉而不蕭索，唐人口吻。

緑陰垂釣

緑楊深處小舟停，婢妾魚游水氣腥。自笑先生垂釣拙，長竿籊籊立蜻蜓。

山房雨集分韻

腰繫一瓢酒，銜泥集野坰。日長詩思静，雨潤醉意馨。祇看歸雲白，更添新樹青。特來踏幽約，不負草堂靈。

樓上看山

樓高塵不到，移榻對孱顏。蛾眉呼欲應，笑立白雲間。

竹院會友

窗户清陰映，千竿上指天。風前香細細，雨後翠娟娟。暖眼皆無白，談論盡入玄。此君時亦醉，相對共頹然。

鳴海絞纈歌

鳴海驛東有松里，近橋間，家家賣絞纈絹布，名於世，竹田氏爲其巨擘。其舖開於慶長中，當時距織田、今川之戰不遠。今過其舖者，撫今憶古，爲之慨然。主人乞余詩，乃賦一長歌與之

大地卷來駿兵勢，旌旗蔽空電影掣。誰其當之吉法師，銜枚疾走軍鋒鋭。間道馳上桶間巓，三千鐵騎下自天。駿兵驚潰駿帥死，殭屍縱横血成川。彼亦一時此一時，絞纈絹布代旌旗。行人到此多感慨，二百年來人世移。光天昭回熙熙日，瓦屋參差商舖列。爛然紅碧畫太平，猶想當年玄黄血。

弘菴曰：起句似未稱，請再思。又曰：筆力奇崛，亦如鐵騎下自天。

咏吉祥蘭，爲江户某人囑

本是空谷種，人間吐異芳。君子猶爲佩，依然王者香。淡紫照朱夏，佳名是吉祥。何以能致此，積善有餘慶。

蕉陰茗話

遮斷炎曦影，芭蕉緑漲天。一瓶留客坐，日暮送茶煙。

腌茄

腌菹纔經宿，瑩然秘色窑。書生亦食玉，茄子上盤饒。

題女牛圖

家家求福祭妖靈，乞巧樓高瓜果馨。誰省皇天重耕織，昭然揭示女牛星。

旭莊曰：一洗千年陳套。

初秋喜雨

秋暑猶凌虐，天上火雲堆。手把淵明集，倚柱讀一回。天色忽黯澹，一轟頭上雷。林葉鳴淅瀝，好風驅雨來。身坐冰壺底，披襟呼快哉。老妻知吾意，剪韮侑緑醅。右手猶持卷，左手乃舉杯。華葩生口吻，不勞敲與推。醉倒桃簟上，怡顏眄庭槐。吾廬吾自愛，何羨淩歊臺。

山中答人

松杉繞茅屋，屋在北山陲。明月長如此，白雲無盡時。看雲停杖久，對月引杯遲。玆意君休問，幽人獨自知。

旭莊曰：集句妙。弘菴曰：一氣流動，法本青蓮。

閏七月望夜，觀海亭集，相會者土井士恭、鈴木文甫、柘植子文、河北有孚及兒格

前中秋，後中元；赤壁之游一夕前，今歲置閏巧牽連。風流例開詩酒宴，每恨好事無百全。盂蘭盆會城隍祭，府下每年八月十五日修八幡神會。梵唄鼓笛鬧年年。天爲騷壇轉鈞軸，痛斷人間葛藤纏。神燈佛火倶無迹，放出明月著中天。明月没賽三五夜，中元中秋兩嬋娟。海波皎皎浮天地，回視江湖一眇然。不須桂楫與蘭櫂，山亭坐作泛湖船。雖無洞簫倚歌和，櫂歌相答遠浦煙。一宵並賞三佳節，就中豪游憶坡仙。坡仙一賦絶今古，長爲藝苑結好緣。明夜陰晴未可識，何嫌宴賞相後先。痛飲淋灕夜將半，詩成笑傲淩海山。李太白死無此樂，東坡『百步洪詩序』中語。祇恨才非萬斛泉。歌一闋、酒

一尊，並酹坡仙與謫仙。百東坡，三太白，杯中髣髴見醉顏。

題坡公蓮燭歸院圖

漢時有賈晁，策論動乾坤。唐代有韓杜，詩筆泣鬼神。坡仙才兼之，拔出冀北群。宋運慚二代，何幸得此人。如何不相惜，摧抑極苦辛。一貶江渚上，江山留名篇。再貶溟海外，海波卷筆端。邊裔蒙寵賁，上都風月閑。天子獨愛惜，照見一心丹。暫明金蓮燭，千古尚炳然。

旭莊曰：東坡咏太白云「平生不識高將軍，手污我足乃敢嗔」，論者謂能高太白地位，余於宋運二句亦云。弘菴曰：筆氣流轉，議論駿發，真是蘇子後勁。

山莊菜圃捕蟲

一家二十口，禦冬計如何。山園種蘿菔，一雨抽嫩芽。青青被數畝，私期旨蓄多。何物小蟲子，蠹食莖欲皤。先生赫斯怒，攘臂口呀呀。僮僕争奔命，園丁懼譴訶。一齊奮出力，逐捕急於儺。青衿亦來助，剿除辨咄嗟。咬菜吾事足，寒厨應無他。把杯聊自勞，日夕醉且歌。寄言牧民者，除害莫婞嫛。一勞將永逸，大小理無差。

弘菴曰：家常事寫來雅健，規撫老杜結末，發揮正意，用筆極婉。旭莊曰：痛快，隨園所喜。

重九日與從游諸生宴游海濱，分韻得尤

同斟菊酒對閑鷗，天朗波清得意秋。莫謂登高翻舊案，由來吾道在滄洲。

節後賞菊

典午山河歸寄奴，獨有東籬保一隅。節去時移香仍烈，薰徹先生濁酒壺。壺酒雖濁人清聖，猶記甲子泥醉餘。醉者不醉醒者醉，嘆息人間真醉無。人花相對嚴霜底，嗚呼花乎將人乎。

弘菴曰：一氣流轉處最見筆力。

九月十五日與奧田季清、川北有孚及兒格同游長谷山，前是重九缺登高之游，至此日補之，分韻得豪

飄然跨馬去登高，山徑崎嶇不告勞。欲展佳辰重載酒，且修缺典共題糕。巖肩楓葉懸紅錦，澗底松聲漲緑濤。手把萸杯臨絶壑，風吹吟帽醉冕豪。

弘菴曰：雕繪處不入小家。

過憩長谷寺，主僧不在，入庖作羹，歡飲盡醉而去，賦此囑村民看守者，待僧歸與之

本來無物我，何分主與賓。叩寺僧不在，我來爲主人。行圃挑秋菜，入庖燃束薪。咄嗟辨羹飲，把酒賞佳辰。滿眼風煙富，秋色更勝春。吟嘯飛珠屑，獻酬杯幾巡。佛前紛酒肉，舊局一變新。大乘經文在，僧歸應不嗔。

旭莊曰：快語可醒迷俗。

九月廿日佛關師來訪山房，席上賦贈

復此歡然酒一醺，山庭秋老菊花芬。眼中知舊多爲鬼，方外交游獨有君。君已逃禪修覺道，吾猶習隱愧移文。暫時相值便相別，飛錫明朝入白雲。

詠龜

神智參知邦國謀，九江納錫已千秋。即今無復廟廊用，曳尾泥中儘自由。

弘菴曰：余平生不喜咏物詩，然若此詩則不得不批。

郊外值雨

擔夫販婦打包僧，避雨奔騰集北陵。層雲忽破斜陽露，巒角猶殘白半稜。

題竹洞小景

屋外一泓白水，窗中幾朶青山。門前獨木橋在，不識何人往還。

旭莊曰：不減摩詰。

余獲江細香墨竹數幅，意猶未饜，賦一絶寄之，又乞其揮灑，更不厭其多也

畫竹雖多難絜羹，貪饞畢竟不妨清。擬撰風流貨殖傳，渭濱千畝寄吾生。

細香得余詩，寫數幀見贈，賦此鳴謝

天寒空谷阻風塵，清操誰知自有鄰。翠袖嬋妍笑相對，佳人恰是寫佳人。

題青谷生月瀨五景

寒嫩曉清

滿岸梅花看有無，暗香撲地日昇初。煙散溪流清澈底，橫斜影裏見游魚。

旭莊曰：僕嘗有「盈盈春水無人涉，魚泳横斜影裏來」句，自知不如高作穩當。

清灘櫂月

兩岸風香萬玉稠，隨人月影漾中流。去來容與皆乘興，何數山陰雪後游。

古梵霽雪

雪壓梅林寒有光，山巖一色失羊腸。斜陽映出花間寺，風外鳴鐘聲亦香。

雲淡雨香

雲暖雪融梅解顰，霏霏香雨灑青春。嫌他鉛粉污顔色，洗出冰肌玉骨真。

巖秀谷邃

經營位置自清嘉，後素工夫屬畫家。巖谷眄然眉目美，更加巧蒨萬梅花。

寒夜偶作

愁懷方始慰，霽月洗中天。風定禽聲寂，霜嚴梅影妍。新詩生口吻，幽夢繞山川。一枕風塵外，悠然終夕眠。

咏鯉

豈竟池中物，宛然鱗鬣微。能凌三級險，一躍化龍飛。

甲寅歲晚紀事

今年欲改始心寬，回首歲中灾劫繁。烏舶突如來近港，彤幢忽爾犯宸垣。彤幢謂火，見昌黎『陸渾山火』篇。人爲魚去海波溢，谷與陵遷坤軸翻。唯有檐梅纔索笑，東風幾日返芳魂。

仙月影歌和雲淙老人並序

今秋山田龍伯人寄示詩稿，索評正，有閏中元絶句，末句與余『觀海亭』長篇起句偶合，乃寫全篇附其稿還示伯人。伯人又傳示其鄉先達鷹羽雲淙。雲淙奇之曰：吾亦嘗有此語。乃製『仙月影歌』，使伯人賡之，遂索余續和。余觀二子之作，並探獲龍頷，難復措語，且會有幽憂疾，不敢執筆，荏苒累月，二子督促不已，乃力疾傚顰，咿嚘竟日，强以成篇，竟不能工也

附鷹羽龍年『仙月影歌並序』

今歲甲寅閏七月望，伯人有詩，末句云：前中秋是後中元。余見而驚曰：是余十五六年前閏七月舊句也。伯人亦驚，相共奇之。頃拙堂老子寄示『觀海亭集』長篇，其篇首云：「前中秋，後中元，赤壁之游前一夕，今歲置閏巧牽連。」余見又奇之，讀至篇末云：「百東坡、三太白，杯中髣髴見醉顏。」余於是曰：三人句偶同，此亦三太白相也。孰爲真太白，先先者者月也，我也。得月而影生，次出者爲影。友月與影，醉且仙者，李白也，後出者當之。但當夜詩不知二人孰先成，余以其詩之到我日定其次，乃伯人爲影，竟不得不推拙堂獨稱人仙，意私恨之。顧比月猶可矣，其特可吊者影耳，遂亦賦一首，爲伯人解嘲，兼寄拙堂老子，知老子於此，興還不淺，當欣然復和之也，而伯人亦可無一篇之報我者乎哉，余兩望之。

月事中秋一月前，猶是閏月没賽天。此夜三人三處看，清風明月共吟魂。何意雲淙舊句子，忽出吾

兄鐵研間。腰斬句身成兩斷，曰前中秋後中元。可是風流好句否，吾弟伯人取亦云。才大如江口如壑，不更一字儘生吞。三詩亦是三李白，偶合畢竟舊因緣。兄是謫仙弟是影，從我自呼白玉盤。月光浸微却羞影，影是任郎本自妍。獨此孤懷誰慰我，詩已不仙思索然。但有吾弟源源來，仙凡路隔共攀難。幾夜相依仙月影，未失我家舊青氈。

附龍伯人『和雲淙先生仙月影歌，兼寄拙堂先生』

三分明月哦三詩，異口同音亦一奇。人心不同如其面，人心大同有如斯。瀑翁先唱自比月，更以謫仙目老鐵。我如微雲滓太清，呼做月影不的切。在昔謫仙成三人，撏扯到今分幾身。鐵老爐錘瓦爲金，瀑翁意匠自一新。我才何啻三十里，一詩偶同遼東豕。水中明月不可捉，天上太白聳瞻視。我是君影隨君形，欲借光焰照杳冥。掉頭一笑天地白，謫仙方醉月方醒。

各處咏月無後先，出語偶同非偶然。天下三分明月影，二分無賴在鑾川。鑾川詞伯老雲淙，倒來目我爲謫仙。又有龍生後來秀，一唱一和吐傑篇。犄角襲來詞鋒銳，驅迫著我百尺巔。欲避重債竟無處，攘臂下臺暫周旋。困兵難當堂堂陣，不若逡巡卷旆還。瓦礫自甘落人後，敢把粃糠揚在前。吟杯唯知參金粟，哦句何能擬青蓮。君不聞，三杯通大道，一斗成百篇。青蓮卓立千古表，攀附難於上青天。才弱衹當燒筆硯，放汝月影盡嬋妍。

貴件至，限以三日，不暇細閱。姑評摘一二奉還，勿咎粗率。本邦文人之詩，意豐而詞謙；詩人之詩，詞贍而意匱。往日所謂味兼熊魚者竟當屬公，自詫非虛靚。

乙卯五月十二日夜燈下拜批　旭莊廣瀨謙

余閱此卷，謂君詩似趙甌北，以其才氣駿發，學殖富贍，好使眼前事，務標新穎也。顧君所尸祝在杜蘇，而余所評恐不中其意。然甌北亦學杜蘇而克肖者，此語未可以爲大逕庭焉。乃暫書所見，非敢以爲定評，幸勿咎。余有幽憂疾，廢筆研有月餘，日聞君發軫有期。

乙卯八月念五燈下力疾書　辱知生　藤森大雅憒批

意到筆隨，不費雕琢，一洗粉澤模擬之陋習，便是大家本色。

乙卯八月念八，力疾一閱　辱知生　藤森大雅僭評

鐵研齋詩存齋　卷九

習隱集　二

乙卯初春病中

臥病深窗下，刧餘人意淒。柳條猶欲動，鶯子正來啼。世上春空到，心中事總睽。一身何足道，道路泣寒黎。

春莊夜月圖

鳴鶴歸來屋後山，梅花深處掩柴關。東風吹上枝頭月，人在暗香疏影間。

病中閑吟

苦中還有適，謝病鎖柴關。衹恨食多禁，何知身是閑。瓶茶聊當酒，壁畫飽看山。更抱煙霞疾，魂飛臺蕩間。

新築書事

震後人兇懼，破屋未盡修。我正營書室，聊欲寄息游。向陽低開牖，帖石斜通溝。風簾供消夏，月檻宜賞秋。四壁連書槴，蠹卷欲埋頭。俯仰攬今古，好事可忘憂。祇是歲已改，餘動猶未休。有時撼床榻，搖搖如坐舟。僮僕奔逃避，呼號聲喧啾。我獨據梧坐，吟誦口咿嘎。地動心不動，久悟身世浮。四鄰人漸寂，仰看月上鈎。

南郊人來，報桃花期近

剥啄相驚睡已殘，仙源消息到柴關。蝶兒不待明朝約，夢裏攙人向碧灣。

辛洲酒樓，送小浦明府歸紀州

酒醒凄然暗結愁，煙江暮色忽如秋。陽春有脚終難駐，一任東風送去舟。

又

遥指三山是故鄉，昇仙橋上去堂堂。何論晝錦征衣美，自是詩人有繡腸。

題青谷生溪山琴興圖，贈春樵琴翁

揭來山水境，偶坐撫孤琴。一彈山更秀，再彈水更深。山水長如此，峨洋自有音。古人不可見，猶見古人心。

西山采薇圖

采芝避秦世，采菊憶晉時。西山采薇客，信是百世師。

孟母斷機圖

一刀斷匹絹，慈母是嚴師。斷緒兒能續，千秋道統垂。

山居首夏

溪花昨夜落閑潭，俄見林巒翠影含。日暮歸漁蓑袂濕，前山一路出煙嵐。

題紀春琴畫山水，次其所自題詩韻

蒼蒼山複又水重，光摇簾楹雲錦深。幽人坐亭清浄福，何知人間有素封。閉門高臥對巉壁，出岫閑雲意共慵。偶有溪友抱琴到，一曲南薰答暮鐘。

乙卯初夏病起，初食鯝鯐魚

何思新味入寒厨，海溢地翻荒劫餘。一病經春身不死，天留饞口喫頭魚。

山房即事

郊垌勝城郭，卒歲信優哉。流水抱村去，亂峰排闥來。翳樹憑吟榻，臨風舉酒杯。金樽傾欲倒，吾亦玉山頽。

五月十三日，雨中山莊種竹，次文湖州『咏竹』韻，一字至十字各二句雨，竹。潤膏，嫩綠。况山崖，又水曲。維時化龍，噫美成玉。貞心凌嚴霜，冷眼看落木。愛已同王子猷，賞何讓篔簹谷。恰當長夏種漪漪，俄向静霄聽蔌蔌。想見摩詰深林嘯彈，追隨少陵幽磵棋局。相得尤宜與酒與畫詩，誰其爲伴有梅有蘭菊。唯當琅玕節下起臥由由，那用金馬門前拜趨僕僕。

山房雨霽，次川村生韻

目送飛禽入杳冥，閑吟對雨坐高亭。晚風忽起天將霽，一簇歸雲山斷青。

夏日圃居

圃田自有好風光，不與杏桃爭艷陽。直到南風逞芳意，紫茄紅豆繞籬香。

乙卯六月廿四日，奉台命東征，發津城

一紙鶴書降海城降平聲，炎風六月趁嚴程。自嗤習隱北山客，忽抗塵容觸熱行。『北山移文』：鶴書赴隴。又，學遯南郭，習隱北山。又，抗塵容，走俗狀。

岡崎客舍，別蜂須賀、鈴木諸子

混混江流洗客心，長橋東去足知音。殷勤送我故人意，亦勝桃花潭水深。李白『贈汪倫』詩：桃花潭水深千尺，不及汪倫送我情。

廿八日，曉大風，渡荒井

此身殆欲飽饞鮫，赴召程嚴冒怒濤。應有皇天鑒忠信，海風無恙送輕舠。

藤枝驛，訪雲嶺老人不遇，與其内人接話而去

門掩孤山下，林園風尚薫。苔滋無去迹，花盡有餘芬。幾畝鋤明月，何邊蹈白雲。祇留看院鶴，仙語報人聞。

八月望，賜謁内庭，賦此紀恩

霸廷亦是景雲霏，曉逐鵷鸞入瑣闈。草莽微臣恐隕越，玉顏咫尺尚天威。

八月廿五日，與鷲津文郁、五弓士憲同游日晡里，歸路飲於根岸鶯春亭

高岡看秋色，尋徑入煙村。遥認青簾颺，流水映柴門。閑花繞籬碧，中開三畝園。亭簃枕臺麓，松濤漲晴軒。舉杯酌霞彩，不作獻酬煩。歡笑振林壑，一醉狹乾坤。猶是敦宿好，新詩共細論。悠然興不盡，秋日易黃昏。

野村奐曰：韋柳口吻。中内惇曰：歡笑二句，青蓮風趣。

校：『拙堂紀行文詩卷之四』漲晴軒作綠漲軒。

重九日米庵翁見邀，賦即事

幾幅峰巒挂榻前，瞥然過眼若雲煙。佳辰翻却登高案，坐了米家書畫船。

中内惇曰：轉結未經人道。

校：『安政卅二家絶句』題中無翁字，『拙堂紀行文詩卷之四』無重字。

同前，次兒格韻

客身亦作好重陽，松菊瀟然暘谷莊。踐約衝來雙屐雨，破愁拼却滿鬢霜。祇能勸醉酬佳節，何必登高望故鄉。更喜文房清富貴，風流不讓玉山堂。元顧阿瑛築玉山堂，貯書畫文房。

旭莊曰：穩秀。

客中書懷

虛名徒作累，久滯大都塵。老矣成何事，壯猶不及人。滄洲負鷗鷺，故墅鎖松筠。空抱歸歟嘆，秋風破葛巾。

旭莊曰：宛然劍南。

又

麋鹿戀山野，敢希鵷鷺群。名聲終畫餅，富貴信浮雲。驟墨書千紙，芳斟酒一醺。放懷埃壒外，世事儘紛紜。

又

久絶功名念，病羸何所能。官途熱如火，心地冷於冰。茗飲秋風榻，詩思夜雨燈。猶餘頭上髪，人未喚爲僧。

奐曰：名聯。旭莊曰：落句無限情緒。

十月朔，瀧川看楓，同游者松岡、荒木、野田、廣田諸人及兒格

遠覓秋光携伴來，煙畦盡處勝區開。小橋流水新詩景，紅葉青山好畫材。自有清音環佩響，曾無塵土錦叢堆。羨佗林壑先人醉，同對夕陽猶把杯。

地震行

天柱折，地維裂；城復隍，陵變谷。禍發關西及關東，彼蒼者天何太酷。余寓江門覯此凶，歲維乙卯月孟冬。百萬人家盡傾覆，祝融佐虐焔上衝。屍首縱横都下遍，載鬼百車棄幽竄。生無室廬死無櫘，一死一生誰吊唁。貴賤糧食如臨軍，上下束裝如赴戰。草屋紙幃庇風雨，陋如陣營孰擇便。不似平生競豪奢，雕琢粉丹飾室家。衣必綾羅食

甘脆，珠礫金塊俗相誇。本是忘亂狃至治，滔滔天下人如醉。一朝驚覺繁華夢，豈但地裂恐天墜。杞人之言或省悟，何知地妖非天意。君不見堯水湯旱亦天殃，挽回天心致休祥。即今祇要補天手，轉禍爲福豈無方。嗚呼，轉禍爲福豈無方！

惇曰：百車字點化得妙。旭莊曰：事情寫出如睹。奐曰：當日慘狀宛然在目。惇曰：老杜遺響。

十月廿二日謝病歸，發江户

猿驚鶴怨薜蘿間，急理歸裝向故山。祇是大都塵不染，白衣宣至白衣還。句末用宋潛溪贈楊鐵厓詩全句。

旭莊曰：此與初首（即指『拙堂紀行文詩卷之四』之初首『乙卯六月廿四日，奉台命東征，發津城』——校者）想見公遂初之意。惇曰：讀到此須拭眼覩先生心肝。奐曰：高風可欽。

過箕形原，有懷夏目烈士

此非君死所，臣當代君死。操轡迴向城，馬驚奔不止。影杳行松外，目送足暫企。翻身冒敵軍，奮鬪衆披靡。一死殉主難，我盡吾職耳。何思主運開，餘榮及孫子。余過箕形原，慨想北風裏。勁草冬猶碧，血痕髣髴是。更留一心丹，千秋照青史。賦詩吊英魂，兼告世間士。

旭莊曰：突然起。

過本阪嶺

伊軋驚殘夢，輿過巉巖間。揭窗昏眼醒，曠然瞰海山。島嶼煙中出，潮波平碧灣。征人貪利涉，偏向荒井關。不知玆境美，秘景天亦慳。祇容吾輩過，迂途來解顏。

到家

終年奔走道途間，麥熟離家稻熟還。何物炎涼操不變，門前唯有舊青山。

惇曰：白衣人還，青山亦當爲青眼。

寄題赤穗大石烈士故宅櫻樹，爲河原士栗

老楠千秋化大石，仍見心丹與血碧。心血爛然又化花，何思嫵媚出毅魄。維南有木民具瞻，維石巖巖人矜式。遺愛更有手植櫻，長在播中留芳迹。勿剪勿伐蔽芾枝，没世不諼比召伯。一仁一義道則同，棠乎櫻乎亦何擇。

半隱集　安政丙辰

余習隱北山已久，今茲春乞致仕爲真隱，不允，然許細事委參佐，大事仍自爲之。於是，家政亦悉委兒格，公私之事頗省，因稱半隱士，有作

廉讓中間且卜居，菟裘天賜佳山水。祇慚魏闕迹猶通，自稱拙堂半隱士。

丙辰新歲作

依然故我又逢春，空作二頭六十人。坐對梅花多自愧，一年年報一年新。

謝安對弈圖

後陶謝，陶勝謝。東籬傲霜晚節香，彼哉靈運非其亞。前謝陶，謝勝陶。士行不終勤王志，半生徒費運甓勞。安石高踏養遠志，却與後陶同風致。東山久繫蒼生望，一出果然廟堂器。忽遇江淮漲妖氛，北墅坐隱思不群。不似前陶惡賭蒲，一局打破百萬軍。

議論奇創，不拾人唾餘。

名花三十咏

玉蘭花

東風吹始熟，芳事漸將開。香動雕欄外，高擎碧玉來。

杏花

梅花是前輩，後侶有桃花。中間占地步，清艷別成家。

桃花

人間見仙種，來自武陵溪。一遭漁父識，林下蹈成蹊。

李花 舊作刪改

崇桃纔炫晝，積李皓夜明。荊公豈欺我，四字是名評。

櫻花

暖雪薰天地，花中無上尊。移栽不逾海，信是大和魂。

梨花 舊作

春風一團雪，照夜不模糊。月到玉階上，清輝淡欲無。

牡丹

君王帶笑看，相見不相羞。富貴天所賦，花心豈有求。

海棠 舊作刪改

蜀土偏尊重，稱花不斥名。少陵豈無句，花重錦官城。

棣棠

風吹枝嫋嫋，春老嫩黃深。櫻花銀世界，點破滿叢金。

芍藥

東君方促駕，林苑歇芳卉。名花獨晚成，一出壓春尾。

僕欲換壓作掉，以承歇字，公恐嫌纖巧

杜鵑花

杜宇啼吐血，餘紅灑入花。劃斷青山色，巖腰疊彩霞。

藤花

南風吹若若，紫綬露香凝。日域名尤重，相門姓是藤。

薔薇

紅艷應無比，美人相見羞。若論顏色美，芍藥亦低頭。

花見羞，翻案妙。

酴醾

朵疊雪層層，薰風香撲鼻。芒刺人多憚，吾還覺嫵媚。

寓意深眇

虞美人草

猶想帳中舞，紅裙學蝶輕。誰識一朝死，能爲千歳生。

燕子花

輕盈漢宮美，亭立是耶非。忽被薰風觸，差池舞欲飛。

紫薇花

衆艶衒顔色，春來幾番風。皆是暫時耳，何如百日紅。

蓮花

有斐花君子，泥涂涅不緇。何論香色美，浄植是吾師。

凌霄花

西園曾入畫，坡谷共徘徊。雖附長松勢，清風灑頂來。

牽牛花

身猶披碧霞，露底淚痕多。野人籬落曉，憶昨渡天河。

桂花

花花吐金粟，風外猛香吹。豈特人間世，月娥天上知。

秋海棠

顏色慘猶美，淒然露氣繁。秋風吹醉夢，呼返馬嵬魂。

秋葵花

的歷吐金蕊，傾心向大陽。天意獨何薄，無端下凛霜。

菊花

百卉怯青女，懍乎頭盡垂。唯君腰不折，冷笑立東籬。

木芙蓉

胭脂深入肌，麗影映寒池。誰思凛霜底，綽約弄春姿。

茶梅

冬天雪猶未，一白亞枝新。不待江南信，幽芳報小春。

山茶

北風苞始解，凝艷及東風。竟非山中物，高照殿閣紅。

水仙花

顏色美如玉，中心有精金。梅菊同臭味，歲寒盟可尋。

寒菊

猶是東籬色，風姿自一家。更求歲寒友，晚出伴梅花。

梅花

百花頭上發，臘底挽回春。冰雪玉成汝，生來幾苦辛。

題畫

繞屋寒巖古木，對門流水小橋。胸中衹有邱壑，脚底曾無市朝。
春風門外垂柳，碧水陂邊睡鷗。坐有樽臥有枕，幽人此外何求。
不減涪翁。

午睡

花落鳥啼人迹稀，枕頭眠熟寂柴扉。紛紛蟻垤夢中客，那識閑窗蝴蝶飛。

送三島遠叔歸備中

螢雪三年業就歸，一帆春色向黄薇。天涯始慰倚閭望，花下東風吹彩衣。

楊柳枝

煙裊雨搓絲漸垂，玉欄干外試腰肢。待春多少園中樹，先受東風獨是枝。
嫩陰未見紫騮來，日上三竿眠幾回。忽被鶯兒呼喚醒，欣然青眼向人開。

浄明院湛堂和尚謝交游，屏居三十年矣，頃者聞余西歸，次東厓翁舊題七律詩韻見贈，疊和以答

東厓『宿浄明院』詩云：浄明竇刹繼南宗，淺塢長林穿幾重。未解人生如夢幻，每逢佳境且從容。峽雲催雨僧歸院，海日沈波鳥宿松。領略神州山水勝，上方一夜聽清鐘。

杜門却掃苦求宗，打破玄關已幾重。久闊不聞新偈頌，故交猶憶舊音容。禪心相印空中月，法臘足徵階上松。忽有高吟來警發，惺惺恰似聽晨鐘。

不料東厓有如此佳作。

豐太閤裂封删歌

手扯册書爆然裂，怒髮衝冠語壯烈。來欲臣我太無禮，奉天承運彼何物。日域萬古有天皇，上下守分誰稱王。稱王與否何關汝，吾且徂征帝汝邦。汝據帝位不相避，君臣

執迷昏昏醉。我有貔貅百萬兵，一舉往覺鼠輩睡。君不聞中國天子豈天人，漢祖唐宗出臣民。英雄唾罵孱主使，曾有蒙古鐵木真。

題觀音大士像

碧流映趺坐，楊柳一溪煙。問佛何心性，真如月在天。

□□□□

詩酒賞春□日恬，爛然香雪壓茅檐。吟情更等枝頭月，坐到黄昏不下簾。

三月十二日，大駕重臨山莊，恭賦一律以獻

鶴駕飄然遠出城，桑麻深處攝衣迎。平生泉石獨聊樂，今日鶯花同被榮。夏屋常嘗易牙味，寒厨却飽亥唐羹。天公唯是多供給，滿壑風煙放好晴。

首夏山房即事

緑陰深處儘閑眠，恰是清和四月天。身似野僧居似寺，山如太古日如年。養痾更釀煙霞疾，謝事却操風月權。莫謂幽棲無急務，栽花移石擇清便。

幽居養病足清娛，不妨世人呼作愚。花落鳥啼摩詰句，水明山潤米顛圖。利途奔走爾爲爾，空谷寤歌吾忘吾。唯有君恩難决絶，扁舟猶未泛江湖。

想見其境。

校：養病一作養老，不妨一作一任，唯有一作祇有。

睡起

緑濕園林天未晴，莓苔隨意上階生。家童喚醒先生睡，滿屋茶聲雜雨聲。

採茶詞

口口口口口酒肉，又將香茗解食毒。揀取鷹爪雀舌口，口口口口口口口。何知村婦采焙勞，辛苦祇計養口腹。滿顔飛口不暇梳，猶恐一家飯不足。飯且不足何須茶，賣與他人消飲食。

方今萩藩人材彬彬，振興庶政，坪井顔山其一也，州人近藤芳樹來談其爲人，索余贈篇，余乃賦一絶以寄之

雄藩美政入謳歌，觀國諸賓聽奈何。不怪霈然時雨下，由來大澤足龍蛇。

萬壑松濤圖

風入萬松溪壑號，耳塵浄盡聽無囂。山亭坐作泛湖想，滿目蒼然漲緑濤。

山房雨景

滿天風雨下平蕪，入眼雲煙有乍無。遠巒近樹分濃淡，描成一幅米家圖。

暑中閑咏

赫赫炎曦影，清風何太慳。不堪迎俗客，祇好鎖柴關。拔劍看秋水，披圖對碧山。人間三伏熱，何敵一心閑。

扇上竹

墨痕半濕緑漪漪，恍見淇園有斐姿。已有故人來入座，清風一掬掌中吹。

六月廿日口口口觀蓮會

都門曾謝病，歸休口口口。種藕三百本，準擬製荷衣。南風襲水面，菡萏出緑池。素蘤吐玉雪，紅葩披錦緋。清曉看尤好，粲然映旭輝。人徒悦顔色，苦心曾不知。何唯比君子，又有隱逸姿。所以白蓮社，彭澤亦追隨。今日池上會，坐雜素與緇。祇許碧筒飲，不著碧玉姬。挹取清風味，東籬同心期。

濱田氏護身刀歌，爲長崎曾乾堂

赤嵌城郭映碧瀾，峨艦大炮擁海門。紅毛夷賊來盤據，宛如長蛇當途蟠。掠我船舶奪我貨，逐我甲螺置蠻官。兇威洶洶震海島，商旅盡嘆行路難。鎮西勇士濱田氏，慨然上稟雪國恥。我甲在心何借兵，親隨唯有弟與子。懷中匕首不盈尺，單舸泛洋入不測。何畏彼炮如巨鐘，一呼奮進靡衆敵。入穴擒虎如孤豚，手扼其吭拍其肩。拔刀擬之責其罪，汝何爲者何敢然。蠻酋哀鳴乞饒命，重質倍償從指令。連艦如城貨如山，萬里歸報一府慶。君不聞劫齊刺秦同一情，荊卿不成曹沫成。不成猶可成更好，於沫有光濱田名。曾生寄示八寸鐵，當時劫虜此是物。匣裏虎眠二百年，使人見之猶震慄。嗚呼！日本刀，日本魂，今有其刀無其人。安得起□□□九泉下，往批横海萬尺鱗。

爲人題鳴鷄圖

容頭默默且過身，能比鳴鷄有幾人。縱使滿天風雨晦，喈喈猶是報時晨。

論詩

平遠山川王孟句，樓臺金碧玉溪詩。欲知韓杜別裁處，泰華崚嶒天外奇。

諸篇不求新奇而新奇，不期刻劃而刻劃，猶吹萬不同，調調刁刁。

丁巳閏五月　　旭莊廣瀨某僭批

鐵研齋詩存　卷十

澡泉餘草

丙辰八月，余養病，將浴但馬城崎温泉，廿二日發津，憩擲筆山下，賦示井上生

入眼風煙慰病軀，疏松瘦石一名區。俗工擲筆亦何怪，此是南宗水墨圖。

鷹羽雲淙曰：畫品之分南北，詩亦有類之者，吾兄詩兩兼有之，大家無所不爲也。藤森弘菴曰：尤物之不入俗眼也，尚矣，豈止山水哉，讀之慨然。

廿四日到京，親眷高畑邸監父子及門生山中子文、家里誠懸、小畑元瑞、兵藤泰順等出迎於都門外

肩輿幾驛涉風塵，纔入都門便解顰。不識此身仍作客，逢迎多是故鄉人。

雲淙曰：唐人句「都門逢舊喜洋洋」可以爲此詩題目。旭莊曰：喜可知。弘菴曰：佳處在一真字。

廿九日，過大阪，後藤松陰父子邀余及井上生泛舟於無戻川，

同游者篠崎公槩、月性師、靄山畫史，拈韻賦即事

萬井煙中一境幽，清川把酒坐輕舟。醉顔羞對堤林色，烏桕青青未感秋。

松陰曰：伏乞浄寫見寄一通。誠懸曰：自樂天醉中對紅葉詩翻案來妙。

廣吉甫邀飲，有詩見贈，次韻答謝

丙辰九月拙堂翁來訪，見示其稿，題一律返之，曰：滿卷珠璣照眼明，欽君老筆益縱橫。文除陳語世皆服，詩有別才人更驚。紅葉今題相見句，碧雲曾咏索居情。秋風白髮書燈下，愧我經綸叢未成。

廣瀬謙再拜

緩酌論文銀燭明，不知頭上已參横。筆端抉隱鬼應泣，口角吐奇天亦驚。筆端，舊作長篇；口角，舊作片語。愁淚共談當世事，衰顔相吊故交情。憐君才學少人識，滿腹經綸空老成。

龍伯人曰：次韻迴勝。松陰曰：長篇等語更切旭莊。旭莊曰：奬揚過情，豈敢當乎。弘菴曰：不謂浪華儒者亦有若人。所謂其稿者，指何稿歟。

僧月性憤外夷猖狂，慷慨論兵，緇徒中有此差强人意，賦此爲贈

意氣慨然方外雄，指揮鐵杖打旋風。古今同一勤王志，月性前身是月空。明嘉靖中，僧

月空防寇死之。見『日知録』。
旭莊曰：好湊合。弘菴曰：月性真奇僧，詩亦稱之。

九月四日重謁楠中將墓十韻

南柯兆聖夢，乃獲巨川材。西日暫沈没，東隅忽挽回。君王志俄滿，彼婦口方開。阿犖圖叛逆，扶蘇蒙忌猜。鳥纔啄魚斃，虎更進狼來。碧血灑無處，丹心死未灰。七生身欲百，敵愾掃凶埃。三世心如一，貽謀殲賊魁。綱常長有植，忠孝衆相推。墮涙碑猶在，行人爲低徊。
中内五惇曰：典重稱題，洵爲合作。松陰曰：阿犖、扶蘇用典的切。又曰：通篇正正堂堂。旭莊曰：精緻。弘菴曰：長律遒勁，無一懈筆，非富腹笥、老文章者不能也，敬服。碧血、丹心一聯尤見警拔。

曾根松

北野一夜千株松，身後靈異仰菅公。誰知西征播海上，生前手植更鬱葱。風霜凌虐已千祀，一片貞心長不死。峻嶒枯骨據巉巖，猶傳勁節到孫子。攫拏亦作龍蛇姿，應有白鶴歸來時。往事不須煩問鶴，公之偉迹人皆知。

高砂井澤氏邀余留飲，遂宿其家

播西回首故天遥，一飲憑君恨盡消。醉耳不驚窗外雨，任他檐滴撲芭蕉。

松陰曰：醉中佳境以翻案出之，殊新妙。

重陽雨中辭姬路，河原士栗自赤穗來訪，阻水不及，賦此留贈

滿城風雨屬重陽，且把萸杯寬客腸。祇恨故人期不至，悵然獨自上河梁。

旭莊曰：情致纏綿，淺抹深透。松陰曰：結亦翻案新妙。魯直曰：廿八字不假雕琢，自然佳作，唐人唐人。

但馬道中

水送山迎入但州，轎簾捲盡咏清秋。雲溪圖裏行三日，又上瀟湘圖裏舟。

弘菴曰：亦佳。梁星巖曰：清新可喜。

題玄武洞 洞在城崎湯島東南，石盡六稜，間有成八稜者，奇甚。柴栗山來游，名曰玄武洞

洞天鍾靈氣，醜石多六稜。即是老陰數，易理有明徵。列柱支洞屋，衆頑積百層。屋壁亦稜疊，磷磷石髓凝。拆裂成龜殼，尖角類老菱。應無觚哉嘆，廉隅自足稱。飛瀑

灑其頂，泠然垂寒冰。凛乎不可止，欹巖勢欲崩。神仙何慳吝，弄巧獨自矜。僻在荒海上，未有一人曾。栗翁來擿秘，名士眼不瞢。字之曰玄武，名聲始漸騰。吾來攬奇狀，刻畫力難能。吾當戒饒舌，恐受神仙憎。

旭莊曰：奇險，寫出如睹。雲淙曰：拆裂成龜殼，豈其所以名玄武乎。伯人曰：有此奇境故有此奇詩。雲淙曰：造構奇峭，俊句疊出，不獨觚哉、廉隅二句也。卷中古體之最可誦者。五惇曰：險韻押得妥貼，有韓昌黎之風。弘菴曰：刻畫巉巖，驅使險韻，縱横馳騁，無一窘步，得蘇家三昧。

城崎温泉

攣者伸兮躄者起，百疾愈兮三蟲死。但泉由來冠扶桑，香川太仲『藥選』稱但泉爲海内第一。患者勿藥亦有喜。吾來澡浴不盈旬，小腹融和動悸已。泉上風概又可玩，丹山碧水清且美。翻釀風流膏肓疾，幾日留連煙霞裏。

五惇曰：突然而來。弘菴曰：此翁煙霞疾恐不始於此時也。蓋一疾方去，一疾更長者耶。魯直曰：老杜再來。五惇曰：反跌作結，甚妙。

題殘夜水明樓　樓在城崎川上，前對山嶺，亦爲佳境。柴栗山嘗來訪，命名作記，書壁板，詩句勒碑在樓前

栗翁遺迹此來尋，碧嶺澄川高且深。人是扶桑一坡老，地非吴會亦山陰。茂林修竹無南北，無南北舊作各天地。星巖云：各天地未瑩。再三思之，不得可易之語，謙乃改作無南北，然未知可否。月白風清同古今。看到江樓水明處，殘宵一刻亦千金。七八，一作始信少陵詩句好，江樓殘夜直千金。松陰曰：改似勝。

雲淙曰：山陰句承以茂林修竹，下又接以月白風清，至於篇末顧題，結以杜蘇詩典拍合，雖如可喜，恐非老成人之所喜。五惇曰：頷聯跌宕，頸聯清麗。弘菴曰：對法靈活。

十三夜，滴翠生邀余及井上、小川兩生飲於水明樓

江樓風槪山陰美，柴子文章天下才。人地相得名始顯，長教我輩續續來。我來正逢繼華節，地主相邀盛宴設。其奈黄昏陰雲覆，中天黯澹欠明月。壁間祇有奎壁懸，前修題咏粲羅列。除栗翁外有小竹諸人詩。一觴一讀聊慰思，頻頻添酒見燭跋。忽然高欄迸輝光，驚起捲簾喜欲狂。層雲解駁大月出，江山一白引興長。杜老名句親咀嚼，始知此樓得名確。昌黎滕閣避三王，况我么麽口當默。祇將酩酊賞清秋，賓主洗盞更獻酬。月落酒波瀲灩底，殘夜乃看水明樓。

松陰曰：奇想。五惇曰：以酒爲水，匪夷所思。雲淙曰：通篇直叙，雖少曲折，亦無所間然，但結

局殘夜句，比之前篇差覺不及耳。魯直曰：想見百東坡。

浴沂風咏樓　樓在小林屋，余所寄寓，因爲命名，書扁揭之，附以一絶

嶺樹經霜披錦緋，人猶日夕著單衣。温湯坐了心神暢，秋晚如春風咏歸。

誠懸曰：真是城崎詩，不可移他處。魯直曰：第二爲結句伏案，單衣即春服。

坐花醉月樓　樓在川口屋，因主人之請，命名書扁附以一絶

坐花醉月豈唯春，四季有花又有月。芳樽一酌苾芬香，瀲灎波光照鬢髮。

玉壺買春樓　樓在九日屋，亦因主人之請命之，附以一絶

莫謂天涯如比鄰，登高時節最酸辛。遠人忘却三秋恨，此處玉壺猶貯春。

誠懸曰：作「遠游能忘三秋恨，唯有壺中浮玉春」何如。正格曰：誠懸之改纖巧，非大家面目，不可從。

雪花春　播但間酒甜，余甚苦之，及到城崎，嘗莊村氏之釀，頗烈，適口，乃爲主人撰此名，附以一絶並書與之

聖賢迹邈然，軟媚人多喜。何意風塵中，忽逢英烈士。

十九日辭湯島，心齋、縑洲諸人命舟，送到豐岡告別

幾日共爲湯島游，追隨復此暫同舟。新知亦作舊知想，醉別低徊蘆荻洲。

伯人曰：聞梅墩有詩云「莫言一坐皆生客，纔過三杯即故人」，亦此意。

豐岡和田普樂餉初鮭，詩以謝之

幾年耳食北溟美，每夏口嘗南海鮮。今日始逢頭鱖味，飄蓬暫忘異鄉天。

雲淙曰：南海鮮即葛魚，頭鱖雖美，蓋非匹也。詩中始逢、暫忘等語賞亦似不太深。弘菴曰：第二句欠煉，且飄蓬異鄉語恐非君此游之況，請再思。伯人曰：弘菴評確。

題出石井上氏梅花泉

泉涌梅林下，入池湛有光。銅瓶汲花影，一飲肺腸香。

誠懸曰：瀟灑清婉，一讀亦覺肺腸香。

過宗鏡寺　寺在出石城北，結構偉麗，地又富風煙

鞋襪偶經過，精藍高倚山。來看紅葉好，踐破碧苔斑。泉迸堂檐角，雲生床榻間。老僧茶一點，頓使客心閑。

廿二日，舟中望天橋，此日雨

神斧斫斷地天通，長梯墮在滄海中。松被梯身作鱗鬣，蜿蜒臥波萬丈龍。截海爲湖三

十里，波光瀲灩媚遠空。客舟宛如游山舫，峰巒圍繞分淡濃。晴天眺望本應好，陰雨亦是奇不窮。松洲缺處雙眦裂，指點虛無是仙蹤。浦島仙子肩可拍，一櫂泠然御長風。西湖堤橋本人造，白傅蘇公枉費功。何若神設與鬼造，天然布置匠心工。

旭莊曰：起得雄拔。五惇曰：奇想奇筆寫盡天橋之勝，自有天橋以來未有此詩也。弘菴曰：落想奇甚，如此起來亦是蘇法。五惇曰：筆下亦有仙氣。旭莊曰：人造、神斧顧應有法。雲涼曰：此亦七古佳篇。晴天陰雨句，似襲東坡西湖絶句者，蓋天氣陰晴、風景境致眞自相同，雖欲不襲，想當別無佳構耳。伯人曰：「口角吐奇天亦驚」可移評此詩。

廿三日，但州尾古思道從余問文法，相送三宿，到大江山下告別，賦此爲贈

欲別更勸酒，苦謝遠相隨。天橋同攬勝，鬼谷共搜奇。問余文章法，此中君自知。莫厭歸途險，山水有餘師。

旭莊曰：佳對。弘菴曰：天橋、鬼谷天然奇對，而有之久矣，今被君搜剔出來，人始見其奇。松陰曰：世自有餘師，當面錯過者多。

廿五日舟下嵐峽

龜山城下纔放舟，忽失雲間五層樓。峽束奔川波騰躍，目眩心悸下急流。操櫂縱橫使槍似，亂刺石角舟自由。石屏幾折難記數，武夷九曲何足儔。一餉卅里出絕險，嵐山楓柏入雙眸。舟行漸緩吟懷穩，舟子閑暇發櫂謳。俄到彼岸恨太速，却向峽中坐回頭。啼猿立鶴山水際，曾入麗藻輝千秋。愧我奇勝等閑過，遥想延喜舊風流。

五惇曰：操櫂使槍，吾輩或能比擬之，但其筆力不能如此。松陰曰：此等不可無柳州游記。弘菴曰：操櫂似使槍，形容得妙。文郁曰：一韻中複押同字，妥否。下急流三字作不暫留何如。又曰：此篇寫舟行之狀至「却向峽中坐回頭」句，詩意既完，啼猿以下一段是餘波，其脉自楓柏來。愧我二句照映上段，總收全篇。五惇曰：流字前後異義，故不妨重叶，唐宋人多有此例。正格曰：古詩一韻中重押同字，義不異者亦有之。

十月三日雨中，中村水竹、瀨尾士奐邀余及星巖夫妻飲三樹樓

豪竹哀絲客耳驚，美人不識老人情。遶檐琴筑閑相適，歌吹海中聽雨聲。

松陰曰：奇巧，化陳爲新。弘菴曰：翻案妙甚。

校：『文久廿六家絕句』題作『雨中妓飲』。客耳驚作小錦城。

宿山中子文寓居，同月性及秋良某

雨添灘響徹宵喧，客夢始醒憑竹欄。指示米顛難畫處，東山曉色揭簾看。

魯直曰：此夕僧月性拔刀起舞，滿堂爲之肅然。直贈絶句云：風雨樓頭燭淚堆，此處今夜是離杯。從他醉拔王郎劍，驚殺莫愁歌莫哀。

題桂屋山人畫　桂屋通稱下田重次郎，姫路人

盤礴吮毫心自閑，深尋畫理到荊關。墨痕蒼潤拭人目，不作京華明媚山。

魯直曰：不知桂屋亦有此伎倆否，贈鐵石山人則確。

京尹龍野侯招飲，垂示詩稿，且談及海寇，辱下問，賦此以獻

潭潭府裏遇招延，聽受狂言膝數前。潞國風流開雅宴，洛陽山水握詩權。一心養得多閑暇，萬事裁來盡靜便。近歳海關風浪惡，又須横槊賦雄篇。

正格曰：文潞公以使相鎮洛陽，爲耆英會。龍野侯地位略相近，家翁用典甚爲精切。

誠懸與其社友邀余，集於其居，又請家長、池内二老友來會焉，喜而有作

從游汝尤久，今去住京華。厨下日炊玉，筆端能發花。相逢倶話舊，一醉似歸家。更喜多良友，門留長者車。

正格曰：誠懸遷住都下，薪桂炊玉，意應多事，而其業益勤，其技益進，家翁所以有此褒詞也。又曰：家翁視誠懸猶如子，故其語懇懇。如此一聯不求的對，真情流出，唐人往往有此體。星巖曰：合作。誠懸曰：衡蒙先生愛眷久矣，而碌碌無成，能無愧於心哉。

八日，栂尾看楓，同游者星巖夫妻以下五十餘人

佳景羞無詩可酬，滿溪錦纈倩誰收。憑欄唯誦唐賢句，紅葉青山水急流。

誠懸曰：頃日，江户鷲津監寄示近詩『海晏寺看楓』一絶，後半云「忽然憶起唐賢句，紅葉青山水急流」，與尊作暗合，可謂奇矣；然不如尊作高妙的切，地景萬萬。

同前示星巖夫妻

曾問梅花泝月湍，和鳴雙鶴立高寒。今秋同賞梅山錦，纈出鴛鴦復入看。『空華集』等書稱，梅尾爲梅山。蓋謂梅爲木母，木母即梅字。

雲淙曰：梅楓鶴鴛，相映成趣。匹禽雖老猶有文采，其丰標亦可想。五惇曰：兩事湊合甚巧，亦是先生慣家法。魯直曰：幽婉絶妙，先生亦有此艷筆，使魯直輩無面皮誇人，讀此憮然。

同前聯句

醉脚蹣跚攀磴登，滿山霜葉夕陽蒸（月性）。紅羅壞帛影撩亂（星巖），僧愛美人吾愛僧

（拙堂）。

十一日，通天橋留別水竹、月性、子文、誠懸、士奐等，次水竹韻

君輩向西吾向東，各身雖隔各心通。三杯別酒人猶醒，輸與溪楓顔色紅。

弘菴曰：猶醒作難醉何如。

伏見越智仙心贈余軟枕，係以兩句云「一片青山高枕外，先生不肯夢黄粱」，似知余心事者，賦此爲謝

世上紛紜歲月忙，借君一枕入仙鄉。邯鄲客夢須臾事，願學華山長睡方。

五惇曰：轉結襯映妙甚。弘菴曰：高人一等矣。星巖曰：卷中第一佳絶。

校：『文久廿六家絶句』伏見作伏水，仙心作高崧，不肯作不復。

井上君輿爲但州出石人，從游經年，因贊成此行，爲余先導，及歸，復送到津，余乃置酒勞之

扁舟導到北溟濱，鞋襪還來復問津。西道主人今作客，莫辭東道一杯醇。

但游五旬餘，多涉生境，不可無文以紀之，而老懶乘之，意厭執筆構思，姑編次游中所得之詩，各附小引，以代紀行，然皆屬客中匆卒之作，不足示人，聊以自娯耳。

丙辰陽復月　拙堂老人識

先生官暇所游，乃詩之文之，向有月瀨、蘇水等記，今又有此編，其愛泉石可謂篤矣。聞先生方有縣車之志，果然，其縱游名山，益有所紀述，可刮目而俟也。

丙辰嘉平月　門人家里衡僭評

聞先生之還，所司代脇坂公招先生開盛宴，而此游草無一語及之，何也。游草以小引代游記，不使讀者厭心。謙曰：獻脇坂公詩今既補之，游記終不能補，老懶可慚。

丁巳暮春　辱弟後藤機醉批

昔歲君之應辟也，人或疑其有所求。既而謝病歸，於今三年，人有寖服其高者矣。蘇子瞻曰：士大夫以才能論議取合於一時可也，使人於數年之後徐觀其所爲，心服而無異議，我亦無愧難矣。君之謂也。今閲此卷，邱壑之想傾注其口角，煙霞之氣繚繞其筆端，是豈一朝矯情者之所能爲哉，實因養志之有素耳。然則初疑之者過也，何俟三年而後知其高。覩了有所感，乃書其末。

丁巳遯月閲於津城客舍　　　辱交藤森大雅識

予衰老多病，屏居不能出門，加以詩情日減，不復能吐一奇語也。有終少予數歲，乃能被襆遠游，探討名區，而其筆益健，可畏可羨耳。

星巖梁孟緯妄評

先生此行，世大偶臥病，不能陪游，以爲遺恨。今得斯編而讀之，當日情景奕奕如睹，亦可以自慰，而使人想像益殷，則其恨終不可慰耳。

丁巳正月　　　平安巽世大拜識

丁巳正月十日達自野田兄即日拜閲。

鷲津監妄評

先生胸中本無塵土，今又澡之以溫湯，宜其筆力清健，辭氣渾融，無艱難勞苦之態也。一讀之下令人愈頭風。

丁巳清和月　　中内惇僭批

水德廣大不可測，四通舟船漑田洫。青山又有幾溫泉，能爲生靈療百疾。但泉奇效第一泉，鐵研文章第一人。洗去當今浮蕩病，筆力挽回六代春。憂痾久抱丘壑志，尋泉遠入白雲地。治病亦是如治民，先生爲國須自愛。先生之德水泱泱，天風晞髮倚扶桑。

龍維孝拜草

拙堂，余四十年故人也。余悉其平生，其學問、文章、吏事、學政有百巧而無一拙。自號曰拙者，則巧者而後自遜稱耳。余之於拙堂爲長者，唯年僅一歲，而視拙堂如兄、如師，今其年亦共老矣。慨然曰：均之文人也，悠悠一生，徒有莫吾猶人之志，而獨使拙堂成名。慚憤之餘，遂欲求其一事之拙而痛譏之。私謂：詩，吾專藝也，而天下老於詩者，今無復幾人，拙堂於是得不終讓我一長耶。

適拙堂寄詩一卷，曰：近游但馬，浴城崎温泉，此其客中作，刻公諸世，願聞子評。余喜曰：此我正取威定霸之秋也。拭目讀之，初遇一二佳詩，曰佳則佳矣，此猶可旗鼓相當也。既而麗篇出，奇句來，譬如坐舟而行，一里而花村，又一二里而柳塘、竹汀，景境風致，亦自不乏。至讀其『但馬道中』七絶「雪溪圖裏行三日，又上瀟湘圖裹舟」句，曰：好句也。即亦卷中諸詩之好品題也。遂讀至『玄武洞』五古，曰：此亦稍可人意。再讀曰：合作也。三四讀曰：了無一字可譏，我不能及也焉。昔者唐六如以學術文章、書畫風流自高同時，視文衡山卑在己下，不特其年齒之少於己也。及後深知衡山，乃歎曰：徵仲學術文章，我不及之遠矣，向之言，我謬爾；但其書與畫，則徵仲雖工，我不許其終出寅右也。夫六如之才識，知人知己，雖終能屈下衡山，猶有二長，而不肯皆下之。擬諸我與拙堂，我固遠不及六如，而衡山反不得如拙堂之優在我上也。余斯言傲耶，諛耶，謔耶，真耶，世之論拙堂詩者，其必有定矣。

丁巳八月　雲淙退士鷹羽龍年題

續澡泉餘草

丁巳九月十一日，泝揖斐川到大垣，野村、牧田、井田諸子出迎於水門外 水門在大垣城南五十町，規制壯大，每雨潦漲輒閉，以拒外水入屋，上即作橋梁，容人馬往來

舟泝長流櫓響喧，故人迎處水煙昏。晚天忽現晴虹影，複道行空是水門。

野村煥曰：此日煥迎先生於水門外，有詩，録於此：「相迎數里下晴川，幾度回頭望晚天。鴉軋櫓聲水煙外，定知那是載君船。」中内惇曰：開卷第一首早已洗吾眼。

大垣參政小原栗卿請余删潤文詩，間詢經濟之術，郵筒往來已久矣，因勸此行，始得相識面，席上賦贈

結交年欲廿，文字豈無神。已是知心熟，何論識面新。人皆口擊賊，君獨手援民。今日一堂飲，笑談情更親。

惇曰：後聯警拔。

細香女史著名文苑久矣，余相識殆二十年，今游屢相逢，言及

國事，所謂嫠不恤其緯，宗國是憂者歟，賦一絶以贈之

管姬墨竹蔡姬文，久向詞壇立偉勛。更有慨然憂國語，古來閨秀孰如君。

煥曰：先生嘗謂煥曰：子國有婦人焉，一人而已。此雖一時之戲言，可以知細香其人矣。

十三夜正學寺集

千古繼華存典型，禪房相遇醉魂馨。波光月影長如此，酒在杯樽水在瓶。

十五日吊關原古戰場

庚子之戰實爲九月十五日，故余以此日與大垣諸士大夫往游焉

神龍間出毒蛇躍，呼使雲雨乾坤黑。滿廷不言石顯姦，坐使敬塘反上國。飛檄告變細柳營，逖矣西人願從征。盡道彈丸黑子置度外，旋師先誅當路狼。青野洋洋貔貅列，何物螳螂當車轍。曾無白帝拔山力，奔北輿屍滿原血。當時藩祖勳最茂，臣良勝獻頭番首。十五日拂曉，藤堂新七郎良勝，擊獲石田軍吏大野喜兵衛，獻首於幕下，實爲當日第一級。高刑妙年獲敵良，藤堂仁右衛門高刑年十九，獲大谷氏驍將湯淺五助。良政鬪死敵遂走。藤堂玄蕃允良政，與島左近之子新吉相搏而死，其隸山岸岩之助擊殺新吉。事並詳世史。慶長年距將三百，今游月日同古昔。憑吊往迹感念深，事如前日猶赫赫。君不見源平南北幾百

年，始披雲霧見青天。到今四海無逆浪，百川分派仰一源。當時哲相有言確，一雨洗兵土壤堅。本多正信云：石田之亂，鄙諺所謂雨降地膠者也。古來以爲知言。余嘗作『青野行』，得前後數解未能成篇。今游親涉其境，更加中二解，其他頗改删，竟成之。惇曰：起得雄偉。煥曰：此日煥陪杖履，縱覽戰場，欲賦一詩，先生大作先成，煥遂擱筆。

十七日小原氏鐵心居雅集，是日來會者除藩人士外，緇流有雪爪、霞山、大夢，閨秀有細香，畫師有杏村、訥齋

評詩讀畫酒杯傾，緇素相逢如弟兄。何恨庭梅花尚未，一堂已作歲寒盟。栗卿酷愛梅，庭植數十株，故名鐵心居，余嘗爲作記。

十八日，將赴養老，宿高田栢淵氏，庭有丹楓樹

歡然亦此共飛觴，美酒相留潤客腸。耳熱揭簾明月下，庭楓相對醉秋霜。

十九日，觀養老瀑布

雷聲震山壑，飛雪漲晴空。仰看一條布，摇曳下碧峰。知是織女杼，脱手落天宮。天紳幾百尺，不受人裁縫。維昔女堯舜，東巡會萬邦。游豫來駐駕，飲泉美且濃。改元曰養老，帝澤及老農。人間幾世變，地尚留靈蹤。老我來一飲，心醉醇古風。庶幾躋

仁壽，貴賤將無同。
惇曰：形容妙，瀑布更加一層壯觀。

與兒格及野村、牧田、井田、岡崎諸人入瀑底澡浴焉

去年始坐但馬泉，今年又澡美濃瀑。一温一冷各相宜，滌盡客身塵萬斛。
煥曰：此日煥先導，入瀑底，諸同人繼澡。今讀此詩，猶覺滿身生粟。

宿千歲樓

枕席終宵宿白雲，曉來爽氣醒閑眠。起鈎簾箔海山際，縹緲高樓坐欲仙。

自養老還，過横曾根，安田彥八邀飲其居

茶人邀酒客，半日此清游。酒茶皆有趣，杯碗共消愁。近水氣偏爽，對山心更悠。主賓相得悦，醉醒各風流。
煥曰：安田彥八雖不解飲，性洒落愛客，「主賓相得悦」句非虚言。

彥八命舟，送諸同人到大垣

一條水路入城遥，篷底酣歌破寂寥。半夜鐘聲城外寺，漁燈明處定楓橋。

贈雪爪上人，言將結夏黄薇，又言將卓錫北越

詩酒風流錦繡胸，文壇十日數相逢。他時相憶何邊覓，鴻爪雪泥無定蹤。

二十一日登勝山 庚子之役大軍札營處，故獲此名

東師嘗此集同盟，誅盡鯨鯢奏太平。認得當年獻功處，松風猶作凱歌聲。

赤坂客館謁大垣侯，侯手賜馬鞍，朱提副焉，且諭曰：我臣隷受卿獎勵多矣，聊以爲謝。余何人，非所敢當也，賦此奉謝

一言華衮褒，賁然蒙鄙躬。君自獲多士，余何有寸功。伏櫪身雖老，據鞍心尚雄。願無負茲賜，跨馬攘洋戎。

惇曰：頸聯沈雄。

二十二日到加納，里正三宅佐平嘗游我門，邀宿其家，留三日。庭有大樅樹，主人請名其亭，乃爲命之，曰老緑軒

老緑陰中酌碧霞，醉醺日日眼過花。甘眠忘却身爲客，一樹良緣即作家。

游岐阜

山迴水繞好家居，右府經營已作墟。可惜兒孫缺堂構，如茲形勝付樵漁。

笠松驛別大夢、春濤、訥齋，題訥齋所作秋江話別圖

雁聲悲，水聲咽，殘柳衰蒲秋蕭瑟。悵然告別話不休，篙夫相促舟纔發。幾度回頭水煙中，岸上人影看相失。

煥曰：煥送先生至加納驛而奉別，歸途有作，今録於此：今渡津頭酒方醒，水聲嗚咽故淙淙。亦知明日笠松驛，送去行舟是此江。龍維孝曰：輕妙。惇曰：簡淡清爽，有情有色。

尾張奥田季清、美濃松井敬卿送余舟行到桑名

一帆秋色極天晴，酔晤篷窗㷀舊盟。却恨順流舟去疾，雲間已認九華城。

惇曰：絶句佳境。

已歸郷，作書謝鐵心参政兼餉文武春 余平生所飲之酒，吾勢黒部飯田氏之醸

謝君款待意尤深，樽酒餉君供一斟。氣烈味醇文與武，請君嘗此識吾心。

客歳，余養病浴但泉，得愈。今秋舊疾復動，又乞暇游美濃，請江馬氏之治。因旁探其名勝，亦澡養老瀑泉。已歸，録所得諸篇，以續昨游之編。

安政四年冬十月　　　　拙堂半隱士謙識

既浴但泉，又澡濃瀑。洗滌數番，雖俗埃滿腔猶可一掃，況乎在先生光風霽月胸襟，固不待洗滌而又屢經洗滌，靈心妙腕益以清明，故此什之簡浄俊潔無足疑者。

明治十四年十一月　　門人中内惇僭評

中内五惇郵寄此稿徵余評，披而覽之，當日情景宛然在目，不堪俯仰今昔之感。乃漫加僭評，所謂佛頭上糞，地下有知，下百棒也必矣。

明治十五年一月　　門人野村煥謹識

南游志附録

度高見嶺，嶺在國見嶽北，爲勢和之界，神武帝入和州，蓋由此嶺云天孫神且武，群雄從使令。西州已平定，東面討不庭。螽爾長髄彥，抗天勢暴横。憑據孔阪險，毒箭殞皇兄。天孫曰噫嘻，向日功難成。我實日神裔，唯當背日征。繞紀轉向勢，神風送旆旌。高見與國見，兩山共崢嶸。大石壓累卵，何敵不摧崩。神風、大石等語並見御制中。梟帥皆授首，巨魁巢窟傾。中土乃卜宅，皇威震八紘。歷世已踰百，率土奉王征。我行經此嶺，俯仰感中情。杞人休憂慮，儼然在天靈。

小浦青崖曰：叙事明鬯，老筆乃然，一結語簡而指深。中内惇曰：沈鬱豪健，殆逼老杜。池内陶所曰：氣力沈雄，格法安雅，眼明而識老，儼然史筆，括盡神武紀。森魯直曰：儼然在天靈一句，筆力萬鈞，有此一結，通篇活動，添多少感慨。

過龍門里，里在大和國宇陁郡，常盤抱牛若避難處

滿天飛雪暗荒村，懷裏孤雛泣凍喧。他日嶄然見頭角，始知此地是龍門。

陶所曰：地名恰好，所以有此佳作。青崖曰：梁川星巖『常盤』詩以奇警勝，此篇以渾厚勝。又曰：轉結襯映特妙。

紀州舟中望高野山

中流停櫂揭輕蓬，遥揖東林吊遠公。髣髴如聞三寶鳥，雨餘蒼翠落杯中。

陶所曰：以三寶鳥標高野山也。

妹脊山

儼然相對共凝妝，山有雌雄碧水傍。謡俗東西正相似，小姑千歳嫁彭郎。歐陽公『歸田録』：江南有大小孤山，而世俗轉孤爲姑；江側有一石磯，謂之澎浪磯，遂轉爲澎郎云。彭郎，小姑婿也。東坡詩：舟中賈客莫漫狂，小姑前年嫁彭郎。

陶所曰：好典故，湊合得天成。

和歌山

歌神有廟自風流，碧水紅橋繫桂舟。鐘鳴鼎食户將萬，亦是東南磊落州。

陶所曰：大雅有情，不落小巧。青崖曰：詩亦風流磊落，和歌山竹枝。從前有能及此詩者乎否。

小浦來青後園雅集

同座春風裏，詩酒轉相親。識面有新舊，論心無主賓。迎人花笑立，呼友鳥來馴。何異鄉園集，天涯作比鄰。

陶所曰：風神好，情致尤好。青崖曰：君子之言藹如也。又曰：先生老健好游，天涯比鄰之語爲真詮，然特於僕發之，非所敢當也。

謁久野大夫，席上賦呈

經文緯武氣堂堂，大厦安危憑棟梁。故國豈唯有喬木，鬱然身繫萬民望。

青崖曰：規諷悃摯，贈言之義至矣。又曰：以一「木」字縫綴前後，體裁闊而針綫密。

紀三井寺留別松平春峰、倉田伯成

碧水丹山刼斷腸，旗亭別酒暫飛觴。他時何但憶佳境，更望美人天一方。

陶所曰：筆雄思厚，不僅藻采繽紛。又曰：「暫」字多少苦心。

宿湯淺古碧樓，故人菊池士固會詩友處

故人詩中識此樓，樓如舊識晩興留。海波瀲灧一簾月，每伴故人詩酒游。

士固招飲

契闊十年心未灰，訪君遥到碧山隈。素封千户木奴富，南面百城芸卷堆。花下同嘆頭白盡，樽前相見眼青開。猶餘湖海豪風在，醉拔寶刀驚坐來。

惇曰：前聯沈着痛快。青崖曰：遽讀闊放，細讀纏綿，大家之伎倆不期而然。陶所曰：健筆凌空，音調清越。

道成寺

蕭寺千年據峻岡，埋沙缺瓦色猶蒼。春風好在老櫻樹，花撲客衣吹古香。

陶所曰：語淺而思深。

江川瀨見善水兄弟邀余宴集

庭櫻正屬艷陽辰，花映青樽酒幾巡。更有韡韡棣蕚美，歡然共作一家春。

陶所曰：一往情深。

湯崎

一名鉛山，祇南海有鉛山七境詩，如銀沙步、金液泉皆其一也

銀沙金液好詩料，芝石龍巖好畫材。天意謫降祇伯玉，彩毫寵賁勝區來。

安居谷題並木氏壁

平生敦好祇詩書，杯酒相邀耕讀餘。風化自成里仁美，何慚此地稱安居。

二部洞門

層巖當路表仙關，中有洞天通往遠。織女雲車指征路，浮空紫翠是三山。

青崖曰：漸入佳境。陶所曰：讀之飄飄欲仙。

橋柱浦

天鍾靈氣在南維，石多於人怪且奇。非是狡獪非是戲，終古屹然立不移。石亦有心惡

瀾狂，中流力作砥柱障。石又有心憂天墜，上帝任作柱石寄。君不聞太古天地洪荒初，採煉曾遭女媧須。功成高拱補天手，餘力來鎮炎海隅。

陶所曰：氣魄渾闊，聲響震動，真是大家手筆。

游古座川

攢峰峭壁迎還送，曲岸迴流窮復通。左顧右看忙應接，舟行摩詰畫詩中。

陶所曰：鑿翠流丹，其勝可想。青崖曰：古座川之勝，摩詰詩畫恐不能及。

藍瀨巨巖

峻壁插天奇更奇，奥區自少世人知。若將此石比人物，莘野渭濱耕釣時。

陶所曰：意外奇想，未經人道。青崖曰：此詩一出，巨巖益重於世。虞仲翔云：「天下得一知己足」，信哉。

那智山瀑布

匡廬水簾曾耳聞，那智瀑布今目撃。貴耳賤目我豈敢，我抉我眼懸翠壁。翠壁丹霞縹緲間，天傾河漢濯孱顏。奇態横出難狀寫，詩手頻叉不暫閑。有如虹懸蛟龍掛，激雷劈山驟雨快。落絮飄風雪漲空，帝唾飛珠仙墜珮。旭日射之光陸離，又現美人窈窕姿。

吾畜兩眼六十歲，平生未見如此奇。名勝亦自有等位，論品不甘居第二。山有富士湖琵琶，瀑是那智可相比。嗚呼，今日人中誰是龍，雲將何處去相從。且看天下無雙瀑布水，一洗平生芥蒂胸。

惇曰：我抉一句何等奇警。青崖曰：游那智者率大聲壯語，務歎大觀，然終不能及先生此詩。起手甚平易，中段以髯蘇句法略形容瀑勢，至於末段，自議論感慨引入自家興會，筆力矯變，足以不朽。

陶所曰：煙雲之氣繚繞筆端，乃能現此靈怪，非雕蟲家所可擬也。

踰雲鳥山

雲間縹緲上崔嵬，鳥道淩空人馬哀。誰識武侯雲鳥陣，崢嶸化作此山來。

陶所曰：筆筆岸異。

下九里峽

輕舟如箭下清川，峰去巒來枕席前。坐閲横披山水卷，瞥然過眼幾雲煙。

青崖曰：九里峽雖遜古座川之奇，亦是天下名勝，以一絶惠之，恐爲少恩。

題徐福祠

神山托迹有餘榮，憶起當初航大瀛。萬里來投君子國，一廛願作聖人氓。靈芝仙藥豈殊種，蓬島桃源非異情。同避狂秦君更遠，烏能擇木眼分明。
青崖曰：議論的確。惇曰：君子國、聖人氓，真是好對仗。魯直曰：語意並得體，勝『士固招飲』，作一等矣。陶所曰：圓穩典麗，確切時地。第七句牽搭第六句而下，格法高妙。

有馬花窟 伊弉冉尊陵也

怪石表靈窟，園陵鎮大荒。瓊矛探國土，天柱判陰陽。神裔長垂統，夷首敢犯疆。野花薦時祭，遺德萬春香。
青崖曰：典雅稱題。陶所曰：莊重有體，全是少陵家法。

熊野道中雜詩

埔頭日夜望郎還，起倚闌干飯熟前。煙霧冥濛天未曙，白帆隱見蜜柑船。
青崖曰：化俗爲雅，竹枝本色。陶所曰：音調樸雅。
善男善女幾雙雙，不拜神祠拜佛幢。唱贊滿堂聲似湧，華山睿製入村腔。
陶所曰：委婉入情。
木葉吹煙當銅管，鶉衣蔽體抵羅襦。可憐貧婦亦充役，險路荷擔代驛夫。
青崖曰：卷木葉爲煙管，加納諸平和歌既言之；貧婦代驛夫，則未經人道。陶所曰：疏樸處却自致其境可想。
到處樹梢羅網懸，家家衣食在漁船。平時却有滄桑變，萬頃煙波即是田。
青崖曰：三四新警。陶所曰：三四即是進一步法。
一隻鯨魚潤七鄉，漁夫誇獲氣揚揚。窮冬亦已作正月，醉舞酣歌人欲狂。漁鄉有大獲，輒置酒會飲，呼爲正月。
陶所曰：淡淡寫來多古趣。青崖曰：一鯨潤七鄉，亦熊野俗諺。
煙水霞峰半月程，吟輿簾捲賞春晴。老夫憑仗壯夫力，狼阪鬼山安坐行。
陶所曰：狼阪鬼山可安坐而行，而却奈世途之崚嶒何乎。青崖曰：末句出人意表。
柳色青青花氣香，春風處處酒簾揚。樊川詩境身經歷，千里鶯啼送到鄉。
青崖曰：詩境融和，有太平氣象，比來所希覯。

庚申晚秋　　小浦潮僭評

卷中『高見嶺』諸篇，沈鬱雄摯，非老慣手不能也。小詩卒然寓興及涉應酬者，青崖君既評之故，予不贅一辭。

庚申梢秋　　　　　　　　　　　菊池定拜

余弱冠在江户，辱知於拙堂先生，迨今三十年矣。今茲三月先生偶爲京攝之游，余在浪華，詩酒周旋，殆無虛日。先生出其南游詩一卷，使余評閱。卷中傑作縱横跌宕，雄健無比，讀之使人如躬經其境者，非今時雕蟲家作能擬也。佛頭塗穢之罪，請從末減。

辛酉杪春　　　　　　　　　　　池内奉時僭批

南紀之山水不以幽溪小壑稱，而以大瀑鉅巖顯。先生之詩不竭思於近體片辭，而出力於古風長篇。是知先生之詩與南紀之山水一而不二。先生之詩即南紀之山水，南紀之山水即先生之詩。故讀先生之詩則雖不觀南紀之山水可也。

明治十四年十一月　　　　　　　門人中内惇僭評

丁巳詩稿

正月五日山房小集，次陶令『斜川』詩韻 此日來會者土井士恭、宮崎士憲、川北有孚、井上君輿及格兒、小川、廣田二小生

老來安蹇劣，築亭擬三休。獻歲纔五日，乃續彭澤游。層城在眼底，班坐俯長流。髣髴斜川景，悠然對閑鷗。一醉神更旺，携手上後邱。曠然海山望，尋陽非匹儔。振衣翠微頂，高吟相唱酬。回首塵世裏，能有此口不。詩可以遣悶，酒可以忘憂。唯從吾所好，其口口口口。

正月十日，與川北、池田、柘植、櫻木諸子再會山房，次東坡『岐亭』韻，是日立春

客逐東風同入門，四筵笑語動荒村。梅林日暖含紅靨，苔岸冰消露緑痕。游先十日春方立，飲過三蕉酒累温。兩事纔能勝坡老，强顏尋礎役吟魂。

春雪

料峭寒猶甚，東風忽出奇。陽春可無和，白雪正催詩。錯道絮飛早，何嫌花發遲。後

庭生玉樹，幻景亦多時。

藤森弘菴來游，將去，以龍鱗石硯爲贐

悵然把酒望秋天，十載親交老益堅。一片雲根持贈別，請君去試歲寒煙。

題木逸雲耶馬溪圖，次淡窗翁韻

奔流送□潑寒醅，沿澗隨山路幾回。鷄犬聲聞村落在，神仙迹秘洞門開。亂峰拔地抽瑶笏，危石衝空著碧苔。異境平生勞夢想，縮將千里入圖來。

桃源行，次王介甫韻

大江南渡悲群馬，遥望長安西日下。晨光□□易黄昏，猶有悠然采菊者。未及桃源長有春，子孫繼繼火傳薪。洞天清絶鷄犬静，誰肯去作濁世臣。往欲從之迷遠近，羡他漁郎往相問。垂髫黄髮共怡然，不知人間有魏晉。荆舒當路厭風塵，去向鍾山著角巾。不學三章秦爲漢，新法紛紛宋爲秦。

月性上人來游半月餘將去，賦以贈之

月性師，以月爲性性真如，以狂爲名名不虚。清狂僧，狂而非狂憤流俗，清乎清乎厭污濁。吾道不同猶相謀，撫時同抱杞天憂。生憎柳色催歸去，春山寂寂與誰游。何時重酌山亭酒，與汝同銷滿懷愁。

詠棋，贈國棋川瀨鷹之 美濃人，棋品五段，時年三十餘歲

黑風白雨亂紛然，龍戰虎争誰占先。清簟疏簾消日月，文楸方罫畫山川。堂堂心陣能乘變，著著手談深入玄。何説洞天樵斧爛，人間自有橘中仙。

題美人圖

嬌姿無力倚欄干，棠醉方醒春色闌。老來久無雲雨夢，美人祇在畫中看。

去歲山莊陂池種慈姑、蓮藕，多穫，至今春魚價甚貴，日膳此二者，戲賦一絶

茨菰蓮藕滿盤香，經月葷腥欠口嘗。記得宋賢詩一句，肚皮今作小池塘。

題某人七十肖像

莫謂古來稀，其人在今世。矍鑠七十翁，應濟龜鶴歲。

輯録

左二十四首輯自『文久廿六家絶句』

嚴子陵

首唱東京名節馨，羊裘本合入丹青。如何列宿雲臺上，不畫桐江一客星。

詠松

落落心情磊磊身，顧他衆木低如薺。巨材或恐采爲薪，不若閑抛在澗底。

詠鶴

九皐飲啄氣淩雲，鳴戛驚人天亦聞。一舉高飛寥廓外，笑看下界蟻蠓群。

詠鷹

雄姿真骨意深沈，雙目稜稜懸烔金。多少凡禽剛得意，煩君一擊浄山林。

詠銅雀妓

青蛾相對共含顰，一曲哀歌漳水濱。七十二墳荒草遍，姫人何處訪遺塵。

二喬讀兵書圖

東窗對坐兩嬋妍，口誦鈐經鶯舌圓。肯使銅臺鎖春色，爲郎拈出火攻篇。

羯鼓催花圖

上苑花催盛宴開，胡奴辣手挽春回。俄然驚破霓裳曲，羯鼓化爲鼙鼓來。

校：辣一作巧。

題黨人碑

大書深刻姓名垂，枉屈賢良能幾時。當日石工何必愧，懲姦碑即褒忠碑。

丁巳新歲作

二萬餘回覺又眠，人間歲月似奔川。當時緑髮今爲雪，新曆重逢丁巳年。

讀『鄭成功傳』

日出日没將無同，鄭家靈種出日東。可知大木即南木，三世無枝撼北風。

題青谷生晴空帆影圖，送桑名成卿歸豐前

落木蕭條已斷腸，海亭餞別恨殊長。不如帆影隨君去，千里揚揚送到鄉。

八月從公駕往寓伊賀客舍，所齎之酒已竭，買土釀甜不適口，乃乞於公，公使膳宰輸良醖一樽，賦此謝恩

客居無酒奈悲秋，掛壁殘瓢瀝瀝愁。能使波臣免枯涸，吾侯更勝臨河侯。

風夕不寐

雲去月來天宇晴，枕頭攪夢北風鳴。半宵描出滿窗影，水墨梅花筆有聲。

歳晩

掃煤舂餅四鄰聲，剛見檐梅含笑横。稚子殷勤向人問，睡過幾日是新正。

題鴨河夜色圖，次故山陽翁韻 文政庚寅夏，訪山陽翁，飲於其山紫水明處。適紀春琴至，爲余作鴨河夜色圖，山陽題其上云：「老柳陰中夜色沈，論文何厭酒杯深。披圖他日君能認，燈影水聲千古心。」忽忽三十年，山陽、春琴没已久矣，今夏偶出此圖幅掛於壁上，追想往事，感念殊深，因次山陽韻以自慰焉

清瀬有聲山影沈，店燈依約緑楊深。遺圖今已成千古，今日誰同話此心。

笠屐東坡圖

玉堂舊夢落雲煙，笠屐龍鐘蠻雨昏。何怪狺狺村犬鬧，慣聞群吠滿廷喧。

題達磨像

一葦渡河雙足在，九年面壁半身枯。西來無奈梁天下，空使蕭翁作佛奴。

題宓子賤彈琴圖

虞廷遺政有遺音，治貴無爲在此心。端坐高堂解民愠，南風吹入五弦琴。

山莊偶成

習隱十年此卜居，橘園梅圃繞茅廬。未忘經濟平生志，猶讀床頭種樹書。

鄰莊看菊二首

蕊白花紅何必黃，蘆簾紙瓦護秋香。豈思老令籬邊物，弄巧亦追時世妝。
盆大秋芳亦自嘉，金葩玉蕊別成家。當時陶令看應怪，隱逸花成富貴花。

庚申元旦

蓐食平明人賀正，飛塵混混入臺城。今晨最覺隱居好，高枕遥聞車馬聲。

田村將軍建碑圖

彼何爲者犬羊群，敢敵桓桓阪將軍。日本中央移塞北，千秋誰解繼奇勳。

鎮西八郎入琉球圖

三十六島入弓彎，源八威名震遠蠻。更使兒孫長保國，何論三箭定天山。

左九首輯自『有造館會課詩稿　辛酉』

淵明游斜川圖

團䜌把酒俯清漣，風日澄和山帶煙。地轉斜川作沂水，路歸何異暮春寒。

新春喜晴分韻

熙熙和日射衡茅，俄見庭梅盡解苞。手汲清泉茶正熟，板扉恰有野人敲。

待雨

衹合水鄉入黑甜，人間何處避羲炎。争能挽得天河水，倒掛茅檐作添簾。

秋社醉歸圖

萬頃黃雲繞碧山，叢林社散鼓聲閑。日斜桑柘影撩亂，滿路醉人槃散還。

秋圃對月

海風吹面拂殘炎，恰好空中着素蟾。萬頃金波有誰管，清光多取不□廉。

校：缺字疑爲「傷」。

秋柳次王漁洋韻

寥落難招張緒魂，陶家怎解表柴門。枝頭衰颯烟無色，空裏蕭疏月有痕。鞭絲曾拂春風陌，漁網今掛夕照村。誰向洛城吹玉笛，分明怨恨曲中論。總用杜句。

秋天昨夜有微霜，無力長條拂野塘。豈復樓臺垂作帳，祇因閨閣取爲箱。暫時汴水翳皇駕，長向蒙山伴梵王。不似東風駘蕩日，和花共綉洛陽坊。

憔悴怎能牽客衣，細腰漫立是邪非。送人橋上枝頻折，繫馬陌頭陰漸稀。曉日宮鶯久緘默，西風社燕又歸飛。思家刺史宛相似，□思凄凄心事違。

蕭然衰怨有誰憐，曾托君王養翠烟。曉日凝妝更婀娜，東風試舞甚奸綿。秋姿猶□回春日，白髮終無還黑年。人自難堪那關汝，相看嘆老漢江邊。

校：秋姿句六字，中當缺一「有」字。

左五首輯自『鐵研詩存』

前出師歌

四海帖然波浪平，狂瀾忽向平地生。天下久已歸周室，祿父尚何認舊物。自非後主啓兵端，宋祖敢征江南國。群疑滿腹無萬全，丸泥誰能塞東關。空將一池比天塹，赫連唯恃統萬堅。旌旗百萬繞山海，觀兵本期殷德改。講和爲許城下盟，几上魚肉免菹醢。君不見破壘蕭蕭蘆荻津，窮冬已見太平春。

後出師歌

干羽未徠三苗兵，頑民唯知奉武庚。外無奥援何所恃，所恃一塹已填平。死中求活男子事，坐守孤城何得濟。諸老累斥桓將軍，枉道少年推鋒計。神智洞見敵人謀，彼出下策何足憂。臥榻豈容他人睡，國家本要如金甌。因壘遂决平南策，出師不避炎暑酷。窮寇背城送死來，一戰功成天下服。君不見率土擾擾四百春，誰披雲霧見青天。天遺大老非無意，生民何口借一年。

萬尺竹篇

百川滔滔朝東海，樓閣連雲起朱邸。下殿親迎侯伯來，昇平仍用等夷禮。瞻彼萬尺竹刺天，有斐君子是龍孫。周康漢文何得比，繼體三代出英君。一言發口滿廷竦，諸侯稽首盡稱臣。岸幘相見後堂宴，一杯灑作太平春。撫龍馴虎色不動，滿腹赤心推與人。嗟乎！泰山成礪河成帶，封爵不改當年誓。宋祖一奪節度權，三百年全君臣際。

正平雙刀歌，爲菊池子固

刀，肥後守武光遺物，雄二尺三寸，款云：正平十年肥州末貞。雌九寸餘，款云：正平十二年十月左安吉。

肥州忠勇冠前朝，報國精鐵帶在腰。磨礪十年敵王愾，一揮摩天天爲高。小貳大友彼何物，蜾蠃螟蛉視二豪。製電光底無堅陣，鮮血淋灕迸雙刀。匣底虎眠五百載，依稀猶認正平字。拔鞘爛然光射人，想見當日戰場利。溪琴山人寔其裔，傳守遺寶南海澨。肯言豐城虹蜺氣，更有文焰衝天際。君不聞機雲本是將家兒，一文一武各有時。能養心兵游八極，恢恢餘地驅雄詞。筆陣堂堂誰敢敵，掃却千軍走且仆。須期廓清繩祖武，嗟吁乎，今日詩道多荊棘。

秋風詞

故闕秋風蘭菊芳，佳人宛在水一方。如磨如琢命世器，求龍説成尚潛藏。宗國時事不可道，饑饉薦臻群黎恐。如愚豈敢忘趙宗，一出爲任天下重。群材茅茹冀北空，四海熙熙嚮醇風。公曰可矣吾事了，乞休勇退急流中。留侯始伴赤松游，晉國偏耽緑野樂。四時平章雪月花，補天一摩金石刻。君不見爾來太平四十年，天留一老伴五物。

左七十九首輯自『拙堂詩屏風』及條幅

歲時十二咏五絶

正月

寒梅騎歲發，恰共椒花新。人誇滿盤味，吾愛一瓶春。

二月

四郊春欲好，原草嫩芽開。踏青紫騮去，拾翠麗人回。

三月

園林紅映緑，煙雨過清明。春色漸將老，啼鶯不惜聲。

四月

杜鵑初入耳，滿眼緑陰滋。杯中泛醽醁，門外賣鯝鱁。

五月

梅雨人蹤絶，寥寥白板扉。茶餘據梧坐，青黄上吟衣。

六月

避暑林間臥，清風拂鬱蒸。炎雲盡吹去，頭上碧天澄。

七月

西風纔數日，燈火漸相親。時雨鏖殘暑，出堂秋始新。

八月

襟懷方爽快，秋色演寥清。濤勢晚來壯，江湖共月生。

九月

村村賽神罷，叢社鼓聲休。聆聞舂碓動，橐橐響深秋。

十月

橙橘耀黃緑，晴光天似春。一年好時節，衹近凛霜辰。

校：衹近一作猶忘。

十一月

凛然寒入骨，巖上凍雲堆。人望陽春到，天飄白雪來。

十二月

匆忙年欲暮，送故且迎新。千門插松竹，臘底已青春。

又七絶

二月

暖透簾幃欲曙天，雨聲入枕破閑眠。黄袖被底身仍臥，哦得新詩句始圓。

六月

簾影不揺涼意慳，晩移竹榻向庭間。半泓池水一株柳，此是吾家消夏灣。

六月

淩歊何處覓高臺，滿眼炎塵晝不開。忽有跫音驚睡耳，清風恰送故人來。

七月

菜消殘熱一瓶馨，恰有吟僧來扣扃。移榻相迎何處好，芭蕉樹下午風青。

十月

老去已知從俗便，竹爐試火嫩寒天。平生不肯因人熱，亦伴狸奴尋暖眠。

十月

遠嶺無雲晴正牢，北風斂怒静林臯。仰看白鶴飛鳴處，雪羽分明碧落高。

十一月

籬頭筆栗北風吹，豆粥方香南至時。一殘陽生人不覺，天心祇有早梅知。

題畫 五絶

幽谷春方動，林花笑向風。山客亦蘊藉，馥臥澹煙中。
蝶飛酣夢裏，窗外曉花開。門柳更慵懶，日高眠幾回。
桃源往來久，一向絶風塵。花落隨流去，恐人來問津。
斜陽半含嶺，麓樹暮煙生。香閣在何處，唯聞鐘磬聲。
新樹簇晴煙，清溪走寒玉。相逢山色中，主客鬚眉緑。
長竿流下瀨，舟在緑楊灣。其釣元非釣，貪看江上山。
山色有無寰，天風颯入衣。一簇岫雲黑，游龍尋洞歸。
秋暝山下早，平原暮煙生。高林埋未盡，半受夕陽明。
乾葉聲槭槭，秋林鹿群行。庭陰晝乍暗，石上白雲生。
村叟有何憂，一蓑銜雨行。依稀酒簾影，山下口煙横。
枯木瘦聳立，亂鴉寒飛迴。此景付郊島，搜腸著句來。
山色夕慘淡，長江潮滿天。漁老遙賒酒，歸來雪滿船。

送客澄江上，堤林緑映紅。風寒晩波静，孤帆坐碧空。
柴門煙霧裹，山水緑彎環。略彴架可岸，吟僧時往還。
遠入白雲去，雲陰近却空。更看秋色好，腥血滴林紅。
橋上人憑杖，思詩晩未還。澗底瞑流急，夕陽猶滿山。

題畫 六言

山低樹小江上，水碧沙明岸邊。茅屋斜連翠巘，布帆遠掛青天。

題畫 七絶

溪聲山色繞柴門，没世不聞車馬喧。猶向人間通略彴，有時買酒到他村。
山中盡日掩衡茅，雪後門前鹿迹交。墻角誰窺人醉臥，闖然翠髻老松梢。

靈芝

采芝何必望神仙，四皓功名千歳壽。我輩靈苗亦自存，才兼學識是三秀。

又

商巖三秀靈草抽，豈唯自己壽且久。千古清風成人美，能令園綺名不朽。

潛龍

老龍潛匿碧潭深，風雨有時聞一吟。早晚九天飛六馭，沛然慰了望霖心。

虎

黄身白頭住南山，日夕山人早閉關。長嘯一聲寒月下，陰風號怒振林巒。

馬

世無伯樂有良馬，鳴向長風似嘆嗟。憐汝絶塵千里之，低垂兩耳就鹽車。

紅葉暖酒圖

錦樹折來温酒香，天顔含笑德音芳。何憶禁林衰颯日，暫時有此好風光。

楠中將决子圖

家國貽謀傳錦囊，千秋忠義冠東方。幼兒感悟守遺戒，信是栴檀兩葉香。

冠萊公

澶淵一擲豈孤注，家國安危倚相才。孰料敵情深已骨，帳中鼻上響如雷。

劉青田

强漢勁吴皆盡摧，神籌再見子房才。一詩何異食前對，亦向君王借箸來。

望夫石

海漫漫，恨綿綿，揚巾相招海上山。引領瞻望郎不顧，雲帆影失杳冥間。征夫去爲鬼，思婦化爲石。千秋石不轉，凝立貌脈脈。征夫終竟無歸期，此石豈有點頭時。

田園雜興

之一

暮鴉歸盡暗林巒，忽復揚明杳藹間。判取春餘飽薇蕨，燒空野火上西山。

之二

活活塗泥春雨天，農夫争肯去治田。耕牛贏得身無事，臥齕殘芻隨意眠。

之三

半畝新篁雨足時，籜就寄土緑參差。村居亦自多禪味，與客同參玉版師。

之四

女隊男群各自排，歌聲如湧涉淤泥。西酬南畝插秧遍，萬頃緑雲垂地齊。

之七

郊坰日夕露華凝，林樾深邊杖可憑。蛙鼓蟬琴聲漸歇，秋風更奏磴稜稜。

之八

促織方鳴未理絲，喫驚户户就眠遲。一齊紅女指替服，軋軋機聲夜半時。

之九

夏秋時節雨兼風，萬頃黄雲映碧空。旗鼓翻成太平象，村村叢社賽年豐。

之十

黄稻盡收秋已闌，丹楓烏桕獨斕斑。野人不解風流事，虚擲錦絑丘隴間。

之十一

佳客偶來一笑迎，山肴野蔌盡歡情。莫嫌田舍無珍味，亦有風流玉糝羹。

之十二

玉粒翻匙喫晚飧，禦冬旨蓄雜甘辛。不知窗外有風雪，榾柮爐紅回了春。

山莊雜咏之一

已隔紅塵境，柴門何必扃。幽居專一墅，樂事送殘齡。畫閲雲煙狀，石翫流峙聆。捲簾真景出，滿目晚山青。

咏龜

九疇五總本含靈，今見泥中曳尾行。我亦曾無金印夢，共君藏六畢餘生。

詠龜

欲保萬年壽，泥塗好卜居。莫作清江使，江中有豫且。

煎茶

茶可瀹，不可烹，烹則劣，瀹則馨。一喫清風生腋，嗒然我喪吾形。

今井歸僧

晚途獨歸遠，飛錫涉平原。認去林間寺，斜陽送到門。

石床竹 爲竹石居主人

斜枝横石上，疏葉護黄根。何人需瘦杖，拗折動雲根。

詠竹

天氣方澄霽，琅玕翠色深。更向斜陽裏，篩來瑣碎金。

詠松

久哉無匠石，偃塞澗邊松。終身成何用，衹合作臥龍。

詠蘭

空谷唯相識，幽蘭有素心。孤琴欲相寫，衹是少知音。

咏鶯

何必遷喬向帝宮，丘隅亦自有春風。初衣猶帶東籬色，飛入門前垂柳中。

露竹

空翠幽叢濕，低垂碧水灣。湘妃何恨恨，枝上淚痕斑。

雲竹

身在籬叢下，超然思不群。虬龍是儔侶，一躍共凌雲。

煙竹

空谷天欲暮，曖曖散煙霏。佳人翠袖薄，亭立是耶非。

風竹

此君比陶令，品自出蘇公。俯仰腰不折，任他終夕風。

失題

秋光漸老亦難閑，菊已欲黃楓欲殷。祇有南山厭脂粉，蛾眉淡掃碧嵐間。

神后征韓圖

雲鬟戴冑凛威風，千古誰争海外功。休説遠西巾幗主，大東女后更英雄。

咏梅鶴

仙鶴相隨馴，梅花相見喜。孤山竟不孤，有此妻兼子。

失題

一別經年無限情，海城今日憶山城。憐君愁臥伴湯藥，早晩對斟聞笑聲。

失題

結廬纔十笏，準擬陸盧家。鼎沸灘聲急，煙熏篆影斜。筅頭聞橘雨，甌底漲松花。一喫心神遠，柴扉寂不譁。

偕樂園探題得園花

樓閣擁花相映新，香風撲地欲迷人。侯門一入深如海，貝闕珠宮別置春。

送隅埜生爲大野宰之任

誰言州縣職徒勞，民社調和功便高。請看孔門賢弟子，割鷄猶是用牛刀。

左一首輯自零散手稿

哭嫡孫正熙

我祖及我父，家世廉且貞。簿俸救人急，陰德出真情。信矣聖經語，積善有餘慶。爾祖與爾父，膴仕蒙寵榮。汝亦非豚犬，文武業粗成。讀書有種子，學書有典型。亦是祖先賜，期汝作俊英。何思今秋變，黄塵漲神京，藩軍援輦轂，調發遺精兵。汝年僅十七，長身便刀槍。非無老成士，特選從西征。慨然去赴敵，敵散無戰爭。猶恐賊再到，執戈守禁閨。誰知兵燹後，都下疫癘行。汝亦染其疾，沈綿臥在床。不知疾深淺，聞報怛然驚。日夜吾憶汝，汝亦應憶鄉。相思不相見，中心帶愁縈。信使屢來往，癥劇難將迎。醫藥竟無驗，溘焉朝露零。三日送屍到，纔得撫遺骸。嗟吁汝薄福，祖澤亦無徵。仰天哭而慟，老淚下萬行。吾德慚父祖，不得罪彼蒼。汝是汪錡比，非戰亦勤王。冒病猶踴躍，感汝報國誠。悄悄在心目，髣髴見汝形。嗟吁夢耶幻，尚以汝爲生。幻乎欲不滅，夢乎欲不醒。竟非夢與幻，眼前槽柩横。吾言汝不答，吾喚汝不應。嗟汝九泉下，吾嘆聆不聆。

甲子冬十月　　拙堂居士六十八翁謙

鐵研齋詩存

二〇〇一年十月發行

輯校者　呉　鴻　春

發行者　齋　藤　正　和
五一〇-一二四三
三重郡菰野町大羽根園呉竹町十五-二
電　話　〇五九三-九三-一四六四番

製作
發賣　汲　古　書　院
〒102-0072 東京都千代田區飯田橋二-五-四
電　話　〇三（三二六五）九七六四
FAX　〇三（三二二二）一八四五

ISBN4-7629-9542-8　C3092

後記

このたび國學院大學助教授呉鴻春先生のお陰で、私の高祖父齋藤拙堂の漢詩集を刊行することができました。まず以て先生の献身的なご尽力に対し衷心より感謝を申し上げます。先生は、戦災によって大変読みにくくなった数種の原稿を判読しながら、種々校勘を行い且つ標点を施し、同時に、約千二百首に及ぶ詩稿をコンピューターへ入力するという気の遠くなるような作業を完成してくださったのであります。

拙堂の文集は明治の初期、門人の中内樸堂によって編集・上梓されましたが、詩集のほうは出版されないまま原稿のかたちで我が家に保管されておりました。これが第二次大戦中に罹災し大変な損傷を受けたのであります。しかし焼失を免れただけでも幸いであったと諦めるほかありません。

他方、敗戦後、日本漢詩文に親しむ人の数は残念ながら著しく減少しました。けれども、精神文化の見直しが必要な今日こそ我々はこの大切な文化遺産を再度繙く必要があるのではないかと思います。そして、拙堂の遺著もその一端を担うものと考えるのであります。そこで、家蔵の原稿を刊行することにより一人でも多くの方に拙堂の漢詩を読んでいただきたいと念願するのであります。

ここに重ねて呉先生に対しお礼を申し上げ、併せて、常々ご指導を賜り、このたびは汲古書院をご紹介くださった早稲田大学名誉教授村山吉廣先生並びに出版を快く引き受けてくださった汲古書院坂本健彦氏に深く感謝申し上げ、まずは『鐵研齋詩存』発行のご挨拶と致します。

平成十三年十月

玄孫　齋藤　正和

人名索引

索引に挙げた名前は拙堂と同時代人に限る。また、名前は本名、字、雅号のうち最も一般的に知られているものであって、本名に統一していない。

特に有名な人や未詳の人については 出身地などをカッコ書きしなかった。

人名	頁
あ行	
靄山画史	225
秋良氏	233
浅井氏（尾州人）	192
浅野甲斐（安芸藩士）	93
浅野京少尹	178
荒木子謌（津藩儒）	158 、173, 176
荒木子恭	57,74,74,74, 74
荒木氏	210
有川舜臣（梅隠居士、薩摩人）	13, 17
安斎（墨工、越後人）	68
家里松嶹 ⇒家里誠懸	
家里誠懸(衡。伊勢・松阪人)	122,123,124,224,225,230,230,230,231,234,235,235,235,235,236,237
家長氏（大和人）	234
池内陶所	234,234,248,248,248,249,249,249,250,250,251,251,251,252,252,252,253,253,254,254,254,254,254,255,255,255,256
池内奉時 ⇒池内陶所	
池五山⇒菊池五山	
池田氏	257
井澤氏（高砂人）	227
石田醒齋（伯孝）	50, 63
井関氏	102,172

井田氏（美濃・大垣人）	241, 244
市河米庵	172, 209
逸斎	70
稲田氏(淡路人)	93
井上君輿（但州出石人）	236,257
井上氏	141,224,224,229,231
井野清遊	109
茨木氏	172
岩脇慎吾（伊勢・家城人）	106
上原克士（作州人）	79
梅辻春樵（江州人）	140, 205
浦上春琴	206,262
雲淙⇒鷹羽雲淙	
雲嶺老人（駿州人）	208
江口氏（丹波人）	140
江馬細香	41,199,199,241,242,243
江馬氏	246
王海仙（画家。小田百谷の別名）	72
王元珍（梅庵、中国・銭塘人）	101
大窪学海	50
大窪天民（詩佛）	26,50,50,50,50,50,50,50
大塩子起⇒大塩中齋	
大塩中齋(子起、後素)	52,55,55
大沼竹渓	2
大沼枕山（子寿）	174
岡崎氏（美濃人）	244
岡田半江（大阪・画家）	54
岡田氏	127
岡本花亭（幕臣）	2, 3, 4, 4, 5, 5,8,12,26, 28 、28, 41, 43, 43, 46, 46, 47, 48, 49, 60
小川氏（但馬人）	229,257
奥田季清（尾州人）	246
奥山榕齋（秋田藩士）	26

小倉公（黄門）　10
尾古思道（但馬人）　232
越智氏（伏見人）　180,180,236
小原栗卿⇒小原鉄心
小原鐵心（栗卿、大垣藩老）　241,243
小畑元瑞　224

か行
加加良氏（肥前人）　108
垣内渓琴（士固）　80,126,127,130,131,132,138,142,148,154,154,155,250,250,254,267
（児）格⇒齋藤正格
崋山画史⇒渡邊崋山
霞山（僧）　243
梶原大夫（津藩老）　134
花亭⇒岡本花亭
加藤一介　51
介甫⇒鈴木乂甫
門田隣⇒門田堯佐
門田堯佐（樸齋、福山藩儒）　6,48,51,78,161
門屋士錦（藍洲）　52
金子勉廬　28
川北有孚（梅山）　197,257,257
川瀬鷹之　259
河邊氏（看雲亭主人）　115,149,152
川村毅甫（竹坡　津藩儒）　37,94,94,106,118,132
川村氏　207
河原士栗（赤穂人）　212,227
神田實父（濃州人）　75
菊池五山　46
菊池子固⇒垣内渓琴
紀春琴⇒浦上春琴

杏村（画家）	243
桐山元冲（京都医師）	168
渓琴山人⇒垣内渓琴	
渓琴⇒垣内渓琴	
琴山大夫（藤堂氏）	142
堯佐⇒門田堯佐	
玉公素⇒玉乃世履	
玉澗和尚（阿波人）	8
久野大夫（紀州藩士）	250
久保氏（肥前人）	140
倉田伯成（紀州人）	250
桑名侯	50
桑名成卿（豊前人）	261
桂屋山人	234
景山大夫（藤堂氏）	19,117
月性（海防僧）	225,225,225,226,233,234,235,236,258,258
玄徹上人（弾琴家）	97
弘庵⇒藤森弘庵	
廣吉甫⇒廣瀬旭荘	
江細香⇒江馬細香	
高泉（黄檗僧）	97
公圖⇒梁川星巌	
縑洲	230
慊堂⇒松崎慊堂	
小浦青崖（紀州藩士）	170,205,248,249,255
紅蘭女史⇒梁川紅蘭	
古賀精里	8
小島精齋	40
小曽根乾堂（印人）	222
小谷三次（伊勢・神戸藩儒）	74
小谷徳孺（薫、巣松、津藩儒）	118
近藤芳樹（萩藩士）	221
五弓士憲（久文）	208

呉竹沙（画家）	28,28,31
後藤松陰（機、世張）	15,55,55,77,121,150,224,225,225,226,227,227, 229,229,232,233,233,237

さ行

細香⇒江馬細香	
齋藤五郎（鑾江、阿波人）	56
齋藤東洋（新太郎）	127 、127
齋藤弥九郎（剣客）	127
齋藤正格	76,114,117,121,143,170,195,197,209,210,213,230, 233,234,235,240
佐伯氏	172
桜木氏（春山、津藩儒）	257
佐藤博士（一斎）	171
佐野義卿（伊勢・久居人）	132, 137
佐野天徳	75
佐山氏	123
澤熊山（伊勢・神戸藩儒）	176
鹽里氏（伊勢・黒部人）	184, 184
鹽田随齋（士鄂、津藩儒）	8, 30, 40, 44, 110
士鄂⇒鹽田随齋	
子起 ⇒大塩中斎	
子恭⇒荒木子恭	
子章⇒瀬尾子章	
子信⇒早崎子信	
子達⇒宮崎士達	
篠崎小竹	10,11,32,32,52,54,55,56,58,59,64,66,66, 68,70,72,77,77,78,89,90,150,150,151,151, 157,184,229
篠崎公槩	225
篠崎訥堂（大阪人）	150,150,151,151,180
篠崎承弼 ⇒ 篠崎小竹	
芝原氏	171

柴栗山（柴野氏） 227,228
島棕隠 ⇒ 中島棕隠
島田虎介（剣客） 125
清水中洲（仙台藩士） 150,151
下田重次郎⇒桂屋山人
謝道承（清国人） 149
修齋女史（仙台人） 188
秋水画史（濃州人） 139
春江老人（伊勢・久居人） 132,136,137
春樵⇒梅辻春樵
春草（後藤松陰？） 151
松宇老人（須佐氏、俳人） 106
荘村氏（城崎醸造家） 230
新宮凉庭（京医） 147,152
心齋 230
真成上人（伊賀西蓮寺） 23
進藤氏（三州人） 179
詢蕘齋（藤堂藩主高猷の齋号） 171,175
常山大夫（藤堂氏） 105,105,117,121
汝圭（横田氏、画家） 81
神氏（普齋？、京都人） 100
鈴木乂甫（津藩校典籍） 119,140,195
鈴木氏（岡崎人） 207
誠懸⇒家里誠懸
青谷⇒宮崎子達
晴浦大夫（藤堂氏） 114,128,128
関鐵卿 176
世古氏（延世？） 152
世大⇒巽遜斎
世張⇒後藤松陰
拙窩大夫（藤堂氏） 145,167
雪爪（僧） 244
雪窗（伊勢山田人） 147

瀬尾子奐（京都人） 166,233,236
瀬尾子章（緑渓、京都人） 11,12,13,17,22,23,33,40,40,57,57,84
瀬見善水（紀州・大里正)） 251
芹宮氏 114
相馬元基（肇、岸和田藩儒） 57
曽乾堂⇒小曽根乾堂
添川仲熲⇒添川廉斎
添川廉齋（會津人） 75,82,86,87,88
十河節堂（蘇道人） 157
園田君秉（津藩賓師） 73,111,145

た行
待雪 83
高田栢淵（美濃・養老人） 243
高遠侯 171
高根氏（伊賀人） 23
高畑氏（津藩京都邸監） 224
鷹羽雲淙（志摩・鳥羽藩儒） 28,94,201,224,240
鷹羽龍年⇒ 鷹羽雲淙
竹田簡吉（筑前人） 102
竹田氏(尾張・有松人) 193
竹富氏（肥前人） 86
巽遜齋（世大、京都人） 238,238
玉乃世履（岩国藩儒） 179
湛堂和尚（津、浄明院） 219
大夢（僧） 243,245
竹塢⇒服部文稼
竹沙⇒呉竹沙
仲熲⇒添川廉齋
張毅夫（肥前人） 107
長平 ⇒篠崎長平
柘植子文 43,195,236,257
辻岡氏（伊勢・一志郡大里正） 105

筒井氏（三州人） 179
常松菊畦（東奥人） 138
坪井顔山（萩藩士） 221
滴翠生 229
天民老人⇒大窪天民
陶所 ⇒ 池内陶所
島棕隠⇒中島棕隠
鄧林和尚（東福寺） 7
訥齋（画家） 243,245,245
戸波郡宰（津藩士） 170
富岡吟松（津・女流漢詩人） 17
土井聱牙(有恪、津藩儒) 142,142,173,195,257
土井士恭⇒、土井聱牙

な行
中井樸齋（伊勢・久居藩士） 133
中内五惇（惇、樸堂、津藩儒） 10,14,123,139,139,166,177,177,208,209,211,211,211,211,212,226,228,228,228,229,229,232,232,233, 233、235,236,239,241,241,243,244,245,246,246,247,247,248,250,253,254,256,256
中内惇 ⇒ 中内五惇
中川大夫（津藩老） 118,160
中島棕陰（京都人） 5,140,140,163
中林竹渓（京都人） 140
中牟田士徳（肥前人） 107
中村水竹（大阪人） 233,236,236
中村氏（備後鞆浦人；保命酒醸造） 69
中山遜卿 7,45,101
中山氏（肥前） 108
中山緑天（津藩士） 26
長井貞甫 78
那須氏 62

成富氏（槍客、肥前人）　165
南山和尚（仙台人）　70
南岱女史（仙台人）　188
二宮元輔（周防人）　87
貫名海屋（京都書家）　77
野田子明　⇒　野田笛浦
野田氏　210,238
野田笛浦（丹後・田邊藩儒）　6 ,6,52,52,77
信藤櫟園（伊勢・久居大里正）　96
野村煥（大垣藩儒）　208,210,211,211,241,241,244,247
野本萬春　51

は行
羽倉簡堂　⇒　羽倉可亭
羽倉用九　⇒　羽倉可亭
羽倉可亭（簡堂､用九､明府）　83,137,140,176
羽倉明府　⇒　羽倉可亭
橋本静庵　151
秦滄浪（尾張藩儒）　2
畑橘洲　11,13,15
蜂須賀氏（三州・岡崎人）　207
服部竹塢（文稼、津藩儒）　22,,33,33,34,162,177
花岡順達　187
濱野以寧　119
早崎子信（津藩儒）　60,70
林藕漢（大学頭）　173
林祭主　173,174
半渓老人　97
半江画史⇒岡田半江
梅陰居士　⇒　有川舜臣
梅園老人　158
樋口淑人　179
日野資愛（大納言）　36,42

兵藤泰順	224
平塚士梁（京都人）	155
平松子愿⇒平松楽齋	
平松楽齋（子愿、津藩士）	7,17,30,97,97,111,118,122,129,140,163,164,164
廣瀬謙⇒ 廣瀬旭荘	
廣瀬旭荘（吉甫、公坦、）	5,16,124,126,127,127,128,130,130,130,132,133 136,137,139,140,140,142,142,143,143,144,144 144,146,146,148,150,151,151,153,153,154,156, 159,160,160,161,162,163,163,165,165,166,167, 168,169,169,170,170,175,175,178,178,178,179, 183,183,184,184,185,187,188,189,190,191,194, 195,196,196,198,199,199,203,203,209,209,210, 211,11,212,223,224,225,225,,225,226,227,228, 232, 232,232
廣田氏	210,257
風牀上人	40,40
藤井士開（竹外）	70
藤波祭主公	150
藤森大雅⇒藤森弘庵	
藤森弘庵	144,144,144,145,150,151,151,151,152,153,153,154, 154,155,156,157,158,159,159,159,159,160,160,160, 162,162,163,163,165,167,168,169,169,170,176,176, 177,177,178,181,182,183,186,188,188,188,190,192, 193,195,196,196,197,197,198,203,203,224,224,225, 226,226,227,228,229,231,231,232,233,233,236,236, 238,249,258
佛関和尚（津；四天王寺住職 ）	154, 164,198
米庵 ⇒ 市河米庵	
勉廬⇒金子勉廬	
星野郡宰	52
星野梅園（京都人）	158

まF行

前川文藏（阿波人）	77
牧田氏（美濃・大垣人）	241,244
牧戸恭（伊勢・柚原人）	88
巻菱湖（書法家）	49
牧信侯（轒齋）	39,152
間崎氏（土佐人）	141
松井敬卿（濃州人）	246
松浦氏	36,43
松岡氏	210
松木氏	147
松崎慊堂	50,81
松平春峰（紀州人）	250
松田迂仙（高崎藩士）	79
松辺又六（奈良人）	77
松本愚山	56
間宮林藏	29,29
三島中洲（遠叔）	218
三宅佐平（加納人）	245
三宅士強（浩堂）	57,129
三宅氏	105
宮崎子達(士憲,青谷、津藩儒)	7,58,59,70,86,94,96,99,119,132,166,199,205,205,257,261
武藤氏（筑後人）	140
森子文（桑名藩士）	108,121
森春濤	245
森魯直	227,228,230,230,234,234,235,235,248,254
森脇小心	179

や行

安田彦八（横曽根人）	244,244
梁川紅蘭	115
梁川星巌	2,22,37,38,39,40,51,60,60,63,64,65,68,69,81,

114 ,114,114,140,179,179,183,185,186,188,
227,229, 233,235,235, 235,236,238,248
柳田飛卿（古市奉行） 75,88
柳田氏 45
山下直介（津藩士） 129,169
山田東夢亭（伊勢山田人） 102
山田琳卿（方谷） 57
山中子文（信天翁、三州人） 170,224,233,236
湯浅子亨（藝州人） 46,46,58
熊山⇒澤熊山
柚原氏（津藩士） 120
養源大夫（藤堂氏） 105
楊齋画史（加州人） 65,65
横田氏 45
横浜大夫（津藩老） 138
横山湖山（舒公） 148
吉岡氏（肥前人） 108
吉田雪坡(津藩郡奉行) 92

ら行

頼杏坪 111
頼山陽 7,9,9,12,12,13,14,14,14,15,15,34,35,
39,48,51,56,133, 180,262,262
頼子成⇒ 頼山陽
頼承緒 51
頼立斎 179
纜山 151
劉石舟 181,184,187
龍雪窗 147
龍伯仁（伯人，維孝、伊勢・山田人） 123,147,147,147,200,200,202,225,239,246
梁公図⇒梁川星巌
梁孟緯 ⇒ 梁川星巌

林谷（細川氏、篆刻家）　81

わ行

脇坂安宅（龍野藩主）　237,237
鷲津毅堂（宣光、尾張藩儒）　176,208,233,235,238
鷲津文郁⇒鷲津毅堂
渡邊崋山　65
渡邊氏　131
和田普楽（但馬・豊岡人）　231
藁科虎文（出羽人）　5